戲非戲10
時間門
wormhole
魯班尺 著
高寶書版集團

戲非戲 DN103

時間門

作　　者：魯班尺
總 編 輯：林秀禎
編　　輯：王岑文
出 版 者：英屬維京群島商高寶國際有限公司台灣分公司
Global Group Holdings, Ltd.
地　　址：台北市內湖區洲子街88號3樓
網　　址：gobooks.com.tw
電　　話：(02) 27992788
E-mail：readers@gobooks.com.tw（讀者服務部）
pr@gobooks.com.tw（公關諮詢部）
電　　傳：出版部(02) 27990909　行銷部（02）27993088
郵政劃撥：19394552
戶　　名：英屬維京群島商高寶國際有限公司台灣分公司
發　　行：希代多媒體書版股份有限公司/Printed in Taiwan
初版日期：2009年12月

國家圖書館出版品預行編目資料

時間門／魯班尺著. -- 初版. -- 臺北市：
高寶國際出版：希代多媒體發行, 2009.12
面； 公分. --（戲非戲；DN103）

ISBN 978-986-185-391-8（平裝）

857.7　　98021930

·目　錄·

前言

一九九五年一月二十七日，美國物理學家們發現南極洲上空不斷旋轉的灰白色煙霧。這些灰白色的煙霧並沒有隨著時間的進程而改變形狀，也沒有移動。研究人員發射了一個氣象氣球，氣球上裝備了測定風速、溫度和大氣濕度的儀器。然而，一經發射，這個氣球就急速上升，很快就消失在那團旋轉的煙霧之中。三十分鐘後，研究人員利用拴在氣球上的繩子收回了這個氣球。但是，讓他們感到震驚的是，計時器顯示的時間是一九六五年一月二十七日，正好提前了三十年！

時間倒退了，計時器顯示的是過去的時間。這個現象被稱作「時間之門」——即「蟲眼」，人們推測南極洲上空的那個不停旋轉的空間是一個可以通往其他時代的通道。這一發現被秘密彙報給白宮，報告放在柯林頓的桌上……

蟲眼

楔子

潯陽江頭夜送客，楓葉荻花秋瑟瑟。
主人下馬客在船，舉酒欲飲無管弦。
醉不成歡慘將別，別時茫茫江浸月。
忽聞水上琵琶聲，主人忘歸客不發。
尋聲暗問彈者誰？琵琶聲停欲語遲。
移船相近邀相見，添酒回燈重開宴。
千呼萬喚始出來，猶抱琵琶半遮面。

唐憲宗元和十一年（西元八一六年）秋，白居易謫貶江州，秋夜送客偶遇琵琶女，抒發同病相憐的無限感傷。放眼潯陽江水秋月白，自忖空有一生抱負鬱鬱不得志，長嘆琵琶女、州司馬同是天涯淪人，相逢何必曾相識？是夜，詩人寫下了千古絕唱敘事長詩《琵琶行》。

詩人離開江州不久，有人便在湓浦口送客之處建有一亭，以《琵琶行》詩名命之。歷代到此憑弔的文人墨客絡繹不絕，如歐陽修、蘇轍、揚基、宋濂、查慎行、袁枚等，留下詩文無數。清乾隆十一年，大劇作家唐英重修琵琶亭，咸豐年間毀。此後百餘年來，亭已不存，僅留斷垣殘壁及「古琵琶亭」四個大字。

一千多年後的九江，是年歲末，夜，細雨綿綿。潯陽江邊上的一座小酒館，透過雨中門口昏暗的燈光，依稀辨認得出牌匾上的店名「琵琶亭酒店」。酒館屋簷下一邊掛著一串風鈴，涼風吹來，不時發出輕柔悅耳的叮咚聲。店內不大，共有四張桌，客人有兩桌。靠門口的一桌坐一中年人，身旁帶著一個約莫五、六歲的小女孩。這人約莫三十餘歲光景，臉色較白，戴一副近視眼鏡，文質彬彬，小女孩頭上梳著六根小辮，安靜地望著窗外，胖嘟嘟的小臉，煞是可愛。中年人已經結完了帳，大概是出門忘記帶雨傘，眼瞧著窗外連綿細雨，緊鎖眉頭。靠窗的一桌有兩男兩女，都是青年人，聽口音，像是來本地旅遊的下江人。桌上幾碟小菜，一壺白酒，幾人正不快不慢地啜著，一邊天南地北地閒聊。店老闆夫婦聽他們聊得熱鬧，也搬只凳子湊了過來。

窗外雨逐漸大了起來，密集的雨點擊在玻璃上簌簌作響，風鈴聲已然不聞。江南冬末時節的夜晚，寒氣襲人。老闆起身進了廚房，不一會兒抱出來一隻火爐，擱在地中央，頓時屋內暖氣融融，青年們不禁歡呼了起來。又添了兩樣小菜一壺酒，邊吃邊聊。

「有一年咱們那兒的醫院出了一件怪事，你們知道嗎？」小夥子嚥下一口酒，問道。大夥催促他接著往下說。

「醫院出生了一個男嬰，圓圓的臉，眉清目秀，護士們說從來未曾見過這麼漂亮的小孩，個個愛不釋手。護士長懷抱嬰兒，親吻小孩額頭，感到有點不對勁……」

「什麼不對勁？」女孩們關切地問。

「我先喝上一口，」小夥子慢吞吞地啜了口酒，然後接著說，「護士長感覺什麼在滑動，於是用手捋了一下孩子頭皮，頭皮竟然滑上頭頂，額頭上滿滿長的都是眼睛！」

「啊！」女孩們尖叫了起來，渾身頓起雞皮疙瘩。

小夥子開心地望著女伴們的受驚模樣，暗自發笑。

瀟瀟細雨仍在不停地下著，此刻牆上時鐘敲響十一點，店主站了起來，打烊時間到了。這時突然屋簷下風鈴響起，窗外一束燈光照射過來，一輛載重貨車停在酒館門前，推門走進四、五個男女。

「老闆，肚子空了，還有飯吃嗎？」前面的五十來歲的男人操著一口湖北口音嚷道。不待店老闆答話，其餘的幾人已然落座。這些人風塵僕僕、渾身濕透、衣衫不整，看起來是跑長途來的，顯得疲憊不堪。

「對不起，已經打烊了。」店老闆道。

年長的男人瞧了瞧旁邊餐桌，眼中流露出一絲惱怒。同桌的兩個婦女在默默地用手絞著長髮，地上一大攤水。

老闆娘聞狀進了廚房，拎來一大壺茶：「對不起了，就喝口水吧。」說罷給他們一一斟滿。桌旁之人面面相覷，頓露驚恐之色。年長那人霍地站立起來，臉色鐵灰，雙眼佈滿血絲，惡狠狠地走向老闆娘……

「唉，塵歸塵，土歸土，從哪兒來，到哪兒去。」門口桌旁的中年人長嘆一聲。

正在逼近老闆娘的那人渾身一顫，停下身來，轉身來到那中年人桌旁微一躬身，輕聲道：「多謝指點。」說罷一招手，這夥人魚貫而出，須臾，汽車轟鳴著遠去了。

老闆娘適才嚇出了一身冷汗，眾人也是疑惑不解，都把眼光都望向了那中年人。店老闆走到他跟前，恭恭敬敬地詢問。

那中年人冷冷說道：「他們是死人。」

次日，九江《潯陽晚報》赫然刊登一條消息：**昨日傍晚，一輛湖北貨車不慎墜入長江，車上五名乘客全部溺水身亡。**

第一章

中國西南雲貴高原，靠近滇藏交界處海拔三千多米的中甸，就是二十世紀初英國作家希爾頓在《消失的地平線》一書中所描繪的人間天堂——香格里拉。有關香格里拉的傳說吸引了各國探險家在喜馬拉雅山兩側西藏和尼泊爾等地找尋了近百年，直到一九九九年聯合國認定香格里拉就是雲南省德欽藏族自治州的中甸縣。

四月的香格里拉，高山草甸上盛開著一望無際的紫色野花，天邊是白雪皚皚的玉龍雪山，放牧犛牛的藏族姑娘那高亢而婉轉動人的歌聲，不時從遠處飄過來。縣城東南十餘里群山之中，是連綿不絕的原始森林，人煙罕至。密林深處隱藏著一個高山湖泊，藍藍的湖水清澈無比，周圍古木參天，此湖名為「碧塔海」。高大的松林中棲息著無數巨大的烏鴉，這些黑鳥極具攻擊性，它們就像守護神一般，世世代代忠實地看守著這塊原始的土地。湖水中生活著一種雙唇魚，甚是美味，世上絕無僅有。霧氣茫茫的湖中間，有個小島，茂密的樹林裡有一座簡陋的石頭房子，相傳噶瑪噶舉派的第二世大寶法王曾在此修行。房間正面牆上掛著蓮花生大師的畫像，祭壇旁立著一位面容慈祥身著法衣、頭戴寶冠的中年活佛，他就是仲巴·仁波切，第十七世白教東寶法王。

活佛默默地看著跪在地上的澤旺仁增，緩緩說道：「當年在梅裡雪山遇到你至今多久了？」

「十三年。」澤旺仁增小心翼翼地回答。

「緣起很好，十餘年苦修，你已盡得噶舉一派真傳。儘管如此，為師擔心你從未踏足山外，對當今社會一無所知。唉，一切隨緣吧。」活佛伸出手，掌心按在澤旺仁增頭上，心念微微一動，又道：「為師今傳你誅殺咒，你要用心記牢，日後自當用到。當年，密勒日巴尊者師從至尊馬爾巴大譯師修正法之前曾使用過。不過，近千年來，再無人用過，此咒殺業太重，切記！」

澤旺仁增今年二十歲，原本是漢人，祖籍河北唐山。十三年前，孤身一人流浪至梅裡雪山時，衣衫襤褸，骨瘦如柴，已是奄奄一息。當時正遇東寶法王途徑此地，將其救下，帶回承恩寺撫養，取名澤旺仁增，灌頂傾囊相傳。至於孩子的來歷與身世，活佛從未提起，其他喇嘛和弟子亦無從知曉。

密宗，藏語為「桑俄」，意思為秘密真言，是不許為外人道的密法，只可向極少數有「根器」的人秘密傳授，這是傳承藏傳密宗的根本原則。藏傳密宗在解釋人體的奧秘、發掘人體的潛能方面有著自己獨到的見解和方法，並發現了聲音在物質世界中所具有的不可思議能量，而且巧妙地運用了這種自然力量。

現代科學證明，聲音起源於發生體的震動，其特點是具有穿透力，能夠穿透固體、液體、氣體。密咒正是運用聲音的震動和穿透力，以一種獨特的頻率在人體內與各「脈穴」點共振，帶動內氣運行，從而達到意到、聲到、氣到，既可強身壯體，又可治病救人。修行極高者，甚至可以發出某種極強的次聲波頻率，穿透物體，遠距離作用於他人身上。

按照藏傳密宗的規定，修行每種密咒都應在一〇八次和一〇八〇次之間，每咒修滿十萬遍。東寶法王沒有看錯人，一般根器好的喇嘛須兩年以上方能修滿，澤旺仁增只用了兩個月就已修完，進入修持本尊法。以後的若干年，澤旺仁增突飛猛進，連續修持了「五部無上金剛大法」，這已經是無上瑜伽功夫了。

人類的智慧分為四個層次——意識、無意識、潛意識、深層意識。常人最多只具備前三種。而深層意識（深層記憶），密宗稱之為「欲望泉流」，即「個體」出世以前已經積累的能力和經驗，這也就是藏傳佛教轉世之謎。

入寺的第八年，澤旺仁增開始修行火瑜伽，並依次進入「大幻化瑜伽」、「夢境瑜伽」、「光明瑜伽」的修習。

一年前，他終於進入藏密最高修行法門——「中陰靜修瑜伽」。

「中陰」，意為間斷、中止，指人死後與轉生前的中間過渡階段。依藏密「中陰靜修瑜伽」的要求，澤旺仁增在香格里拉無人大峽谷裡選擇了一處僻靜的山洞，洞口由外封死，他在完全黑暗中不吃不喝，連續入定冥想七七四十九天。實際上，四十九天的期限就是人死亡後的中陰過渡時間，修行者修行此法，完全是將自己觀想成一位死者，由此開始逐步體驗中陰狀態下的諸種幻象及其實質。

洞中漆黑，無光、無聲、無嗅，也沒有時間概念。不知過了多久，他冥冥中感覺到一絲光亮，逐漸強烈起來，那是光明體顯現，這時澤旺仁增有一種重新返回子宮的感覺，自己完全融於一片美麗斑斕的光體之中……

第四十九天，澤旺仁增破地洞門而出。經過一十三年的苦修，現在的他已經是藏密白教百年一遇的大瑜伽行者了。

次日，澤旺仁增動身離寺。臨行前，活佛替他換上了漢民裝束，身著一隻帆布背囊。澤旺仁增一副高挑削瘦的身材，皮膚黝黑，濃密的黑髮，雙眼深邃而略帶憂鬱。

「從今天起，你就恢復你的漢人名，唐山。」活佛道。

第二章

九江，三國時稱柴桑，唐宋為江州，自明以後始稱九江。出得城東十餘里，便是威家鎮，此處是登廬山必經之路。鎮東再前行十里可達鄱陽湖邊。鄱陽湖煙波浩淼，方圓數百公里，是我國著名的第一大淡水湖。

賀嘉山山勢平緩，乾高巽低，西北後靠白雲繚繞的廬山五老蜂，東南遠眺鄱陽湖環繞有情，碧水之中托起一座孤山，山上矗立文峰塔。青龍環抱，白虎低頭，一潭朱雀水甚是明淨……

清明節，古時稱寒食節。賀嘉山陵園內車水馬龍，人們扶老攜幼手持清明花前來，這是一年一度最重要的祭祀先人的日子。

山道上有一位身穿灰布道袍的道姑，年約四十餘歲，風姿綽約，有人認得是城郊「開天古觀」的主持華靜道長。這座古觀在九江一帶頗有名氣，雖不及三清山和龍虎山道家聖地那樣地位顯赫，卻也香火鼎盛，信客絡繹不絕。那華靜道長猶擅長陰陽術數，卜筮斷簽更是靈驗。此刻她穿過中苑及北苑墓區，來到了位於山頂的墓區營業廳，這是一座仿古建二層小樓，紅色的牆壁，黃色的麓頂。

廳門外廣場上，一個五、六歲的小女孩正獨自與一群小狗玩耍，華靜見那小姑娘生得白白淨淨、眉清目秀，心中甚是喜愛。女孩走近前來，向華靜微微一笑：「道長可是要找我爸爸？」

「你爸爸是誰？」華靜詫異地問道。

「風水師馮布衣呀。」女孩頑皮地歪了歪頭。

華靜心中一凜，暗道：這孩子果真有些與眾不同。

「我是馮布衣，請問道長是……」身後傳來匆忙的話語。

華靜轉過身來，輕輕頷首，略一寒暄，道：「此處說話不便，可否入內一談？」入得室內，清茶一杯。

「我聽到有人說你的女兒有些不尋常？」華靜道。

馮布衣聞言輕輕一顫，道：「不瞞道長說，我自幼家中習祖傳風水之術，自忖頗有研究，但這件事卻實在令人費解。女兒佳辰，自出世就一直跟隨我生活在這個墓區裡，冷熱寒暑，從未生過任何病，人們說是鬼在護佑她。幾年前的一個晚上，大約下半夜丑時，我醒來發現女兒坐在床上，對著空間咿呀學語，一會兒獨自發笑，一會兒手舞足蹈，興奮不已。後來留意，竟是每天如此！不久，我就發現女兒講話不但早於同齡孩子，而且語言能力發育神速，但終是令人感覺奇怪……」片刻，馮布衣謹慎地望瞭望華靜，道長微微一笑道：「不妨，請直說。」布衣點點頭，接下去道：「後來，我夜間一直留意觀察。」

「你可看到什麼？」華靜問道。

「佳辰像中了邪，仍舊手舞足蹈，叫也叫不醒，一般寅卯時分又睡去，白天如同正常人一樣。送去醫院檢查，什麼毛病也沒有。後來偶然發現她竟然識字，而且是繁體字。她白天總是爬到我陰陽術數的舊版書上煞有其事地看書，開始並未在意，後來發現她竟然看得津津有味，再後來就更離譜了，竟指《青烏》、《葬經》和《泄天機》等書中有錯誤！」

「如此說來，此事必有蹊蹺。」華靜興奮莫名，忙道：「你問過她嗎？她是如何認得字的？」

「她說每天夜裡都有一個白鬚老者教她識字和玩遊戲，我想這孩子可能有『天眼通』，莫非墓區裡有古怪？我怕嚇著孩子，就未再追問下去。接下來我調閱了所有的墓區落葬檔案，已下葬的一千多座墓，學者教師均有，但並無研習易經、陰陽術數之人。」

「當今世上並無易數高人，」華靜皺起眉頭沉思片刻，慢慢言道：「自古佛道兩家都有關於天眼神通的論述，認為通過打坐練氣，摒除雜念而達到真正內心空明時，就可以感覺到常人所看不到的東西在大腦皮層中形成一定的影像。關於松果體，當今醫學界還瞭解甚少，人類大腦中這一神秘腺體是否就是天眼的物質存在形式，目前還無法證實。小孩子開天目的說法流傳甚廣，但這的確是真實的。小孩子還不懂事時，心無雜念，內心空空如也，亦無自我保護能力，此時的松果體是人體內與生俱來規避危險的一種感官功能。隨著小孩長大，自我保護能力加強，該功能逐漸減退，一般在懂事前後徹底消失。」說到這裡，她停頓了少許，又道：「當然也有例外。不知可否與你女兒一談？」馮布衣思忖少許，點點頭，起身喊小姑娘進來。

「佳辰乖，你願意告訴我白鬚老頭的故事嗎？」華靜和藹親切地問道。

「是白鬚師傅。」小姑娘噘起嘴一本正經地糾正道。

「對，是白鬚師傅。你知道白鬚師傅的名字嗎？」華靜忍俊道。

「賴布衣。」

此話語如同一記重錘擊在華靜道長與馮布衣的胸口，怔怔地半晌說不出話來……

賴布衣，名賴文俊，世稱布衣。江西寧都人，宋代著名風水大師，為江西派第三代傳人。中國古代風水術分江西（形勢宗）、福建（理氣宗）兩大派。江西派著重山川形勢，覓龍點穴；福建派則以羅盤方位為主。賴布衣精通陰陽術數，善點怪穴，赫赫有名，可謂是幾百年一見的易學大師。此人一生飄泊江湖，晚年不知所終。

「莫非賴布衣竟葬於此地？」華靜道長喃喃自語。她感到此事匪夷所思，按理推斷，大師業已去世七、八百年，生物磁場早已消失殆盡，又如何聚得人形？大凡人死肉身雖朽，但物質不滅，生物磁場並不同時消失。易經說物質「其大無外、其小無內」，揭示宇宙大而無外、無窮無盡，小到分子、原子、質子、中子、基本粒子等元素，也是無窮無盡。每一個元素都包含著宇宙全息，就如ＤＮＡ一樣，每一個染色體都包含著這個生物體生老病死等一生的全部資訊。人眼能看到的、人耳能聽到的不過是可憐的那一點有限的光譜和頻率而已，一個生物磁場不被可見光所折射，發出的頻率若是次聲波或超聲波，人就看不見、聽不著，但是那個生物磁場卻客觀真實地存在著，只不過它也會同任何元素一樣會衰變。人死去時的生物磁場衰變一般七天為一週期，因此民間自古相傳有頭七、五七至七七之說，時間越久，磁場越弱。經過七、八百年的衰變，賴布衣的磁場不可能被感知出來，儘管小姑娘可能長有天眼。

想到此，華靜抬眼望瞭望馮布衣，言道：「可知這方圓百尺之內，是否有古墳？」

馮布衣想了想，突然間道：「是了，建這所房子挖地基時曾打探過，其中一根裡倒出青磚糯米灰膏末，我當時猜想是座古墓，但不想擾其清靜，所以並未吭聲，房子就在其上建起來了。莫非就是……」

華靜聞言沉思了一會兒，轉過身來對著佳辰輕聲道：「你賴布衣師傅有沒有說他家在哪裡？」馮布衣探過身來，全神貫注。

佳辰搖搖腦袋：「我不能說。」

「為什麼？」

「師傅要我保守秘密，因為我是江西派第三代傳人，以後還要告訴我一個好大的秘密，我要是說了，師傅就不理我了。」小姑娘語氣儼然如同成年人，儘管稚氣未脫。

馮布衣輕輕地撫摸著女兒的頭：「佳辰，爸爸又不是外人，告訴爸爸，爸爸會替你保守秘密的。」

佳辰想了想，還是搖了搖頭：「不行。」

華靜道：「馮先生，小孩子的話不要相信啦，賴布衣的家根本就不在這兒。」說罷，站起身來。

「師傅家就住在樓下……」小姑娘脫口而出，隨即自感失言，忙捂住嘴，「不理你們了。」說罷，一溜煙地跑出去了。

華靜與馮布衣大吃一驚，面面相覷。

第三章

麗江古城。青石板鋪就的巷道蜿蜒曲折，兩旁是高低錯落有致的明清小式民居，白牆布瓦，雕樑畫棟，小橋流水，花影婆娑，隨風飄來悠揚悅耳的納西古樂，更使得遊人流連忘返。中午時分，四方城遊人熙熙攘攘、摩肩接踵。人流中行著一個身著滿是皺折舊西裝便服的高個青年人，肩揹帆布背囊，邊走邊好奇地東張西望，他就是澤旺仁增，漢名唐山。

唐山自離開承恩寺後，搭乘長途客車來到了麗江。承恩寺裡修行十多年，出來了看到什麼都新鮮，真是恍如隔世。想起自己的身世，不由得一陣辛酸，若不是仲巴活佛十三年前搭救，自己早已經凍死在梅裡雪山了……

唐山依稀記得在華北霧靈山的老家，那是一個叫乾寶山的村莊，緊靠清東陵，村東有一條西大河，過河就是咸豐皇陵了。記得小時侯時常跳進河裡摸魚，碰巧捉到一條大鯰魚，黃脊背，長長的鬚，煞是威風凜凜，跑回家交給母親，少不了得到幾句誇獎，心裡頭開心極了。晚上上炕睡覺，每當纏著母親問起父親時，母親的臉上都會現出微笑，那是來自心底的笑容，那種神情唐山一生都不會忘記。聽母親講，父親祖輩是八旗子弟，曾跟隨十四阿哥看守皇陵，世居乾寶山村。母親是江蘇人，一九六九年知青插隊投靠遠房親戚來到乾寶山村，在這裡結識了父親。父親是本村樸實的農民青年，一九七五年他們結了婚，婚後儘管家境清貧，但夫妻恩愛，其樂融融。不久，母親懷孕了，父親不想離鄉背井的母親生活得太過清苦，於是就去唐山挖煤，掙多點錢補貼家計，為將要出世的孩子攢點積蓄。一九七六年的那場大地震，父親死了，懷孕的母親挺著大肚子奔到唐山震區，在無邊無際的廢墟裡找尋了三天三夜，也未能找到父親的屍骨。母親萬念俱灰，想隨父親而去，又不忍心父親的遺腹子，於是返回老家，生下了孩子，取名唐山。老家落不了戶口，生活亦無著落，長期靠著娘家也不是辦法，不久就又回到了乾寶山村，母子相依為命，艱苦度日。

「過橋米線，老闆，來碗米線？」一陣吆喝聲和撲鼻而來的香氣打斷了唐山的回憶，定睛望去，眼前是一個冒著熱氣的速食小食攤和攤主笑容可掬的臉。唐山感到腹中饑餓，於是揀了個座位坐下，放下背囊，要了一碗米線。米線味道很好，厚厚的一層油，熱燙燙的。唐山不經意間抬起頭，與坐在對面一老者的目光相遇，老者對他微微一笑，唐山略一頷首，又狼吞虎嚥起來。目光再次抬起時，不由得怔住了，對面那慈眉善目的老者突然變得猙獰恐怖，面部扭曲，眼光呆滯地望著唐山，慢慢向後倒去……眾人驚叫起來，亂作一團。人群中不知是誰說：「中風了，要趕快送醫院。」

唐山擠進人群，那老者漸漸暗淡的目光無助地望著他……唐山俯下身來，輕輕地握住他的手，心念微動，掌中一絲真氣切入老者小指的少澤穴，沿手太陽經上行肩突入督脈至頭部神庭，已探知老者顱內經絡阻窒血管迸裂之所在，隨即催動真氣，打通經絡封閉血管，不過瞬間，已然完成。老者緩緩坐起，眾人不明就裡，老者心中卻明白是這青年人救了自己，心生感激。

唐山回到座位，背囊已經不見了……四下望去，不見蹤影。丟了背囊，非但付不了飯錢，又沒有了身份證件、衣物盤纏。剛出寺門，就逢此劫，這該如何是好？該付帳了，唐山摸遍了衣袋，無奈地窘在那裡。這一切已被恢復了元氣的老者看在眼裡，微微一笑，走上前來替唐山付了帳。唐山合掌道謝，老者擺擺手，拉著唐山的衣角道：「請跟我來。」北行不遠，來到了古城客棧。

進得客棧，穿過庭院，走入一間客房。老者回手關上房門，轉身合什道：「小兄弟，方才幸虧得你相救，不知如何感謝才好。」

唐山合掌道：「舉手之勞，不必言謝。」

老者叫道：「舉手之勞？這簡直是醫學界的奇跡！我感覺到那股暖流在遊動，一直行走到腦袋裡轉動著發熱，舒服極了，小兄弟真乃神醫也。」不待唐山說話，又急急忙忙自我介紹：「我叫華心，是中國江西省九江市廬山區株橋『開天古觀』主持華靜道長的俗家師兄。不知小兄弟如何稱呼？」他好不容易才將拖長的語調說完，透過一口氣來。

唐山心中暗笑，道：「原來是花心道長。」他的雲南口音華、花不分。

華心十分詫異：「你也知道我的綽號？他們都開玩笑喊我『花心道長』，其實我也沒幹過什麼。」說罷，不好意思地搓搓手。

唐山告訴華心自己是藏密白教喇嘛，未出過遠門，缺乏社會經驗，又弄丟了盤纏，進退維谷。華心聽罷笑將起來，連連說不要緊，別著急，他有辦法。

原來華心是一名地質學家，勘探隊因為不景氣解散後，他就下海做生意，這幾年倒是發過幾筆小財。妻子去世多年，並無子嗣，獨自一人生活，倒也逍遙快活。這次前來麗江是來旅遊的，反正也沒有什麼事，他樂意陪同唐山去內地一遊，以他豐富的社會經驗與地理知識，足以保障唐山萬事皆順，至於途中開銷他願意供養云云。唐山想來別無他法，也就默認了。

夜半時分，華心鼾聲如雷，唐山輾轉反側，索性在床上盤腿打坐閉目靜修。耳邊又隱隱約約聽到那個聲音，這聲音似乎來自遙遠的空間，稍一分神又聽不到了。最初感覺到這種若有若無的聲音是在修行的第六年，以後隨著修為的提高，聽到這聲音的次數也越來越多，幾乎每天靜心打坐時都會聽到。

想起七歲那年，那天風和日麗，母親早早起身，從箱底翻出她從不捨得穿的那件鴨蛋青細碎花底上衣，立在鏡子前打扮，小唐山知道那是母親結婚時穿的嫁衣，衣襟上有母親親手繡的一對鴛鴦。母親端來冒著熱氣的雞蛋水，綠綠的蔥花、幾滴麻油，香味撲鼻，那是母親蘇北老家的風俗，小唐山第一天上學，母親非常高興。

「要是你爸爸能看到你上學有多好。」母親幽幽地說，邊拭去眼角的淚水。

母親送至村口，百般叮嚀，並堅持中午要去學校接唐山。小唐山走過了西大河回頭望去，母親那青花上衣單薄的身影仍在那株老白皮松樹下矗立著……

鄰家的小芬一路結伴上學。她是一個好心腸的小姑娘，常常從家裡偷拿一些好吃的東西送給小唐山。學校在幾里外的馬蘭峪小鎮，那裡曾是十四阿哥當年駐軍的地方。開學典禮結束後，小唐山領到了新書，嗅著油墨的清香，暗想一定要發憤讀書，不讓母親失望。

小芬漲紅著臉，靦腆地伸手遞過一張漂亮的紅顏色剪紙，上面的圖案是兩個小學生手拉手背著書包去上學。小唐山面紅耳赤，悄悄塞進貼身口袋裡。

開學第一天沒有課，大約十點多就放學了，唐山和小芬背著書包一路說說笑笑、興高采烈地走在田野小路上……

前面鐵路邊聚集著一堆人，可能又有人被壓死了。小芬不敢看，忙拽著唐山繞行。唐山瞥了一眼，從人們腿間空隙中，他看見了透著斑斑血跡的青色碎花底上衣和那對鴛鴦……

嘎吱一聲響，中斷了唐山的沉思。他睜開眼，只見窗扇已被打開，接連跳進兩個人。為首的中年人面色蠟黃，瘦骨嶙峋；身後那人則高大魁梧，一臉橫肉。此刻華心已然驚醒坐起，面現驚恐之色，隨即滿臉堆笑，連聲道：「原來是崔老闆駕到，請坐，請坐！」

崔老闆不屑一顧地瞥了一眼盤腿打坐的唐山，滿臉陰沉地盯著華心冷冷說道：「你個龜兒子，看你跑到哪裡去？害得老子跑斷腿，要命的就趕緊交出來。」

「就算真的有，也已經燒掉了啊。」華心叫道。

「龜兒子嘴巴硬是緊得很，」崔老闆陰笑一聲，打了個手勢，「老么，請華老闆喝杯水酒。」老么聞言咧開嘴巴，嘬嘬牙齒，樂哈哈地摸出一只長方形小盒子，翻開盒蓋，拿出一隻注射器，掏出兩包白粉，順手倒入桌上的空塑膠杯，手指下探、開拉練、扯出那話兒、滴入少許尿液、搖一搖、抽入注射器，簡直是一氣呵成。老么有力的大手捉住華心手臂，搖晃針頭尋找靜脈……

華心拼命叫喊道：「沒有消毒，太不衛生了！」一邊把求助的目光急切地望向唐山，唐山睜開了眼睛，平靜地望著他們。華心眼睛一轉，長嘆道：「罷了，罷了，就給了你們吧。唐老弟，身外之物，拿出來給他們。」

「哼！算你龜兒子識相。」崔老闆轉身向唐山伸出手，「小兄弟，拿來。」

唐山依舊靜靜地盯著他們。

崔老闆見此勃然大怒：「格老子的，小龜兒子硬是活得不耐煩了，水酒你來飲！」老么聞言搶上前扣住唐山手腕，作勢要扎下去。唐山坐在床上動也未動，索性閉上了眼睛，不理不睬，心中暗念移魂咒。崔老闆鼻子哼了一聲，心想這小子是不是有毛病？於是示意老么刺入。老么早已不耐煩，手上一用力，針頭刺入肌膚……

那感覺真好，痲痲的……

「你在幹什麼！」崔老闆吼起來。

老么定睛一看，大驚失色，針頭刺入的竟是自己的手腕！針筒已經注射進了一半，頓時斗大的汗珠順著臉頰滾下，整個人愣住了。崔老闆搶前一步，劈手奪下注射器，忿忿地瞪了老么一眼，伸手抓緊唐山手臂，認得分明，狠狠地刺入……

同樣的感覺，痲酥酥、癢癢的，真是美妙啊……推進去，拔出來，崔老闆長吁一口氣。

當然，那也是他自己的手臂。

此刻，不但老么驚詫萬分，華心更是看得目瞪口呆。

須臾，崔老闆與老么都軟綿綿地倒下了。華心跳下床，開心地踢了踢他倆，然後一躍坐在唐山的旁邊，無限景仰地問道：「兄弟，你不是會魔法吧？」

唐山慢慢睜開雙眼，說道：「你拿了人家什麼東西？」

華心臉一紅默不作聲，半晌，伸手入內褲，從內褲暗袋裡掏出顆青白色的珠子來，小心翼翼地托在掌中遞到唐山面前。珠子有雞蛋大小，渾圓型呈半透明狀，泛著青光，沒有一點瑕疵，應是價值不菲。

「這顆夜明珠可是絕世珍寶啊，世上只得兩顆。當年咸豐皇帝分賜給東西宮皇后。西宮皇后葉赫那拉氏，就是慈禧太后，她死後那顆夜明珠含在口中，葬於清東陵的定西陵，一九二八年被軍閥孫殿英盜走，送給了宋美齡。東宮皇后鈕鈷祿氏慈安，死後葬於清東陵的定東陵，不過孫殿英未及盜墓。一九四五年秋，霧靈山上下來一股土匪，為首的王氏兄弟炸開了慈安陵寢的地宮。棺槨裡慈安沉睡了數十年，仍然面色紅潤，猶如在生，口中含著的就是這顆夜明珠。土匪摳出夜明珠，只見東太后慈安的面頰瞬間塌陷，滿臉皺紋，皮乾色暗，判若兩人，匪徒們嚇得逃出地宮。

王氏兄弟急於將夜明珠脫手，連夜趕往北平，賣給了琉璃廠的一個古董商，得黃金五十兩。數月後，兩人死於非命。此後數十年，該古董商和夜明珠均下落不明。」

「那麼後來呢？」唐山聽起了興趣。

華心興致勃勃地接著敘述：「這個古董商就是我的父親……」這次輪到唐山吃驚了。

「我父親過世至今已有三十年了。自從當年得到夜明珠後，我父親就帶著全家悄悄離開了北平，回到了老家四川。小時侯，我曾見過這顆夜明珠，曾聽父親講起過它的來歷，告之說這是傳家之寶，要世代相傳。我大學畢業後分配到了九江贛西北地質隊工作，便很少回老家了。

文化大革命期間，紅衛兵來抄我家，指明要那顆夜明珠，帶隊的頭頭是我的遠房表弟。紅衛兵翻箱倒櫃，掘地三尺也未能找到珠子，父親當晚就去世了，夜明珠的下落自此再也無人知曉。

今年初，老家搞開發區，我父親的舊墳需要搬遷，於是我便返回了四川。開棺的那一天，親戚們都到了，人群中我看到了那位表弟，寒酸而猥褻。墳丘漸漸挖開，想來三十年，父親應該只剩一副枯骨了，不料打開棺蓋，父親面色紅潤，屍身完好如初，就像睡著了一般……那間，我明白了，可憐的父親為了保護夜明珠，定是將其吞入了腹中！他以生命為代價，陪伴夜明珠在地下沉睡了整整三十年啊……

老家的鄉下盜墓成風，所謂：要致富，去盜墓。父親三十年屍身不壞的消息肯定會不脛而走，會不會有人……我眼光掃過人群，已不見了表弟。

殯儀館裡，我默默看著父親的遺體徐徐推進火化爐，火焰騰騰升起，一切都該結束了，可憐的父親，就讓夜明珠與你永遠相伴吧。一個時辰後，揀灰託盤緩緩拉出，白色的骨灰散發著熱量，骨灰當中赫然呈現一顆夜明珠，寶珠絲毫無損！

我揣起夜明珠，捧起骨灰盒，轉過身，發現了表弟與崔老闆的身影……」華心講到這兒，長吁一口氣，忙補充道，「後來的事情你都知道了，崔老闆一路追殺我到了麗江。」

唐山聽罷華心的講述，伸手拿起夜明珠仔細觀察，心中暗想，看來此珠甚是不祥啊。華心關閉了燈光，室內漆黑一團，但見唐山掌中發出綠森森的光芒，寒氣逼人，珠體晶瑩剔透，珠內似有雲靄浮動，深邃難測，果然是稀世珍寶。

華心道：「看來今夜我們得離開了，兄弟要去哪裡，我陪你一路。」

唐山點點頭，兩人收拾好東西，趁著黑夜離開。

第四章

霧靈山腳下的乾寶山村。春天來到了，西大河邊的柳樹已經抽出新綠，清澈的河水汩汩流淌著。田野上，黃色的苦菜花和白色的薺菜花東一蔟西一蔟的，空氣中彌漫著一股泥土的芬芳。

村頭老白皮松樹下，大青石上，坐著一個背著舊書包衣杉襤褸的老婦人，身旁撂著根打狗棒，腳下一只破討飯碗。她那蓬鬆而髒亂的頭髮已經斑白，憔悴的臉上滿是皺紋，暗淡無神的目光凝視著遠方……她就是唐山的母親。

十三年前的那一天，她送唐山上學回來去集市上買了二斤肉，準備晚上包餃子。回家的路上，見田野水溝邊長著嫩綠的薺菜，便除去鞋子和上衣，赤著腳下溝採摘，衣服鞋子擱在了路邊。一路採去，不久就摘了一大兜。回到路上，發現衣服和鞋子都不見了……那件青花上衣是當年結婚時丈夫送的，自丈夫去世後，她一直珍藏著從未穿過，每當長夜難眠時，她會取出來，燈下睹物思人，了卻相思之苦。可如今卻丟掉了，心中酸楚，萬般懊悔……

中午時分，她走在通往馬蘭峪的小道上，心情仍舊難以釋懷。前面奔跑而來的氣喘吁吁的小姑娘是鄰家的小芬，她見到唐山母親大吃一驚，語無倫次：「嬸，你不是……唐山他……」費了半天勁兒才問清楚，原來唐山見到鐵路上的屍首後，便發了瘋，丟下書包狂喊著到處亂跑。小芬沒有辦法，只得跑回村喊人。

唐山母親聽罷慌了神，急急忙忙同小芬朝鐵路方向趕去。鐵路路基下，仍圍著人群，一具女屍趴在地上，頭已軋碎，血肉模糊，鴨蛋青碎花底上衣撕裂開，衣襟上的鴛鴦已血跡斑斑。她明白了，死者是偷衣服的人。

四下不見唐山的蹤影，地上躺著一隻書包，唐山不見了……

春去夏至，秋去冬來，唐山母親帶著那只書包找遍了霧靈山區，京津畿地，一路討飯一路尋，頭髮花了，背也駝了，一年又是一年。最後，她抱著兒子早晚有一天會回家的一絲信念，步履蹣跚地回了乾寶山村。

每天清晨，太陽升起的時候，人們都會在村頭的老白皮松下，見到她坐在那塊大青石上，默默地凝視著遠方……

北行的列車，軟臥車廂，華心躺在上鋪打著瞌睡，唐山心不在焉地望著車窗外飛馳而過的田野村莊。對面鋪位上的兩位中年旅客似乎頗有來頭，在昆明上車的時候，相送之人委實不少，不但有僧有道，而且其中幾位頗像是相當級別的領導。中年人約莫四、五十歲，邁進車廂門時，懶散的目光瞥了唐山一眼，頗為驚訝地「咦」了一聲。「大師，時間到了。」身後那人恭恭敬敬地說道。那被稱做大師的人點點頭，脫鞋盤腿坐在鋪上，深吸了口氣，雙臂上揚，環抱周天，掌心上翻，閉上雙目運功。唐山一凜，先是感到一股強大的磁場襲來，整個軟臥車廂都在其籠罩之下，隨即那磁場凝成一束，向北破空而去……

「你都感覺到了？」片刻，大師徐徐睜開雙目，對唐山微微一笑。

唐山點點頭。

「嗯，小小年紀，難得，我叫嚴新。」大師伸出手來。

「嚴新？」華心在上鋪輕聲驚呼，瞌睡蟲頓時不見了。

唐山自幼閉關承恩寺，外界之事所知甚少，並不知這位中國鼎鼎有名的大氣功師。他簡單地作了自我介紹，問道：「方才大師破空之氣淩厲無比，不知是否就是中原氣遁之術？」

「小兄弟果然見識不凡，正是氣遁。」嚴新暗自驚訝，懂得這種至高境界氣功的全中國也不過寥寥兩三人而已。

唐山曾聽上師仲巴活佛講到過古時中原有一種極高境界的氣功術，叫做氣遁，可集氣功師生物磁場全部能量為一束，攜帶資訊穿透陰陽兩界。不過由於現代社會遍佈的各種人工磁場如廣播電視、衛星通訊等的干擾，現在基本上已經無法再做到了。

「大師，我只是聽師傅說起，不甚了了，不知大師能否給予指點？」唐山恭敬地請教。

嚴新略思索，道：「好吧，你聽說過蟲眼嗎？」

唐山搖搖頭。

嚴新解釋，比如一隻蘋果，蘋果皮與蘋果核代表陽界與陰界，它們屬於兩個空間，互不相通。但是，如果有一隻蟲子，在果皮與果核之間鑽了一個隧道，連通了兩個空間，這個孔洞，就叫蟲眼，天文界稱之為蟲洞。在這個地球上，蟲眼有多處，大多數蟲眼分佈在北緯三十度線附近，如百慕達三角洲、埃及金字塔、中國的鄱陽湖等地區，中國民間稱之為陰陽門。就像近代化學起源於古代煉丹術一樣，最早發現蟲眼的是歷代地理堪輿師，他們窮畢生精力探索和找尋，如唐朝的袁天罡、李淳風，宋代的賴布衣，明朝的劉伯溫等都是其中佼佼者。尤其是江西的賴布衣，善點怪穴，他一生踏遍山川，覓龍點穴，而且大多數基本上都是沿著北緯三十度線。

「那麼，蟲眼有什麼作用呢？」唐山關切地問道。

嚴新饒有興致地說下去，蟲眼是大地的穴位，兩度空間的交匯處，是一種地球磁場的異常漩渦，這個強烈磁漩渦的異常頻率，當今的科學儀器還無法完全探測出來，對它的作用過程也不清楚，但顯現出來的結果卻令人震驚。如百慕達三角洲失蹤的艦船飛機、美國羅茲韋爾小鎮墜毀的外星人飛碟、金字塔法老的詛咒，甚至唐山大地震。

「唐山大地震？」唐山心中一顫。

「是的，世界上的一些大災難或許都與蟲眼這個地磁異常有關。至於氣遁，我每天定時發出，收集蟲眼異常的磁力變化，以期預測某些災害的發生。」嚴新解釋道。

「您知道蟲眼的位置？」唐山肅然起敬，由衷佩服這位大師的修為。

「不，蟲眼的位置不是一成不變的，它隨著地球運行的方位，星體的角度、引力，甚至人類一些大型工程如水庫、地下石油、礦藏的掘取，都影響地球磁場的變化，造成了蟲眼的漂移。」嚴新的聲音漸漸弱了，目光也越來越懶散了，最後終於合上了眼皮。

「大師每次氣遁，功力損耗很大，都會沉睡一陣子。」嚴新的隨從向唐山解釋道。

是夜，唐山輾轉反側，難以入睡。想這嚴新大師功力之高、學識之博，匪夷所思，中原真是藏龍臥虎啊。淩晨時分，唐山乾脆起身盤腿打坐。心靜之後，那似有似無的聲音又出現了，他凝氣於足少陽膽經聽會穴處，意念剝離開所有干擾的雜亂磁場，心靈感應那遙遠飄渺的微弱資訊。慢慢地那微弱的資訊逐漸加強，不知過了多久，他終於聽到了那聲音，那兒時熟悉的聲音，那聲音如泣如訴：山兒，十三年了，你怎麼還不回來……

這是母親的聲音！唐山如遭電擊般驚呆了……

清晨，山城重慶籠罩在一片濃霧之中，菜園壩火車站的月臺上，唐山拱手與嚴新匆匆辭行。嚴新緊握住唐山的手，頗有不舍之情：「小兄弟，你我一見如故，這次若不是急著趕去湖北，真想與你同行，好有機會徹夜長談呢。」

「想來若有緣，必能再見大師，釋我心中之惑。」唐山面色憂鬱和蒼白。

「這是我的名片，可隨時找我。」嚴新拿出一張名片，並寫下電話號碼遞與唐山，名片簡潔大方，上有草書嚴新二字。

列車於濃霧中繼續向北行駛。

太陽像每天一樣升起來，人們照常日出而做、日落而息，沒有人留意到村頭老白皮松樹下的那個老婦人已經不在了。夕陽餘輝下的霧靈山區，在通往乾寶山村的山路上，兩個風塵僕僕的趕路人，日夜兼程地終於趕來了，那是唐山與華心。

唐山依稀辨認得出兒時記憶中的咸豐皇帝的定陵及旁邊的西大河，越過河望見村頭那熟悉的老白皮松樹，腦海中當年母親穿著青花上衣的身影依舊那樣清晰，可眼前空蕩蕩的，只有幾隻烏鴉在樹枝上發出淒涼的叫聲。

遠遠望去，栗樹林後的舊草房還在，西南角上的椽子已塌落，掉了半扇門板的屋門敞開著。唐山心中一熱，眼眶濕潤，站立半晌，喃喃地說道：「媽媽，我回來了……」華心默默站在身後。

草房裡靜靜的，唐山心裡咚咚直跳，快步搶入房內，目光所及，牆上的鏡框、插在上面的幾張陳舊照片、炕櫃與小炕桌，一切都與兒時的記憶一樣。炕上躺著一個瀕死的老婦人，灰白的頭髮散亂著，雙目深陷奄奄一息。唐山不敢相信自己的眼睛，但他仍舊辯認得出來這就是記憶中的母親，他日夜懷念的唯一親人，心中一酸，淚水滾滾湧出。他抓起母親乾枯的手，望著她飽經風霜憔悴的面容，滾燙的淚珠滴落在母親的臉上。

「媽媽，我回來了。」唐山俯身在母親耳邊嗚咽著。

彌留之際的母親已沒有了反應，雙目依舊緊閉著……但慢慢地從眼角邊滲出淚水，一滴、兩滴……唐山聞狀心如刀割，悲痛至極。身後是華心輕輕的抽泣聲。

唐山拂去眼淚，強忍悲痛，伸出雙掌按在母親的頭頂，分出熱溫寒涼四道真氣注入四神聰的四個奇穴。熱溫兩道真氣沿「陽脈之海」督脈、寒涼兩道真氣沿「陰脈之海」任脈環行周天，熱氣聚於氣海，溫氣匯入水穀之海，寒氣下於血海，涼氣散入髓海，時間一分一秒的逝去。最終神、宗、營、三焦元氣匯于四海交融，唐山長吁了一口氣，收功撤掌，不覺間已去了兩個時辰。

老婦人慢慢睜開了眼睛，顫抖著的嘴唇，喃喃道：「真的是你嗎？我的山兒回來了？」

「媽媽，是我，是你的山兒回來了，回家了。」唐山淚流滿面，緊緊的抱住瘦骨嶙峋的母親。

母親一聲撕心裂肺的哀嚎，口中噴出一股黑色的淤血，那是鬱積於胸中一十三年的心痨啊……

第五章

湖北宜昌三斗坪。這裡矗立著當今全球最大的水電工程——三峽大壩。大壩為混凝土重力壩，壩頂長三〇三五米，高一八五米，總庫容三九三億立方米，這是一座面積達一千四百多平方公里的巨型水庫，它已成為世界上罕見的人工景觀，它是國家國力強盛的象徵，是炎黃子孫的驕傲，媒體如是說。

清晨，霧氣藹藹，涼風習習，南側陡峭的堤岸上，一個身材高大滿頭銀髮的老者默默地望著茫茫江水，濃霧中的遠處傳來長鳴的汽笛聲。許久，老人發出了一聲長長的嘆息。

「黃教授，還是為三峽大壩事煩惱嗎？」霧中現出一個中年人的身影。

「唉，空負報，摯龍有策知音渺啊。」老人慢慢轉過身來對嚴新淡淡一笑。嚴新快步上前，握住老人的手。

老者是中國資歷最高的水利專家、清華大學水利系教授黃萬里先生。先生早年曾留學美國，獲美國康奈爾大學水文碩士、伊利諾大學水利工程博士，是第一個獲得美國工程博士學位的中國人。

二十世紀五十年代，三位著名清華學人曾在各自學科領域裡闡述過，經後來事實證明是正確的見解。馬寅初（清華校長）提倡控制人口，梁思成（清華建築系主任）呼籲保護古城，黃萬里（清華教水利系教授）反對三門峽水庫上馬。黃萬里在《念黃河》詩中道：「廷爭面折迄無成，既闔三門見水清。終應愚言難蓄水，可憐血汗付滄」。三門峽水庫於一九六〇年九月關閘蓄水，是年潼關以上渭河大淤，淹毀良田八十萬畝，十八個月內，十五億噸泥沙積於潼關。渭河兩岸地下水位升高，自古富庶的渭河谷地鹽鹼化。此後淤積不斷向上游延伸，六四年咸陽河段已淤三米，威脅西安。整個三門峽工程造成損失估算不下百億，還涉及到二十九萬多農民從渭河谷地被迫向寧夏缺水地區移民，其中十五萬人來回十幾次遷移，給他們造成了人生中難以想像的慘劇，連國務院派去視察的高官都為之落淚，說「國家真對不起你們」。歷史雖然證明了黃萬里的預言，但付出這麼沉重的代價令黃萬里痛心不已。七三年他寫下了「凡此事前皆可見，一般律定莫相違，平生積學何所用？愧對蒼生老益悲」的詩句。如今，年近九十高齡的黃萬里每憶及此事仍潸然淚下。

嚴新望著這個滿頭白髮，一身傲骨、浩氣凜然的垂暮老人，心中欽佩之情油然而生。片刻，嚴新的表情轉而嚴肅起來，他鄭重其事地對老人道：「黃教授，今年三峽蓄水將到一七五米，事已至此，可以說一切都結束了。但我仍有一事不明，還需您老不吝賜教。」

「說吧，大師不必客氣。」黃萬里睿智如炬的目光看著嚴新。

嚴新道：「以教授之見，三峽大壩永不可修，其不可修的原因我也只是耳聞道聽塗說，不知能否詳細告之？」

黃萬里點了點頭，說道：「大師博學多才，雖非水利學專長，卻也是觸類旁通的。這樣說吧，大凡峽谷河流若原不通航，支流兩岸又少田地，像大渡河龔嘴那樣，可以攔河築壩，利用水力發電。儘管水庫已積滿卵石夾沙，失掉了調節洪水的能力，仍能利用自然水流的落差發電。但長江三峽卻不是這樣，長江上游影響河床演變最為關鍵的造床質是礫卵石，修壩後原來年年逐出夔門的礫卵石將一粒也排不出去，可能十年內就淤積堵塞重慶港，並向上游逐年延伸，汛期淹沒江津河川一帶。這是黃金水道的上段，那裡水源豐富，生活著一億多人口，缺少的正是耕地，水庫完成後即淹地五十萬畝，將來更多，用來換取電力，實不可取啊。凡是這樣的地貌，決不可攔河築壩。若論經濟效益，此壩每千瓦實際造價之高，移民之多，足以打破世界紀錄，不僅因其破壞航運和農業環境而不可修建，而且其本身價值也不成立。三峽電站二十年內只有工費支出，沒有電費收入，國家財力亦不堪負擔。」言罷，老人深深嘆了口氣。

「如此說來，大壩建成十年後，果如您所料，豈不又要炸壩？」涼風吹來，嚴新不由得打了個冷戰。

「正是。」老人語氣悲愴。

嚴新點點頭，略一思索，又道：「具我所知，當今世界上各國對大型水庫的建造都持十分謹慎的態度，印度、尚比亞等國均發生過大型水庫誘發地震的情況。長江三峽是我國最大的一條地質構造斷裂帶，這座世界上最大的水庫恰好建造其上，不知後果如何？」

黃萬里道：「大師果然獨具慧眼，你說的不錯，三峽的確是我國最大的地質構造斷裂帶之一，大壩正好位於一個六〇公里×一二〇公里的巨大斷塊（黃陵斷塊）的近中央部位，斷塊被活動性斷裂帶所圍繞。斷塊與斷塊之間地殼運動較為活躍，存在活動性斷裂帶，這樣的交界處容易發生強震。理論上來說三峽壩區未來受地震的影響，主要來自斷塊週邊活動性斷裂帶的活動，相距壩區有二十公里左右，三峽大壩底部是古老的花崗岩岩體，花崗岩岩體本身倒是有較好的減震作用，」看到嚴新張了張嘴，欲言又止的表情，輕輕笑了笑，又接著說下去，「當然，這是指靜態而言。如果加上數百億噸水的運動負荷，就有可能出現兩種情況。」

「哪兩種情況？」嚴新不由得興奮起來。

「前一種可能，活動性斷裂帶遭受連續擠壓和發生斷裂，板塊之間位置錯動，導致三峽地區持續發生地震。」黃萬里答道。

嚴新問：「對大壩影響如何？」

黃萬里道：「三峽大壩是按抗七級地震設防的，震級七級以上的地震，全球通常每年平均發生十九次左右，你知道七級地震釋放的能量有多少嗎？」嚴新搖了搖頭。

「相當於三十顆兩萬噸級原子彈擁有的能量，」教授思忖一下，又接著說道，「可相比之下，第二種情況還要更為嚴重。巨大的水壓迫使庫容沿三峽斷裂帶倒灌入潛水面，接通地下水層，滲入長江中下游地區，導致江漢平原地下水位平均升高一米以上，土地鹽鹼化，自古富庶的江南魚米鄉將不復存在……」

老人言罷，若有所思，面現悲苦之情，轉過身去面對江水，無語悵然。

許久，依稀聽到身後嚴新喃喃道：「還有更加可怕的呢……」

第六章

初夏，九江的天氣逐漸熱了起來，賀嘉山陵園因其地處鄱陽湖邊，入夜，倒也十分涼爽宜人。月光如水，柔和地灑在墓碑上，四下裡除了看陵犬小寶偶爾發出幾聲低吠之外，一片寂靜。墓區宿舍，馮布衣一家早已入睡。夜半十分，小佳辰輕輕爬起身來，躡手躡腳地開門溜了出去。

小姑娘悄悄來到房屋東南側苗圃邊，然後坐在一塊青石上，靜靜地等待著……

馮布衣悄然起身，無聲無息地遠遠跟在女兒身後，然後躲在一棵桂花樹下觀察著。看陵犬小寶不知何時來到了身後，嗅了嗅馮布衣褲腳，友善地搖著尾巴，伏在地上。片刻，小寶鼻子搐動了一下，頓時顯得煩躁不安起來，馮布衣凝神望去……

一團淡淡白色的霧氣從土壤中升起，漸漸地越來越濃。須臾，霧氣聚攏成白色的人形，只是面目模糊不清。腳邊傳來小寶顫慄的嗚咽聲，夾住尾巴倒退著溜走了。

小佳辰立起身，恭恭敬敬地朝白色人形鞠躬：「師傅。」馮布衣聞此，緊張得目不轉睛，掌心冒汗。

「爸爸，師傅叫你過來說話。」佳辰扭過小臉笑笑，向躲在樹後的馮布衣招著小手。

馮布衣吃了一驚，只得走了出來，站在女兒身旁。定睛望去，那白色人形仍是一團霧氣所聚成，分辨不出五官來，但覺寒氣襲人。

「爸爸，師傅說，此布衣、彼布衣，千年之後得遇傳人，甚是心慰。」女兒口述道。若不是身臨其境，誰能想到這話竟是出自六歲女兒之口！馮布衣屏氣凝神，但耳中仍然聽辯不出有任何外來細微之聲音。

「爸爸，你是聽不到的，師傅說有話與你說呢。」小佳辰一本正經道。

馮布衣心存疑慮，於是定了定神，清了清嗓，踏前一步對那白色人形略一抱拳，朗聲道：「且慢。賴文俊前輩是南宋人，距今已七、八百年，閣下自稱，此事太過匪夷所思，究竟是怎麼回事？還煩請向小女轉達解釋。」他詫異地回身看著女兒，看她究竟如何作答。

「不錯，老夫正是定南賴文俊，世稱布衣。老夫一生察相占卜、尋龍探穴，立志扶正驅邪、除惡安民，本意欲光大我江西一派，長傳後世，無奈客死潯陽，後繼無人，此乃定數。

賀嘉山乃潛龍在淵之相，爾等足下正是千年龍穴之所在，吾於地下八百年魂魄竟不散去，穴中地氣滋養之故。此山千年來林深幽靜倒也無人打擾，不料去年鋼筋穿透墓室，地氣既破，吾之魂魄也將散去矣。佳辰徒兒機緣巧合為我江西派第三代傳人，實乃天意啊。」此一番話轉述自佳辰口中，馮布衣也不由得不相信這是真實的了。

「可是我女兒還小……」

「不要打斷我的話，我的時間已經不多了，」小佳辰搶過父親的話頭接著轉述，

「八百年了，村野樵夫倒是見了不少，不過俱是肉眼凡胎，氣煞老夫也。那夜初遇佳辰，此童絕頂根器呀，哈哈，我江西一派崛起有望矣。馮布衣你且聽好，你女兒馮佳辰從今夜起正式執掌地理堪輿江西派掌門，為第三代傳人。既為掌門，得有威嚴，想做何事，尤其是想吃什麼，你須得滿足她才是……」佳辰口述到此，歡喜之極，竟咯咯笑了，「乖徒兒不得頑皮！」佳辰吐吐舌頭，忙不迭地接著複述，「唉，可惜老夫八百年滴酒未沾啊。徒兒佳辰，為師今送你綽號『小布衣』，以後本門就稱作『布衣派』。明日夜半子時，可將為師墓穴打開，本門鎮山之寶『覓龍球』和本門秘笈『布衣訣』傳於你，為師遺骨遺你暗中遷往故里江西定南鳳崗村安葬。」

「徒兒記住了。」小佳辰正色道。

「前輩放心，我們定當做到。」馮布衣此刻已是深信不疑。

「唉，八百年夙願已了，為師終可以放心去了……」白色人形漸漸散去……小佳辰「哇」地一聲哭了出來。馮布衣突然想起了什麼，快步回房，取出河北老家帶來的七十二度衡水老白乾，返回原地，咬開瓶蓋，把整瓶酒潑灑在地面上。

許久，聽到傳來口齒含糊的話音：「好酒！怎地如此上頭？」這一次，馮布衣是確實聽到了。

次日入夜，馮布衣足足挖了兩個時辰，終於在子時掘開了古墓。墓道壁均由青磚膏泥（白灰混糯米湯汁）砌就，墓室十分簡陋，一口樟木棺材尚且完好。小心翼翼地撬開棺蓋，月光下一具枯骨呈現眼前，頭骨旁是一個紮緊的油布包和一隻黑色的皮囊。馮布衣輕輕吹去灰塵，解開油布包，裡邊是一本發黃的手寫線裝書，扉頁上題

《布衣訣》三字。馮布衣將書遞與佳辰，伸手去取皮囊，不料手一沉，此囊重量異常，打開一看，裡面盛有一隻黑球，如同鉛球一般。不待多想，重新收好，身邊取出塑膠袋，仔細地將賴布衣的遺骨斂入袋中，檢查一遍，確信無遺漏，紮緊袋口，放入旅行箱。

回填已畢，燃起三柱清香，此刻已近丑時，月明星稀，曠野茫茫，馮布衣長嘆：想那賴文俊當年叱詫風雲，江湖上何等風光？如今八百年南柯一夢，世事難料啊。

第七章

巴基斯坦西北部，這裡是連綿起伏的興都庫什山脈，主峰蒂裡奇米爾峰海拔七千六百九十米，終年冰雪覆蓋。山腳下的村莊努爾德實際上也就只有十來戶部落人家，跨過村西邊的小河就進入了阿富汗的伊什凱西姆鎮，北上噴赤河則是塔吉克斯坦共和國了。

稀疏的樹林裡有所不起眼的土房，院落外邊和林子裡有幾個身著阿拉伯長袍，斜背AK47自動步槍的漢子警惕地守衛著，山坡上伏著幾名手持M16狙擊步槍的狙擊手，望遠瞄準鏡片的反射光時隱時現。屋子內破舊的氈毯上盤腿坐著六七個人，清一色的部落裝扮，坐在最裡面的年長者是部落老酋長穆哈邁德。

老酋長又望了一眼門旁倚牆坐著的那個身材魁梧大名鼎鼎的哈里德，他是基地組織副軍事首腦，爆破專家，二〇〇一年策劃襲擊美國九一一事件的關鍵人物。靠窗的矮胖子塔吉克斯坦人列維諾夫斯基是國際軍火走私商，據說蘇聯解體前，曾在蘇軍戰略導彈部隊服過役。

「酋長，你真的不想知道這次交易的貨是什麼嗎？」列維諾夫斯基滿面春風，絲毫掩飾不住內心的愉悅。

老酋長擺擺手，道：「我的部落只要二十萬美金和保障你們安全離開，其他一概不想知道。」

「列維諾夫斯基，一百萬美金已經到你瑞士銀行帳戶，驗貨後餘款會在十五分鐘內到帳。」哈里德的嗓音帶有金屬般的刺耳聲。

列維諾夫斯基點點頭，示意助手拉開立在牆角的旅行箱，裡面是一隻銀白色的金屬箱，箱蓋上印著CCCP前蘇聯的縮寫。助手拿出兩把鑰匙分別插入鎖匙孔轉動，金屬箱蓋緩緩彈起，裡面赫然裝著一枚核彈！

「手提箱核彈重五十公斤，鈽和鈾分開為兩部分，中央起爆器設置十三位元密碼，可以定時或用移動電話遙控引爆，當量兩萬噸。」助手解釋道。

「還有一顆呢？」拉西姆問道，他是哈里德的助手，年約三十多歲，目光冷峻。

列維諾夫斯基狡詰地笑笑，言道：「還有一顆在中國，是冷戰時期埋藏在那兒的，這裡是藏匿地址、聯繫人和接頭暗語。不過價格嘛，可要重新談過。」邊伸手從懷裡掏出張紙片來一晃。

哈里德抓過紙片，卻是不懂，原來那上面寫的是中文，於是慢慢遞回給列維諾夫斯基。

老酋長注意到拉西姆的眼光迅速地在紙片上掃過……

哈里德說道：「這顆沒問題了，先裝上車。」哈里德示意拉西姆，拉西姆用力提起金屬箱，轉身走了出去。

哈里德打開身旁公文箱，裡面排列著成捆的美鈔，「請酋長過目。」他說。穆哈邁德擺擺手，道：「不必了，哈里德是我們的朋友。」

哈里德走出房屋，登上越野車，示意拉西姆開車。汽車爬上山坡，哈里德掏出手機，輸入一組號碼，按下通話鍵。腦袋探出車窗回頭望去，巨響過後，林邊升起一團濃煙，方才那所房子已經消失不見了。

哈里德冷笑道：「抹掉美國四百萬人口，施瓦辛格政府應該為小布希付出代價，九一一只不過警告而已，『美國—廣島』才是真正的聖戰！」

「可惜的是你永遠也看不到了，哈里德。」耳邊響起拉西姆冷冰冰的聲音。哈里德還未反應過來，頸部已經被扭斷了。拉西姆將哈里德的屍體拋下車，絕塵而去。

美國馬里蘭州，蘭利，CIA中情局總部會議室。

威廉斯局長站起身來：「諸位，美國東部時間今天淩晨一時十五分，巴基斯坦西北部山區靠近阿富汗邊境的一個小村莊發生一起爆炸，我們當地一個名叫穆哈邁德的情報員被炸身亡。同時，我們注意很久的一個國際軍火走私商塔吉克斯坦人列維諾夫斯基也被炸死。根據情報顯示，我們有理由相信，基地組織軍事首腦之一的哈里德在場。而且，」他環顧四周，停頓了一下，「我們確信，哈里德買走了一枚手提箱核彈。」會議室裡一片肅靜。

「請諸位看螢幕，這是來自NSA迷霧一二偵察衛星發回的現場畫面，」威廉斯示意助手關燈，「這就是哈里德。」牆面般大的液晶螢幕上出現了連綿起伏的興都庫什山脈、小村莊努爾德和進出那所房屋人員的俯視畫面。「情報員穆哈邁德事先開啟了隱藏的衛星音頻發射裝置，衛星接收到了他們的談話內容。」靜止的一幅幅畫面上疊加了一段完整的談話錄音。

畫面繼續變換著，拉西姆雙手拎著沉重的手提箱放進越野吉普車後座位，房屋爆炸畫面，最後定格在汽車上，哈里德腦袋伸出窗外的臉部特寫。「我們不清楚的是，餘下的一分鐘內，車裡究竟發生了什麼事？」

哈里德摔在路旁，驚愕的雙眼、吃驚的表情的畫面……

畫面回到拉西姆身上。「他是誰？」總統國家安全顧問萊斯利問。

威廉斯：「我們不知道。」

第八章

初夏，霧靈山區早晚還是有些涼意，西大河潺潺流水倒映著山間白色的栗子花，不知誰家農舍的裊裊炊煙，不時飄來土灶燃茅草那令人沉醉的鄉土氣息。離別一十三年又回到童年的故鄉，又有哪個能解箇中滋味，唐山感慨不已。

打自失蹤多年的兒子回來後，母親的身體慢慢日漸好轉，今早起身，她打起精神攙兒子同去給唐山父親上墳。一九七六年那場大地震夷平了唐山市，二十五萬人死去，父親屍骨無存，母親不忍，於是在後山坡起了一座衣冠塚，將她與父親唯一的一張結婚照片埋了進去，她叮囑唐山，她死後要與這影像合葬。林中的墳丘雜草不多，四周乾淨，顯然是曾有人打掃過。

「是小芬。」母親告訴唐山，十多年來都是這丫頭經常默默地陪伴她，度過了多少個不眠之夜。寒風飄雪的夜晚，小芬像隻溫順的小貓般蜷縮在溫暖的土炕上，聽母親講唐山摸魚捉雀調皮搗蛋的故事，一遍又一遍總是聽不夠。丫頭慢慢長大，出落得苗條俊俏，細皮嫩肉的，十里八村找不著，上門提親的多的是，連城裡人都來了，可是小芬就是不嫁。母親哭了，告訴小芬唐山不會回來了，小芬也哭了。打今年過完年，小芬就去了京城做保姆，一去就沒了音訊。

唐山也將這十三年的曲折遭遇一股腦兒地講給母親聽，少不了一陣唏噓感嘆。

夜深了，疲憊的母親先睡了。唐山坐在炕上打坐，想自己閉關高原一十三年，卻不知母親還活在世上，讓可憐的母親孤苦伶仃地受著煎熬，幸虧有小芬相伴，方苦苦撐到了今天。他自懷中取出一個小布包打開，裡面是一張褪了色的發皺舊剪紙，看著那兩個牽手的小學生。唉，十三年了……想到這兒，年輕的唐山心頭一熱，一種從未有過的、甜絲絲的感覺悄然而至……

京城。西城區北羅鼓巷深處南巷十九號是一座清代小式民居四合院，青磚黛瓦、褪了色的油漆彩畫，兩扇緊閉著的黑漆大門上鑲著一對黃銅門鈸，依稀流露出當年宅第的氣魄。面南的正房中堂佈置莊重古樸，紫檀木博古架上擺放著古董瓷器，中間的青花瓷瓶釉色清幽，一看便知是珍品。牆上數幅字畫，俱出自當代名人之手，可見此屋主人應非泛泛之輩。

「大師，吃飯啦。」保姆小芬手中端著託盤邁步進來。

「不是說不要叫『大師』嗎？叫我嚴大哥就可以了。」嚴新從內屋轉出，嗔道。

「我……」小芬紅著臉，輕輕放下託盤，盤中只有一隻青花瓷碗，碗內清湯中浮著七顆鴿子頭。小芬知道，大師早已基本上不食人間煙火，每日午時一餐，七顆鴿子頭。想想一年下來，不是要吃兩千多？她不敢想下去了，安靜地立在一側，等待大師用完後撤下餐具。

嚴新在紅木太師椅上坐定，端起瓷碗，輕舒筷箸夾起一顆鴿頭，飛快地丟入口中，直接吞落腹中，接二連三，瞬間，七顆鴿頭都已落肚，然後安詳地用湯匙品著湯……

「此湯口感甚佳，小芬啊，你的廚藝越來越精了。」嚴新滿意道。小芬心裡尋思：天天都做同樣的，進步總是難免的。

收拾完後，小芬前往菜市場，大師每餐需要的鴿子頭，是絕對不允許冰凍的。

今年以來的第一場沙塵暴昨天剛剛過去，街上的商店玻璃櫥窗、林立的看板上積下了一層塵土，店員們用水在清洗著。小芬走在鋪著彩色水泥磚的人行道上，小心地繞過幾灘清洗店鋪流淌的濁水。北京這樣的大城市她並不喜歡，自己的家鄉多好，那兒有清澈透明的西大河，碧綠的原野上那一朵朵金黃色的蒲公英，籬笆牆上爬著的紫色牽牛花，還有童年時的小唐山在捉蜻蜓，那時的蜻蜓身上是有花斑的，這些年不知怎地都不見了……

不遠處的街對面，一雙深邃的眼睛正在默默注視著她……

一輛京A牌照的黑色別克小臥車飛快地駛來，就在小芬穿過人行橫道的一剎那間撞上了她，猛烈的撞擊將她拋起，摔落到數丈外的綠籬中。一個矯捷的身影敏捷地躍過綠籬，輕輕抱起小芬，一邊焦急地大聲喊道：「快叫救護車！」

就在那人回過頭時，我們看清了，他是拉西姆！

第九章

回到房內，燈光下，馮布衣輕輕翻開《布衣訣》，首頁上一行遒勁有力的大字映入眼簾：**非我江西派掌門不得閱看**。馮布衣嘆了口氣，合上扉頁，重新包好，輕輕放在熟睡中的小佳辰的枕邊。隨後解開皮囊，取出黑色的覓龍球，湊到燈下仔細觀看。此球碗口大小，非銅非鐵，非金非木，烏黑色不現絲毫光澤，托於掌中異常沉重。馮布衣觀察許久，還是不得要領，實在看不出有什麼奇特之處。不經意間房內的光線暗了許多，而且越來越暗，急定睛細看，發覺屋內電燈泡發出的光線竟活生生地被那黑球吸了進去！不一會兒，屋內已是一片漆黑，惟見那只一百瓦燈泡內的鎢絲仍是通紅的……

次日晨起，昨夜黑球怪異之事馮布衣隻字未提，小佳辰則高高興興地抱著小板凳去閱讀那本只有掌門才能看的秘笈去了，連飯都不要吃。一整天，馮布衣無精打采，苦苦思索，昨夜發生的事情一件比一件離奇，也更加匪夷所思，簡直聞所未聞。想來自己是思索不出答案了，只有請教別人，他想到了華靜道長。

開天古觀位於九江城區東南面，下了公路沿著一條狹窄的水泥路東行幾里便來到觀門前。知客道人對馮布衣說，華靜師傅去了三清山，半月後方得回。馮布衣大失所望，怏怏回轉，身後傳來知客道人的叫聲：「施主姓名可是馮布衣？」

「正是。」馮布衣答道。

「我家師傅臨行前傳話，若是馮布衣來訪，可去三清山見她。」那道人態度恭敬了許多。

「多謝道長。」馮布衣心中暗想，看來是要三清山一行了。

三清山位於江西德興、玉山兩地交界處，山形酷似荷葉，六十四座山峰，百里清溪，東險、西奇、北秀、南絕，自古享有「江南第一仙峰」之譽。山路上，小佳辰蹦蹦跳跳，興高采烈，沿著花崗岩石階逕自跑去，一會兒竟不見了蹤影。

玉京峰下三清宮，相傳一千六百年前東晉葛洪曾在此結廬煉丹。

大殿山門上有匾一塊，上書「洞天福地」，兩旁石刻，左為「殿開白晝風來掃」，右為「門到黃昏雲自封」。馮布衣一路感嘆江南山川之秀麗，與家鄉霧靈山之雄渾截然不同，真是讀萬卷書不如行萬里路啊。

入得大殿，請知客道人通報，回身望去，仍不見女兒蹤影。

小佳辰發現一隻花斑小松鼠在樹叢中覓食，歡喜地追了上去，幾番追逐，小松鼠不見了，待回頭時，已經找不到回頭的路徑。小姑娘害怕起來，忙不迭地鑽出灌木叢，卻見一青石牌樓，兩側柱上刻有對聯，小姑娘止步望眼落去，這繁體字確是認得的，不由得念出聲來：「登殿步虛升太虛上之無門，入門求道悟真道玄之又玄。」

「咦，誰家小孩如此乖巧？」身後一白鬚老道詫異地打量著這個髮髻散亂、面有刮痕的小女孩。佳辰聞聲回頭，見老道人慈眉善目、和藹可親的模樣，尤其是那一把白鬚酷似師傅，不覺心頭一熱，竟不由自主脫口而出：「師傅。」眼淚逕自流了下來。

老道吃了一驚，忙拉住小姑娘，替她拭去淚水，然後細問來由。佳辰倍感親切，於是將賴布衣托故之事原委一一道來，並自懷中取出《布衣訣》給白鬍子道長看。

「天地造化啊，想不到江湖上失傳八百年的江西派竟留有傳人。」老道嘆息不已。隨即牽起佳辰小手，呵呵笑道：「據古觀志記載，當年貴派掌門賴布衣與我三清宮頗有淵源，曾有恩於三清，如今江西派掌門到訪，我三清宮卻也不可有失禮數。」

「貧道華虛，三清宮主持，」老道自我介紹後感到頗傷腦筋，「小掌門乃北宋賴文俊徒兒，高過我輩八百餘年，這如何稱呼是好？」想來想去，驀地一拍腦門，笑道：「罷了，世事本就造化弄人，既是布衣派，就稱『布衣祖師』如何？」急命一道童速去山上傳話。

三清宮大殿鐘鼓陣陣，禮樂齊鳴，眾道人整冠束服，魚貫而出，列於殿前，位於前列的有龍虎山正一觀主持華濟道長、九江開天古觀主持華靜道長。三清宮多少年來不曾有過如此隆重場面，道人們俱是興奮不已，私下裡議論紛紛，均不知這「布衣祖師」的來頭。華濟與華靜本是受華虛主持之約前來三清宮議事，此刻也是一頭霧水。正在殿中等候的馮布衣知道宮中定有大事發生，於是也跟隨出來，站到一側觀看。

「來了。」有人低聲道，眾道人頃刻間肅靜下來。

首先映入馮布衣眼簾的，是笑容滿面的三清宮主持華虛道長。身後兩個青年道士扛著一頂滑竿，滑竿上坐著的小佳辰正在對自己擠眉弄眼……

第十章

嚴新自從宜昌歸來之後，心中越發覺得忐忑不安，黃萬里教授的一席話，深深地觸動了他。他幾乎可以肯定，三峽大壩附近有一處蟲眼，自己發出的氣遁在這裡受到越來越強烈的磁場干擾，這說明蟲眼的活動在增強，如果是與三峽大壩蓄水量的增加有關，不知何時會達到極限？屆時無論是蟲眼引發地震，還是地震導致蟲眼的爆發，其後果都是一場世紀大災難……

他從太師椅上起來，活動一下筋骨。雖然已經四十多歲了，但他感覺自己的特異功能正處於鼎盛時期，這點有賴於獨特的飲食。鴿子這種鳥，飛行於千里之外仍能徑直返回，因其顱內生長有高靈敏的辨別磁場的自然物質，補充氣遁所耗損的能量是再好不過，「以形補形」乃是中國古老祝由科最精深的學問了。唉，年紀也不小了，獨身總不是個辦法，年輕姑娘仰慕自己的是不少，庸脂俗粉。小芬多好啊，從未見如此清純端莊之女子，可是又偏偏不解風情……

急促的敲門聲，打斷了嚴新的遐想，推門進來的是住在同一四合院內東廂房的大哥嚴建國，他在外交部工作，嫂子是老外，人很漂亮。

「老弟，出事了，小芬遇車禍了。」大哥匆匆說道。

「什麼！」嚴新一躍而起。

北京西城區醫院。手術室外的護士焦急地跺著腳，剛剛推進去的車禍重傷者的親屬不來簽字，就不能做手術，因為這姑娘的傷勢實在太嚴重了。住院費已經由那位見義勇為的青年男子付了，這年頭這樣的好人可是不多。

嚴新衝了進來，護士攔住詢問。

「你是受傷姑娘的什麼人？需要直系親屬簽字才可以手術。」護士解釋道。嚴新躊躇一下，然後朗朗說道：「我是她丈夫。」

手術室門口的紅燈亮了，手術進行中。

嚴新緊緊握住拉西姆的手，萬分感激這位見義勇為的好青年，並再還給墊付的住院費時多給了一千元，拉西姆婉言謝絕，這更加增添了嚴新的好感。經過攀談，得知拉西姆是臺灣人，目前在北大體育系就讀碩士，主攻印度古典瑜伽。

「我有四分之一印度血統。」拉西姆眨著深邃的藍眼睛笑笑，解釋道。

已經六個小時過去了，手術仍在進行中，嚴新一直焦急地守候在手術室門口。晚上，大哥嚴建國偕同嫂子娜日涅娃來到醫院探望。見弟弟對女傭小芬如此超出尋常的關心，心中都已猜知了一二。

大哥任職於外交部，八〇年代攜新婚不久的妻子派往中國駐蘇聯塔吉克斯坦領事館工作，第二年妻子死於一次交通事故，當時她已經有七、八個月的身孕。大哥當時痛不欲生，情緒低落，幸虧娜日涅娃走進他的生活，撫平了他的傷痛，那年她十九歲，是大學一年級的學生。後來，他們結了婚，十多年過去了，他倆卻始終沒有孩子。大哥多次勸說嚴新娶妻生子，以續嚴家香火，可是每次弟弟都是一笑了之。如今嚴新若是真心考慮成家，則總算可以了卻心願了。嚴建國想，小芬這姑娘還不錯，人不但漂亮而且手腳又勤快，但願她早日康復。

手術室門開了，小芬渾身纏滿繃帶被推出來，仍舊昏迷不醒。醫生遺憾地告訴嚴新，病人多處骨折，顱內受損，已成為植物人，恐怕再也醒不過來了。

醫院院部會議室，北京城裡最有名的幾位腦外科權威幾乎都到齊了，他們是應大氣功師嚴新邀請而來專門為小芬會診的。專家們反覆研究了小芬顱內病理情況，認為病人腦幹延髓嚴重受損，已無恢復知覺的可能，其嚴重度超過二〇〇五年美國佛羅里達州女植物人特麗•夏沃的情況，該名女植物人失去知覺十五年後，終於拔掉進食管實行了安樂死。權威專家們最後一致的結論是：病人根本不存在恢復知覺的可能，已無繼續維持生命系統的必要。

病床前，嚴新望著小芬憔悴的面龐默默說道：「放心吧，小芬，我不會放棄的，我絕不會讓你就這樣永遠沉睡的。」

自那一刻起，嚴新每天都單獨來替小芬治療，竭盡全身功力來挽救此生中唯一令他心儀的女人。數天過去了，小芬依舊沒有任何好轉的跡象。這期間，大哥大嫂也時常來醫院探望小芬和安慰嚴新，並結識了同來探望的臺灣青年拉西姆，大家都為年紀輕輕的小芬的不幸而惋惜不已。此外，公安局來信說肇事汽車已經找到，是失竊的車輛，至於肇事者目前仍無頭緒云云。北京的那家職業介紹所，也打了電話至東陵鄉政府，告知了小芬在京遭遇車禍住院的消息。

三清宮內，隆重的典禮結束後，在華虛道長的主持下，召開了由華濟、華靜兩位師兄妹和馮布衣父女倆參加的一個秘密研討會。偏房內，落於上座的自然還是「布衣祖師」馮佳辰，儘管馮布衣不允，但華虛道長仍堅持不可有失禮數，華濟、華靜知道大師兄向來喜歡胡鬧，因此也就不加理會。

馮布衣將「覓龍球」的來龍去脈一一詳細道來，眾人悉數皆為吃驚。馮布衣解開一個黑皮囊，呈現在眼前的是一只既無光澤又毫不起眼的黑球，非金非木、非銅非鐵，沉重異常，似是某種金屬物體。幾位道長從未見過或聽說過這東西，道不出個所以然來。須臾，有輕微的嘶嘶聲發自黑球內，片刻，室內光線漸漸暗淡了下去，不一會兒，屋內已是朦朦朧朧，近似黃昏，道長們個個瞠目結舌，要知道，這房間窗戶所照射進來的可是太陽光啊！

收起「覓龍球」入囊，暫態屋內又充滿了明媚的夏日陽光，眾人長舒了一口氣，緊張的心情逐漸平穩下來。許久，聽得華虛道長慢慢說道：「此物甚是怪異，恐乃不祥之物。卻不知當年賴布衣從何處得來，既稱之『覓龍球』，想必是尋龍覓穴之用。」

華靜道：「師兄所言極是，那賴布衣平生善點怪穴，可能與這『覓龍球』不無關係，」她轉向華濟問：「師兄有何看法？」

正一觀華濟道長擅長道家經書典故，博古通今，此刻也搖了搖頭，實在推測不出此球來歷。見眾道長均一籌莫展，馮布衣不由得嘆息道：「莫非人世間真的就無人可解此球之迷……」在座眾人均沉默不語。

華虛道長無奈之餘，童心遂起，轉過身來，對著小佳辰拱拱手，眨眨眼睛，笑道：「不知『布衣祖師』可否知曉？」

「當然知道。」佳辰滿眼含笑。此言一出，在座眾人無不驚訝……

「覓龍古球，天地幽幽。蟲眼複出，陰陽始固。」佳辰輕聲吟道。

第十一章

傍晚時分，灰濛濛的天空中落起了雨，廣播裡說北京地區夜間將有大到暴雨，下班的人們行色匆匆地趕回家去，大街上就連近來不知從哪兒突然冒出來的乞丐們也統統不見了。醫院住院部除了值班的醫生和護士偶爾走動外，走廊裡靜悄悄的。

半夜，狂風偕暴雨如期而至，閃電不時劃破漆黑的夜空，傳來陣陣雷鳴。一個人影悄無聲息地閃入小芬的病房，輕輕地來到病床前，默默地注視著躺在床上的女孩兒……

清晨，經過一夜雷雨洗刷後的京城顯得整潔乾淨，涼爽的口氣吸入肺中使人精神為之一振，嚴新感到今天的心情格外地好。很快，他的預感得到了應驗，當他如往常一般發功治療時，小芬的手指竟然能動了！嚴新急忙喊來醫生，經檢驗，病人的肢體末端確實已經有了知覺。嚴新熱淚盈眶，緊握小芬的手，喜不自禁對著小芬朗聲道：「放心吧，我嚴新一定會讓你醒過來的。」

是夜，那個人影又準時來到了小芬的病床前……

小芬的病情一天好似一天……

七天後的深夜，那個人影又到來了。但見他左右二手合掌交中指，各撚本中指如環，無名指豎頭相交，結儡一切金剛藏王法身契大手印，指尖輕點女孩頭頂啞門穴，將真氣一絲絲的逼入她的奇經八脈，口中低頌：「嗡嘛呢鉢彌吽比拉雜布娑哈。」許久許久，他終於長舒一口氣撤掌，俯下身來在女孩耳邊輕聲道：「西大河畔，乾寶山村，如有所求，真言催動。」然後悄然離去。

小芬神智逐漸恢復了清醒，那撼神動魄的真言在意識中迴盪著，渾身溫暖無比……

天明時分，嚴新早早來到醫院。這些天來，他的心情格外舒暢，他那冠絕天下的氣功，竟然突破了當今醫學的禁區，小芬的甦醒指日可待了。是他嚴新，挽救了小芬的生命，給了她新生。更重要的是，他還將會給她終生的幸福。嚴新望著捧在手中的鮮花，一抹兒紅暈泛上臉頰。

來到病床前，小芬還在沉睡著。嚴新將鮮花輕輕放在姑娘的枕邊，然後悄悄地坐在床邊，靜靜地端詳著那俊俏的臉龐，愛的暖流陣陣湧上心頭。「小芬，我答應過一定讓你醒來，你會的，我發誓今生今世再也不讓你受到任何傷害……」

「是你救了我嗎？」一聲微弱的話語，小芬睜開了眼睛。

「你終於醒了，」嚴新一驚之下竟喜極而泣，熱淚奪眶而出，「是的，是的，是我救了你。」他淚流滿面地說。

北京火車站。唐山背著行囊默默登上了北去的列車。

第十二章

強熱帶風暴「米莉」號在西太平洋上越過巴坦群島，逼近巴士海峽，其週邊已經影響到臺灣，自昨天夜間起臺北市區開始下起了小雨。颱風「米莉」據稱將是二十年以來影響臺灣最嚴重的強熱帶氣旋，氣象臺解釋說這與拉尼娜現象的出現有關。

清晨，雨霧籠罩下的陽明山。山下仰德大道旁，有一處毫不起眼的舊式建築，表面上陳舊簡陋，其實內部裝飾豪華，機關重重，戒備森嚴，這裡是國防部軍事情報局的秘密會所。

從專用電梯上去三樓，經過電子監控的走廊，右拐的盡頭處，是供局長使用的特別房間。房間內，新上任的林局長沉著臉，一聲不響地低頭翻閱著案卷。最後，他闔上卷宗，狠狠地摔在桌子上，那卷宗封皮上寫著「末日計畫」。沙發上端坐著的行動處長忐忑不安地站起身來，眼睛直盯著上司。窗子邊上負手立著的男人依舊望著窗外，雨點擊打著玻璃，遠山朦朧一片。

「炸毀三峽大壩？虧你們想得出來。初步估計死亡兩億人，包括三十萬臺灣商人及家屬，簡直是瘋了！」局長氣呼呼地嚷道。

行動處長小心翼翼地回答：「這是前任局長為遏止大陸武力威脅中華民國而製訂的

反威懾措施，目的是嚇阻大陸不可輕舉妄動，非萬不得已絕無實施之可能。」

局長鼻子「哼」了一聲，道：「那麼，拉西姆是怎麼回事？」

「拉西姆背叛了我們，」處長有些緊張，「他在九一一以後滲入了基地組織，不久前成功地殺死了哈里德，奪取了一枚手提箱核彈，但未按計劃返回，接應的兩名行動人員均已遇害。」

局長道：「拉西姆現在在哪裡？」

行動處長：「他同核彈一起失蹤了。」

窗邊的男人轉過身來，語氣威嚴：「馬總統對『末日計畫』十分震驚，嚴令取消，立即進行善後清理，不留痕跡。」

「是，」局長應道，隨即轉而對行動處長下達命令，「立即追捕拉西姆，格殺勿論。」

華心舒服地靠在長途大巴的座椅上，瞇上雙眼，昏昏欲睡。自從和唐山在京城分手後，他就一路馬不停蹄地趕往江西，師妹華靜道長來信請他即刻到三清山來，說有要事相商。華心聞之受寵若驚，因為他這個師妹一向看不上她那不學無術的師哥，當然是道家學術。華心想，這次突然請我說不定有求於我，我可要好好表現，讓師妹刮目相看，多少年來，自己對師妹的那份感情始終不敢有絲毫的流露，只是默默地埋藏在內心深處……

轉念間又回想起那天夜裡唐山返回旅館時鬱鬱寡歡的神情，他告訴華心，小芬已經結婚了，住院登記的丈夫是火車上結識的大氣功師嚴新。那嚴新不顧醫生們的好言相勸，每天耗損功力替已無希望的小芬治療，拳拳愛意，確實也令人感動，小芬得遇此有情人，此生也算是無憂了。於是，唐山暗中出手，運起密宗白教噶瑪噶舉派的無上療傷密法，七日內徹底治癒了小芬，隨之悄然身退。

「問世間情為何物？直教人生死相許。」唉，有情人難成眷屬啊，轉眼就是百年，華心摸摸自己爬滿皺紋的老臉，真是紅顏易衰呀，不由得癡癡地笑出聲來。

三清山下，華心沿山腳小路拾階而上。多年未來，山麓依舊，樹木蔥郁，有道人在清掃石階，卻已是不認得。峰迴路轉，稍許，已至三清宮前。早有道人通報入內，不一會兒，華靜師妹匆匆由內殿轉出，數年未見，師妹雖風采依舊，但歲月侵蝕，鬢角已現斑白，華心覺得心中酸楚。

入得主持室，見華虛道長、龍虎山正一觀華濟在座，遂一一見禮，旁邊落座的馮布衣卻是不認得，師妹為雙方引見，互道問候。三清宮主持華虛道長呵呵笑道：「華心，有些年未見了吧？來，我給你引見引見初出江湖的『布衣祖師』，」轉身推了推蜷縮在太師椅中熟睡的小佳辰，見推不醒，只得對華心笑笑，「祖師此刻不便打擾。」華心心中甚是不解。

華虛道長言歸正傳，先請馮布衣將覓龍球的來龍去脈細說一遍，然後又把自己所見這黑球駭人聽聞的怪異能量描述一番，直聽得華心寒毛豎起，心驚肉跳。

「師哥，你是學地質的，今次請你上山，就是想從地質學上是否能夠分析一二。」華靜解釋道。

馮布衣拿出黑皮囊，從裡面取出黑色的覓龍球，華心定睛仔細觀看。果然不出片刻，那嘶嘶聲出現了，房內光線漸漸暗了下去，縱使之前華虛道長已有話在先，華心仍還是驚出一身冷汗。

耳邊響起輕吟：「覓龍古球，天地幽幽。蟲眼複出，陰陽始固。」原來「布衣祖師」小佳辰不知何時醒了。

華心忙向華虛問道：「此詩從何而來？」

華虛道：「來自《布衣訣》，小祖師說書中有關覓龍球的只得這四句話，數日來，我們苦思不得其解。」

「我知道。」華心說，同時瞟了師妹一眼，朦朧昏暗之中已瞧不清她的面孔。心中尋思著這下該露露臉了，只見他輕咳一聲，然後娓娓道來：「你們知道解開這四句話的關鍵是什麼嗎？」他環顧眾人後接著道，「就在蟲眼上。蟲眼就是大地的穴位，陰陽交匯之所在，分佈於地球表面上磁場最為集中的點，而且據我所知，其位置主要分佈在北緯三十度線附近……」他把在火車上從嚴新那兒聽到有關蟲眼的知識添油加醋的著實炫耀了一番。最後，他總結道：「覓龍球來自遠古，那時天地一片幽幽。待到大地的穴位尋找出來，陰間陽世才開始穩固。」

朦朧之中，他似乎感受到了師妹那由衷欽佩的、閃著淚花的，既熱烈又火辣辣的目光……

突然，他覺得胯下一暖，有什麼東西抖動了一下，一股熱力自兩腿間散發，他感到無法自制和實在難以忍受，於是伸手入內褲，將那滾燙之物取出托於掌中，急視之，乃夜明珠。

昏暗中，夜明珠發出綠森森的螢光，半透明珠子內的雲靄似乎在急速地旋轉，原本寒氣襲人的夜明珠此刻卻是炙熱燙手。華心把持不住，那夜明珠逕自滾落到了腳下，就在此刻，馮布衣手中的覓龍球嘶嘶聲大作，竟也滑落來，重重地掉在了地上。黑球同綠珠彷彿相互吸引般地向一起撞去，剎那間，黑球的嘶嘶聲變成了吼聲，夜明珠綠色光毫暴長，映照著眾人驚恐萬狀的神情。

兩球撞在一起，夜明珠光芒漸漸暗淡下去，珠體逐漸軟化，吸附在黑球身上，一絲一毫地被吸進黑球體內，最後一點也不剩……驚恐之中的華心心疼之極，那珠可是自己傳家之寶啊。

黑暗中，華虛道長聲音顫抖：「覓龍球是怎麼啦？」

角落裡，佳辰幽幽地說：「它餓了。」

第十三章

霧靈山區，田裡的麥子熟了，家家戶戶開始準備收割，一片熱鬧景象。唐山從京城回來後，向母親細說了小芬的情況，母親得知小芬已經結婚成家，丈夫是名人，而且百般呵護疼愛她，病也完全好了，於是也就放下心來。只是覺得這丫頭沒能成為自己的兒媳婦，始終未免有些遺憾。母親多年臥病，山溝裡的幾分薄田早已荒蕪，華心留下的一點錢已經用得差不多了，自己又身無分文，要養活自己和母親，必須要找點事做。母親說既然懂得些醫術，何不替人治治小病，也好掙點錢買米。

第二天早起，唐山來到馬蘭峪鎮上，坐在馬路邊，面前鋪一張紙，四角用石子壓住，上書：本人願替人治病，診費隨意。

眼看日上三竿，竟無一人前來求治。有路人鄙夷地說，瞧這世道，年紀輕輕的不幹正事，想著法兒騙錢，能治病怎麼不去醫院？唐山恍然大悟，急忙起身來到鎮醫院門口重新擺攤。醫院保安衝出來，將其趕得遠遠的。不一會兒，身穿制服的城管人員上前，扯碎那紙片，差點送去收容。太陽快要落山了，唐山一籌莫展。

這時，醫院門口傳來女人的哭聲，一大群人在圍觀，唐山也擠進人群，見一村婦懷抱嬰兒淚流滿面地坐於地上，一個醫生模樣的人在斥責著她。原來這嬰兒抱來醫院時已然斷氣，村婦悲痛欲絕而不知所措。唐山細觀那嬰兒，見其唇紺面紫，乃窒息所致，若時間不久，當可救治。於是上前一步，對那村婦說：「讓我看看。」一面抓緊時間，伸左手按其囟會，右掌心扶其玉枕，導入兩道真氣。嬰兒經絡一寸寸打通，那面色也一點點恢復正常，片刻，嬰兒「哇」地一聲哭了出來，在場圍觀的人們轟地叫起好來。村婦破涕為笑，千謝萬謝地去了。

唐山回到家中，將一天的境遇講給母親聽，診費仍無著落。遇到落難之人扶危救困，即使沒有報酬也是應當做的，母親說。

晚飯時，母親想起來有封兒子的信，唐山一看是華心寫來的。信中說，自京城一別，他趕去三清山，見到了師妹云云，然後詳細地記載了三清宮裡所發生的怪異事情。信中最後說，他與師妹、馮布衣等人不日下山返回開天古觀，想請唐山母子南下九江，幫助參詳覓龍球的來歷。

母親說這樣也好，途經北京時，順便可以去看看小芬。次日，唐山與母親打點行裝，動身南下。

北京西城區北羅鼓巷深處南巷十九號的老宅院。向南正房的窗戶上貼上了大紅喜字，屋內掛滿五色彩條，今天嚴新要結婚了。考慮小芬傷逾不久，不宜太過勞累，嚴新因此在家中操辦婚慶晚宴，除哥嫂外，只請了拉西姆一人。大哥嚴建國十分高興，已逾不惑之年的弟弟終於成家，嚴家延續香火有望了。大嫂娜日涅娃在廚房忙碌著，嚴建國陪著客人拉西姆聊天。

傍晚，客廳裡燈光明亮，酒菜已經上桌，菜肴熱氣騰騰，香氣撲鼻，原來大嫂娜日涅娃燒得一手好中國菜。眾人落座，今天大喜之日，嚴新挨不過大家，破例端起了酒杯。大哥大嫂和拉西姆依次敬酒祝福，新郎連飲數杯，沒有人留意到新娘雙目深處那絲憂鬱的眼神。

酒過三巡，桌上的氣氛逐漸隨意起來，閒聊中，嚴建國提到了剛剛去世的水利專家黃萬里教授，想起這個正氣凜然、一身傲骨的倔強老人，不由得引起了嚴新一陣感慨。

「國之棟樑，可惜，可嘆啊，『出師未捷身先死，常使英雄淚滿襟』。」嚴新談起了不久前與黃萬里教授在湖北宜昌的會面以及教授對三峽大壩的擔憂。拉西姆津津有味的聽著。

「嚴先生有沒有想過大壩有被襲擊的可能？」他問。

嚴新思索道：「這不太可能，常規武器不構成威脅，除非核彈。但是，不會有哪個國家敢冒中國核報復的風險來打三峽大壩的主意，除非是瘋子。」

拉西姆心中暗自冷笑：不見得。

家庭婚宴結束了，娜日涅娃笑著推新郎新娘入洞房，自己收拾殘羹剩菜、酒杯碗筷去廚房清洗，嚴建國不勝酒力，告之拉西姆可去西廂房休息後，逕自回房安歇。

「Могу ли беспокоить Вас?」（我能否打擾你一下？）

娜日涅娃身後傳來壓低聲音的俄語，她渾身打了個冷戰，回頭望去，拉西姆深邃的目光，臉上掛著微笑。

接著，娜日涅娃聽到了十多年來令她寢食不安，最怕聽到的如夢魘般的那句普希金的詩：「當美妙的黑暗將帷幕靜靜地張開在他們頭上。」

「我的歡樂和喜悅已降臨。」娜日涅娃下意識機械地應答。

娜日涅娃十九歲時就讀於塔吉克斯坦首都杜尚別大學，同年被格魯烏GRU招募，成為蘇軍總參謀部情報部門的秘密特工。那次GRU策劃了一起交通事故，殺死了中國駐塔吉克斯坦領事館隨員嚴建國的新婚妻子，然後派娜日涅娃接近嚴建國，並與之結婚，後來隨嚴建國返回中國工作並定居下來。在即將離開塔吉克斯坦之際，她受命秘密前往莫斯科，受到軍事情報總局局長、年輕的GRU司令寇里沃斯耶夫少將的召見。將軍給了她一個絕密任務，負責在北京藏匿一顆手提箱核彈，將來也許會有人前來提取，暗號就是普希金詩《給麗達的信》中的那兩句話。

娜日涅娃在與嚴建國共同生活的十多年中，逐漸建立了感情，這使得她十分矛盾與痛苦，她無法向丈夫坦誠相告，因為自己的父母兄弟完全掌握在GRU手中，她知道那樣做的後果，只是祈禱永遠不要有人來找她，向她念出那句普希金的詩。可是，現在希望破滅了，那人就站在面前……

「東西在哪兒？」拉西姆收起了笑容。

娜日涅娃：「在地窖中。」她知道自己必須執行GRU的指令。

地窖中，娜日涅娃打開了十餘年未碰過的皮箱，上面已經積了厚厚的灰塵。箱子裡的銀白色金屬手提箱呈現在兩人眼前，CCCP字母映入眼簾，手提把上繫著兩把鑰匙。拉西姆取下鑰匙插入匙孔，箱蓋緩緩彈起，露出依舊嶄新的核彈。拉西姆滿意地點點頭，重新關好，然後站起身來，對娜日涅娃輕聲說道：「你的使命完成了，還有什麼要說的嗎？」

娜日涅娃看到了拉西姆冷酷的眼神中升騰起一股殺氣，從頭到腳頓感一陣冰涼，她戰慄著問：「你要殺死我？」

拉西姆面無表情地說：「事關重大，必須如此。」

「小芬的車禍也是你幹的？」

「是。」

娜日涅娃絕望了，她鼓起全身氣力，猛地用膝蓋撞擊拉西姆的下腹，但感覺就像擊上了一塊鐵板，未等落腳，頸部如觸電般一麻，脖子已被扭斷，當即氣絕身亡。拉西姆拎起五十公斤重的核彈手提箱正欲起身，身後傳來低喝：「別動，拉西姆！」

拉西姆是印度古典瑜珈有名的高手，略一定神，已然判斷出身後那人的位置所在，他慢慢放下手提箱，就在這一瞬間，他使出第十一層瑜珈之中的眼鏡蛇式，力貫雙臂，掌中借下按之力，雙腳竟不可思議地向上躍起，整個身體如同毒蛇般彈起，向後疾射……身後那人驚訝之際，手中的槍竟已脫手，頸後一麻，鋼鉗般的大手已經緊緊鎖住嚥喉。

「拉西姆，別亂來，『末日計畫』已經取消，我們是來帶你回去的！」那人眼睛瞅著頂在額頭的消音器槍管，戰戰兢兢地說。

「你們錯了，『末日計畫』還在進行。」拉西姆微笑著手上用力，掐斷了那人的頸椎。地窖門口輕微一響，拉西姆看也不看，回手一槍，消音器「噗」地一聲響，地窖門口一人額頭中槍，倒跌出去，仰面摔倒在院子裡。

新房內，柔和的光線映照著新娘俏麗的容貌，嚴新心中喜悅，輕輕走到床邊，挨著小芬坐下，未欲開口，心已如撞鹿般跳個不停。

「嗡嘛呢鉢彌吽比拉匝布娑哈。」小芬說。

「什麼？」嚴新似乎沒有聽清楚。

「嗡嘛呢鉢彌吽比拉匝布娑哈。」小芬又說。

嚴新怔怔地望著小芬，大惑不解。小芬也呆呆地盯著他，不久，一滴淚水悄然在眼角邊滾落。

「這麼說不是你……」小芬迷惘淒苦的眼神令人心碎。

「我不知你在說什麼，小芬，身體剛好，是不是頭又不舒服了？」嚴新關切地問。

這時嚴新聽到了院子裡有人倒地的聲音，他輕輕拍了拍小芬肩膀，「我出去看看。」然後走出房間。拉開房門，但見一人仰面倒在院子的花磚地上，血泊中扔著一隻手槍，一個黑影拖著手提箱從地窖口出來，另一隻手中握著一把手槍……

嚴新見此大喝一聲，躍下簷下臺階，半空裡氣走丹田，雙掌劈出，兩道真氣淩厲地射出。同一瞬間，那人槍口吐出火舌，嚴新突覺下腹一熱，丹田間真氣頓時四散，然後重重跌落於地。拉西姆知道氣功大師嚴新是中國數一數二的高手，自己絕不是對手，因此出手便是一槍。儘管這樣，也未曾料到對手淩空掌風竟然如此厲害，但覺手腕如同火炙一般，筋脈幾乎被真氣切斷，疼痛難忍。

嚴新丹田中彈，真氣已散，嘗試提氣而不能，反倒引致腹部血流如注。他手按傷處，無奈地望著拉西姆抬起手槍，向他走來。

「對不起，嚴先生，只能怪你運氣不好，就此告辭了。」拉西姆舉起手槍。

「求你不要傷害小芬。」嚴新痛苦絕望的神情中流露著關切而近乎哀求的目光。

拉西姆勾動扳機的食指停住了，小芬靜靜地站立在門口。

「這是為什麼？」她的聲音平靜而悽楚。

拉西姆的槍口慢慢垂下，嘆了口氣轉身離去……

小芬來到嚴新面前，輕輕蹲下，默默將他的頭攬進懷中，淚水滴落在嚴新漸漸失去知覺的臉上。她的意識中一個聲音響起，那是：西大河畔，乾寶山村。若有所求，真言摧動。

「嗡嘛呢缽彌吽比拉匝布娑哈……」她念動著真言，一遍又一遍。

不知過了多久，一個人來到了她的跟前，她抬起頭，平靜的目光望著那人，她知道，這是他。

第十四章

北京。國家安全部反間諜偵察局。局長站在窗前，點燃手中的香煙，久久望著窗外。俄特偵察處處長輕聲「咳」了一下繼續彙報：「我們很早以前就懷疑GRU插手了一九八七年塔吉克斯坦杜尚別的那起交通事故，所以對娜日涅娃和嚴建國夫婦立案監視了十幾年，但一直沒有發現他們有什麼不正常的情況，三年前結案解除監控。」

「那兩具屍體檢驗結果怎麼樣？」局長問。

「這兩人是黃種人，持有巴拿馬護照。由於我們與巴拿馬沒有外交關係，因此請求國際刑警組織協助調查，剛剛收到國際刑警組織的傳真電報，查到了他們之前的國籍，」處長扶了扶眼鏡，「他們是臺灣人。」

「這麼說，臺灣軍情局有可能參與此案。」

「我們分析，是的。」

「這個拉西姆究竟是什麼人？他帶走的皮箱裡又是什麼？」局長自言自語道。

青藏高原西北部，世界第三大，也是中國最大的一片無人區——可哥西里。可哥西里蒙語意思是「美麗的少女」，夾在唐古喇山與昆侖山之間，面積達八萬三千平方公里。常年刮著大風，年均氣溫低於零下四度，是人類不敢涉足的生命禁區。這裡棲息著藏羚羊、黑頸鶴、禿鷲、金雕、野犛牛、野驢、白唇鹿等國家珍稀保護動物，這塊自然的原始淨土是它們世世代代繁衍生息的天堂。

索南達傑自然保護站位於可哥西里東側的青藏公路二九五二公里處，海拔四千五百米，以在反偷獵中英勇犧牲的索南達傑的名字命名，是目前長江源頭第一個，也是中國民間第一個自然生態環境保護站。

這一天，天氣晴朗，連續刮了多天的大風終於停止，保護站通常的巡邏任務又要開始了。王連生是站裡年齡最大的隊員，今年晚些時候就要退休了，老婆孩子在內地，一個人在高原許多年，儘管經常思念家人，但一想就快要離開這片曾經留下自己青春烙印的土地時，仍不免有些傷感。他準備好槍枝、食水等必需物品，同格桑兩人登上那輛戰旗越野吉普車出發巡邏。

一望無際的戈壁，其間夾雜著高山草甸和寬闊的河谷，遠處的冰川在陽光下泛著耀眼的亮光。吉普車顛簸地駛過滿是沙礫卵石的河谷，遠處看到一群禿鷲在搶食，到近前，發現了一隻被啄得只剩骨架的藏羚羊遺骸。王連生跳下車來，警覺地四下查看，在骸骨下發現了一顆七・六二口徑子彈頭。他知道遇到了盜獵者，而且離開不久，進一步仔細勘察現場，格桑發現了兩道輪胎印記，是寬輪的越野車留下的，根據輪胎壓痕的新鮮程度看，那車離開大約不到一小時。王連生望著格桑，格桑有默契地點點頭，兩人跳上車，沿著痕跡方向加大油門追去。

可哥西里腹地的一座小丘陵下，遠處是一片藍色的湖水，水中一群黑頸鶴在嬉戲覓食，幾隻野驢悠閒地在湖邊啃著嫩綠的青草，天空中一隻金鵰在自由自在地翱翔著。格桑的望遠鏡裡出現了一輛深灰色的越野車，車下有兩個人在彎腰做著什麼，他輕輕「哦」了一聲，將望遠鏡遞給王連生。

「有情況。」王連生叫格桑準備武器。

距目標二、三十米的地方，王連生停下車，抄起自動步槍與格桑包抄過去。那兩人放下手中的鍬鎬，直起身來。

「你們是幹什麼的？」王連生警惕的打量著問道。

「旅遊的，駕車自助遊。」瘦高個子邊解釋著走過來。

「站住，可哥西里沒有開放旅遊，你們的證件？有沒有攜帶武器？我們要檢查。」王連生心中疑問，槍口始終未敢離開目標方向。

「你們在這兒挖什麼？」格桑不解地望著面前的兩尺多深的沙坑。

「墓地。」灰色車門打開，車上跳下的人手中響起連串沉悶的槍聲，王連生與格桑倒在血泊中。倒下去的瞬間，自動步槍噴出火舌，瘦高個子的臉被掀去了半邊，王連生倒地前最後一眼看見的是拉西姆冷酷的面孔……

槍聲驚起了湖水中的黑頸鶴，那幾隻悠閒的野驢受驚四散，金鵰也不見了蹤影。

拉西姆命令那個不知所措的傢伙把三具屍體架入戰旗越野車內，自己拉開灰色吉普車後門，取出那只銀白色金屬箱，放入沙坑內，兩把鑰匙插入，轉動，彈開箱蓋，將中央引爆器定時為四十八小時，然後關上金屬箱蓋，起身回填沙土。

拉西姆四下檢查了一下，見沒有留下什麼痕跡，於是命令那人駕駛戰旗越野車，自己跳上灰色吉普車，一前一後地向西疾駛而去。四十分鐘後，他停下車來到戰旗車前，拉開車門，將那人順手一槍解決了，隨後點燃了越野車。

開出去不到兩公里，身後濃煙升起，越野車爆炸了。

「還有四十八小時。」拉西姆冷冰冰的臉上現出了微笑。

第十五章

舊曆五月十八，張天師聖誕。開天古觀山門前摩肩接踵、人頭攢擁，燒香的、抽籤的、祈福的和看熱鬧的，熙熙攘攘、絡繹不絕。圍牆下，十餘個江湖術士沿牆一溜兒排開，地上鋪著畫滿了先天八卦圖、陰陽魚和長著一臉黑痣的人頭像的布攤，後面板凳上有男有女坐著一干江湖散仙，眼睛不停地偷窺遊客面目表情，期待找出潛在客戶前來算命問卜。

唐山肩背行囊風塵僕僕地在人群中擠過來。

「哎呀，小兄弟，觀你面相近日必然會有大事發生，我沒看錯，可惜呀，可惜。」一個四十多歲的女江湖術士叫道。

唐山止住腳步，側臉望去，心中有些納悶，這大姐怎麼如此肯定？

那婦人見唐山疑惑不決的神情，心中暗喜，表面不露聲色：「此事做得好呢，會很順利；做得不好呢，就會有災有難。待我給你看看手相，不準不要錢。」更不待唐山答話，抓住唐山的手，拖他坐在凳上，口中卻一直嘮叨未停，「左手為先天，右手為後天，哇！貴人之像啊，但是……」

「但是什麼？」唐山不由自主地順著問了下去。

婦人暗自打量唐山衣著、皮膚及營養狀況，口中試探道：「可惜家中貧寒，母在父先亡。」牆下近前的幾個擺攤的男術士聞此言都會意地笑了。

唐山吃了一驚：「你怎麼知道我父親先去世了？」他久居邊陲，自然不會知道中原那些唬人的把戲。

那婦人做神秘狀：「天機不可露。」

「這是騙人的，大哥哥不要信。」身後傳來稚氣的童音。唐山回頭看去，只見一個身穿花布衫，梳著六根小辮，胖嘟嘟的小姑娘滿眼含笑地望著他。見唐山似有不信，小女孩嘻嘻笑道：「我也會算，比她可準多了，不信？那你聽好啦，」她舉起唐山的手掌，邊用小手劃著掌紋邊講，「大哥哥骨骼奇偉、鼻樑高聳，話語南音含北調，應是生於北長於南。一幅川字紋，我佛有奇緣。金丘厚月丘圓，青梅竹馬在童年。千里迢迢入江州，不為求籤為會友。大哥哥，我說得對不對？」

唐山更為驚訝，小小孩童，竟然如斯，中原之地，真是人傑地靈啊。「小姑娘果然說對了，你今年幾歲啦？」他心中喜歡這個嘴甜又冰雪聰明的小女孩。

「喏，大哥哥自己數數。」小女孩指指頭頂上的小辮。

唐山數了數共是六根，笑道：「原來小姑娘芳齡六歲。」

「你這個小妖精，今天又來搗亂，本仙姑非要教訓教訓你不可。」那婦人見生意被攪散，氣急敗壞，劈頭就是一巴掌。唐山揮手淩空在她的手腕輕輕一劃，那婦人頓覺半邊身子麻木，如過電般顫抖了數下方才恢復原狀，原來面前的這個貌不驚人的青年竟是個內功高手，自己如何討得便宜？唐山放過那婦人，手拽小女孩，走到一邊。

「你的家人呢，我送你見他們。」唐山關切地問。小女孩笑而不答，拉住唐山的手，穿過人群，徑直進了大殿。

殿側主持室，華心笑呵呵地迎將出來：「小兄弟，算準你這兩天來，果然祖師把你帶到。」

「原來她就是你信中所說的『布衣祖師』小佳辰。」唐山恍然大悟。

「說著玩的。」佳辰臉一紅，她竟然也會靦腆。少頃，華靜道長同馮布衣匆匆趕來，略示寒暄，主賓落座。華靜與馮布衣早已聽華心介紹過唐山是藏密白教十七世東寶法王門下弟子，修行甚高，見其本人如此年輕，卻不免暗自驚訝，要知道修行密宗之難，即使窮一生也未必有所小成。

華心問唐山母親安好，路途是否順利。唐山微微嘆息，自與華心京城分手，折返乾寶山村講起，說到因生活所迫擺攤看病，被人趕來趕去無診費可收時，小佳辰插嘴道，要是她在就好了，定會收入頗豐云云，被馮布衣白了一眼趕緊住嘴。當講述到至京城尋訪小芬，遙感真言催動，遇嚴新新婚之夜重傷，自己出手相救一事，在座眾人不由得一陣唏噓感嘆。

「小芬知道是你暗中救了她？」華心問。

唐山點點頭，腦海中久久浮現著小芬抱著嚴新，清澈的雙眸中那平靜哀傷的目光……

他默默地出掌，指閉嚴新臍輪，凝神導真氣入其中脈，貫穿六方靈脈蓮穴，遊走三陽三陰諸穴，月上中天，梵穴已暖。

「你丈夫已無大礙，當可放心。」唐山最後望了一眼小芬，站起身來，發出長長一聲嘆息，毅然邁步向外走去。

「你既然在人世，又為何不回來？你既然救了我，又為何不相見？」身後傳來小芬悲痛欲絕，令人心碎的啜泣聲……

哭泣聲越來越響，大家回過神來朝哭聲望過去，「布衣祖師」小佳辰臉上滿是鼻涕眼淚，正在裂著嘴大哭……

馮布衣從賀嘉山古墓開始講起，細述覓龍球的來龍去脈及其神奇怪異的自然能量，當講述到覓龍球吸食夜明珠時，大家聽到了華心懊悔傳家之寶的嘟囔聲。

唐山亦覺實在是不可思議，急切想一觀那怪球。馮布衣照例解開黑皮囊，取出黑球來，擱在桌上，眾人圍著觀看。那黑球見光，嘶嘶聲漸起，唐山突覺腦袋一陣眩暈，一種似曾相識的熟悉感覺，淚水竟奪眶而出，大叫一聲向後便倒……

眾人大驚失色，手忙腳亂地將唐山扶到沙發上躺下，這邊馮布衣趕緊收起覓龍球，那球竟嘶嘶怪叫，彷彿不肯進囊，最後被硬塞進了囊中。

唐山感到頭部如火炙一般，疼痛難忍，他掙扎著坐將起來，擺一無上瑜珈大涅盤姿勢，雙掌交錯互指天地，口中念動梵音。片刻，疼痛漸消，面色恢復如初，大家都鬆了口氣，忙問原由。唐山似乎充耳不聞，眉頭緊鎖，雙目凝視，若有所思……

第十六章

當京城夏日裡的陽光透過窗戶斜射到病床上的時候，嚴新醒過來了。他慢慢地睜開了眼睛，環顧四周。白色的天花板，白色的牆，床邊掛著吊瓶，正在一滴滴地往自己手背上的靜脈血管裡輸著液。

「你醒啦。」小芬揉著眼睛疲憊地微笑著，眼神中已不見了那令嚴新心中一直感到不安的那絲憂鬱。

嚴新拉住小芬的手，愛憐之情溢於言表：「你一直在這兒陪我，太辛苦你了。」病房門開了，唐山母親拎著水瓶打水回來。這是一個飽經風霜、心地善良的老人，嚴新想。

「這是唐大娘，唐山的母親。」小芬將嚴新中彈後自己如何念動真言，唐山及時趕來救治及唐大娘留京照顧等事前因後果一一告訴嚴新聽，嚴新聽罷萬分感慨，不曾想救命之人卻是與自己有一面之緣的那位藏密小兄弟，而且小芬又是同他一個村的，大千世界，冥冥中自有天意。

唐山母親談到唐山接到華心來信，信中講述了覓龍球的來歷和不可思議的奇特能量，約唐山前往九江開天古觀共同參祥，說罷，取來那封信給嚴新自己看。

她與小芬都避免提及唐山暗中救治小芬一事。

嚴新看完信後未作聲，緊皺眉頭思忖了良久，終於言道：「『覓龍古球，天地幽幽。蟲眼複出，陰陽始固。』我想我明白了。」嚴新拿出手機按照信中所留下的號碼撥通了開天古觀……

開天古觀。唐山接聽了電話，話筒裡面傳來嚴新興奮的聲音：「唐山兄弟，多謝救命之恩，別的先不說了，覓龍球的秘密，我大致想通了。還記得在火車上我向你提起的蟲眼嗎？除了蟲眼外，宇宙中還存在有黑洞，所謂黑洞是恒星死亡後冷縮形成的高密度物質，由於其密度極高，一粒米大小的物質重量超過一噸，因此引力也極大，任何經過黑洞附近的物質如小行星、宇宙塵埃甚至宇宙射線和光線、電磁波等也不能逃逸，統統被其吸入，當可見光被吸入而不能反射時，宇宙中就形成了黑洞。

大約在四十億年以前，那時地球剛形成後不久，還沒有大氣層，一小塊類似於黑洞的物質不知怎麼流落到了地球上，也許在海洋深處，也許在火山岩漿裡，四十億年以後，輾轉來到賴布衣手中，成為了『覓龍球』。數十億年間，該球內部物質已經發生衰變，密度漸疏，重量變輕，但仍保留遺傳物質的吸食屬性。賴布衣一生覓龍尋脈，善點怪穴，相信借助此『覓龍球』之力甚大，由此推斷該球應對大地磁場極其敏感，尋覓地磁集中交匯之處的『龍穴』確可事倍功半。電燈的光線是電磁波，太陽光的光粒子流也是電磁波，具有黑洞物質的覓龍球吸食它們也就解釋得通了。

至於『蟲眼複出』，有件事必須讓你知道，長江三峽大壩附近有一處蟲眼在頻繁活動，這可能是迄今為止我所能發現的最大的蟲眼了，地點就在三斗坪附近。可惜我功力已失，發不出氣遁，無法進一步採知詳情，只有拜託兄弟攜覓龍球一試，或有指望找出。若有結果，可速通知政府部門，及早防範，避免一場大災難。愚兄猜測，『蟲眼複出』極有可能冥冥中天意使然，指的就是這裡。」

一番話下來，唐山一時怔住了，他自幼長於寺中，並未接觸天文學方面知識，好在其悟性極高，略一思索，心中已大致明瞭。

「方才大師所說『蟲眼複出』，莫非這蟲眼危害很大？」他問。

「三峽庫容水壓引發蟲眼磁場爆發，導致大壩內應力變化而崩堤，數百億立方的江水如海嘯般襲來，長江中下游五省一市頓成澤國，兩、三億人盡為魚鱉，此國之大劫啊。」那邊嚴新的聲音分外悲愴。

「大師盡可放心，定不違大師囑託，唐山不日起程採查。」唐山深為嚴新憂國憂民的胸懷所折服。

第十七章

三峽大壩蓄水就要滿庫容一七五米了，這將是舉國歡慶的大喜日子，它的圓滿建成，向全世界證實了中國國力的強盛和炎黃子孫的聰明才智。盛大慶典活動的籌備工作已經拉開帷幕，長江沿線上自重慶下至湖北，各級政府都是一把手親自抓，企事業單位、工廠學校全民動員。慶典活動的主會場就設在宜昌市三斗坪的罈子嶺，舞臺已經開始搭建，國內已有知名演出團體預約演出，老百姓猜測著名女歌手宋某某和東北諧星趙某某將到場獻藝，還有人信誓旦旦地保證中央電視臺特派名嘴崔某某前來主持晚會等等，反正說什麼的都有。

籌備工作領導小組正在緊張地篩選與會人員和來賓名單，草擬儀式安排及領導發言提綱，電話鈴聲此起彼伏響個不停，傳真電郵紛至沓來。組長是由王副省長兼任的，此刻他的辦公桌上堆滿了檔，其中一份印著機密的內部傳真電報引起了他的注意。電文說，原參與三峽大壩專案論證和後來施工的十幾個外國公司（日本某某公司、加拿大某某公司、美國某某公司……）已經邀請了本國政要一同前來觀禮，我方加強保衛工作云云。他皺了皺眉頭，大筆一揮，「責成省公安廳迅速組織層層落實。」隨後點燃支煙，眼望著裊裊上升的一縷輕煙，心中暗想：「工程都完了，還來幹嘛？」

可哥西里，索南達傑自然保護站。巡邏隊員王連生和格桑已經快兩天沒有回來了，站長眼望天空，心中越發不安。早餐後，他決定還是派出兩隊人馬前往尋找。

這一天的上午十一時十五分，一封來自土耳其伊斯坦布爾的電子郵件，同時發給了中國政府各主要部門，郵件如下：

東凹解放組織宣告：定於當日中午十二時在中國境內青海省可哥西里試爆一枚原子彈。

收到電郵的政府部門大都認定是有人在搞惡作劇，均嗤之以鼻，不予理睬。公安部反恐局的一位處長感到此事有些蹊蹺，便徑自來到局長辦公室。

「據我們掌握的情況，東凹領導人買買提明•艾孜來提最近與一個神秘人物在塔吉克斯坦進行了一次秘密會晤，會面內容不得而知，內線情報稱，該組織在近期內將有大的行動。現在突然收到這份電子郵件，感到有些太巧合。如果不是空穴來風，問題可就嚴重了。」處長彙報說。

局長思索一下，也感到有問題：「如果是有人惡作劇，為什麼只留有四十分鐘的時間差？如果是真的，是一個籌碼，又沒有提出任何條件和要求。」他看了手錶。

「不管怎樣，有備無患，馬上通知青海省廳和可哥西里保護區管理局加強戒備，發現可疑情況立即上報，我現在就去部長那裡。」

「是，我馬上通知。」處長轉身離去。

「時間太短了。」局長說道。

可哥西里腹地。「砰、砰」響起連續的槍聲，幾隻藏羚羊應聲倒地，一夥偷獵者歡呼著朝獵物奔跑過去。

越野車邊，偷獵組織頭目斜靠在車上，手端啤酒罐愜意地飲著。

早上派出搜尋的索南達傑自然保護站的一輛巡邏車疾駛而來。

一群禿鷲盤旋在空中，等待著一頓美餐。

金色的太陽在午時的天空中悠閒地俯視著可哥西里浩瀚的戈壁灘。

又一個更加明亮的太陽在空中閃爍出耀眼的白光……

奔跑著的偷獵者驚奇地看到手中的槍管瞬間突然融化了，前面的同伴竟變成跑動的骨架……

越野車邊，偷獵組織頭目迷惑不解地看到手中的啤酒沸騰了……

疾駛的巡邏車化成了鐵水……

那群禿鷲已蒸發……

一團巨大的蘑菇雲升起……

中午十二點整，核彈爆炸了。

第十八章

中國國家地震台和美國、俄羅斯、日本、印度等世界上多個地震台都同時記錄下了這次核爆炸。國外各大媒體紛紛在頭版頭條顯著位置刊登了中國最新核試爆的消息，流言蜚語、小道消息滿天飛。下午一上班，外交部的電話、傳真就忙個不停，各邦交國家紛紛來電詢問情況。傍晚，國務院召開各有關部門緊急會議，晚上七點，召開新聞發佈會。

新聞發言人重申了中國核政策是嚴肅的、認真的、一貫的，向來主張全世界所有國家共同努力，全面禁止、徹底銷毀核武器。中國政府從一九九六年七月三十日起已經暫停了一切核子試驗，從這天起，再也沒有進行過任何形式的核子試驗。根據調查，中國青海省可哥西里國家自然保護區內發生的這起核爆炸確認是國際恐怖組織「東凹解放組織」所為。由此可見，當前國際恐怖主義已經變本加厲、不擇手段地威脅到世界上所有熱愛和平的國家和人民……

華盛頓。總統國家安全顧問辦公室。

萊斯利仔細地低頭翻閱著ＣＩＡ威廉斯局長遞過來的衛星照片，不時啜上一口熱氣騰騰的咖啡。衛星照片上拍攝的是中國青海省可哥西里腹地核爆炸前後幾天的現場情景，其中有一張引起了萊斯利的注意，畫面上清晰地看到小山丘下的沙坑裡一隻標有CCCP字母的銀白色箱子，不遠處躺著三具屍體，旁邊站立著的那人的面孔覺得在哪兒見過。他回想起來了，這與巴基斯坦努爾德的那次爆炸中NSA迷霧一二偵察衛星圖片裡的不知名者是同一人。

「是的，CIA一直在尋找此人，他殺了哈里德，奪取了手提箱核彈，製造了中國的這起核爆炸。中國方面認為是『東凹解放組織』幹的。」威廉斯說道。

「你認為是這樣的嗎？」萊斯利抬起頭來。

威廉斯道：「我們將此人照片交羈押在關塔那摩的『東凹』分子辨認沒有結果，但基地組織的一個頭目證實，此人名叫拉西姆，來自臺灣。」

萊斯利微微吃驚，眼睛望著威廉斯。

「臺灣軍情局承認上個月他們滲入基地組織的一名秘密特工在巴基斯坦北部叛逃了，此人正是拉西姆。軍情局已經在全面追捕拉西姆，線索在北京中斷了，目前他們已經損失了四名情報人員。」

萊斯利：「我們需要和中國方面合作，向他們提供拉西姆的照片及情報資料，儘快清除隱患，時間緊迫，要搶在拉西姆下一個行動之前。」

「但願還來得及。」威廉斯道。

「不要透漏拉西姆的臺灣背景。」萊斯利補充道。

「當然。」

臺北總統府。國防部軍事情報局林局長垂頭喪氣地從裡面出來，一聲不響地坐進他那輛黑色的賓士車，返回局本部。

馬總統嚴厲地訓斥了他，追捕拉西姆損兵折將不說，一旦「末日計畫」曝光，激怒大陸，台海局勢又勢必風雲再起，單就國際輿論而言，臺灣也會成為眾矢之的，後果不堪設想。拉西姆這瘋子，竟然引爆原子彈，接下去又會幹什麼？想到這兒，脊樑骨一陣陣發涼，不寒而慄……

北京。公安部反恐局根據上級指示，與國家安全部情報與反間諜部門成立一個聯合行動組織，針對可哥西里核爆一案進行偵破。美國中央情報局CIA送來了拉西姆的照片與資料，綜合了娜日涅娃被殺一案的有關情況，聯合行動組勾畫出了可哥西里核爆案的大致輪廓：國際恐怖分子拉西姆（「東凹解放組織」首腦買買提明・艾孜來提上個月曾與其在塔吉克斯坦秘密會晤，兩者關係待核實）在巴基斯坦北部山區殺死基地組織軍事首腦之一的哈里德，奪取到一枚手提箱核彈。在北京又殺了娜日涅娃和兩名持有巴拿馬護照及手槍（註：有消音裝置，與臺灣軍情局特務常用型號類似）的臺灣人，從地窖中取走了一隻較沉重的手提箱，該箱為娜日涅娃所有，多年未曾打開過，箱內所裝物體不明（娜日涅娃中國籍丈夫嚴建國供詞）。拉西姆潛入可哥西里無人區腹地安裝手提箱核彈（手提箱標有CCCP，蘇製）槍殺了兩名發現他們的索南達傑自然保護站巡邏人員，巡邏人員同時擊斃一名拉西姆同黨。核彈用定時方式控制，四十八個小時之後該裝置被引爆，當量二萬噸。「東凹解放組織」曾於核彈引爆當天提前四十五分鐘以電子郵件方式聲稱將要進行此次核爆炸，但未表明其原因和提出任何要求。

如果娜日涅娃的手提箱裡裝的是一枚核彈，加上哈里德的一枚，總共是兩枚核彈。現在引爆了一枚，那麼，另外一枚呢？

第十九章

早在十九世紀末，英國開始和沙俄爭奪中國新疆。英國當時的政策是「先要在南疆成立一個由英國人控制的伊斯蘭教政府」，然後，「將之與印度、阿富汗和伊朗等國的穆斯林世界合併，成立一個統一的、附屬於大英帝國的伊斯蘭教國家」。一九三三年十一月十二日夜，新疆人沙比提大毛拉在英國的安排下，在南疆喀什噶爾城（今喀什市）成立「東凹厥斯坦伊斯蘭共和國」。「東凹國」總統霍加尼牙孜及國家軍隊總指揮麻木提後來逮捕了沙比提，轉交給中國新疆的政府軍手裡，投入了迪化（今烏魯木齊）監獄。沙比提後來死於獄中。麻木提當上國民黨的師長及警備司令後，沒幾天便被迫逃亡，最後死於內地。霍加尼牙孜當上了省政府副主席，三年後被新疆省政府主席盛世才控為外國間諜而下獄，並很快被處決。

「東凹解放組織」，又稱「東凹民族黨」，是國際最具危害性的恐怖組織之一。其宗旨是通過暴力恐怖手段，在新疆建立「東凹厥斯坦」。一九九六年，在土耳其建立，總部設在伊斯坦布爾。其創建人為買買提明•艾孜來提，維吾爾族，一九五〇年出生，大學文化，原籍中國新疆和田地區墨玉縣，原在新疆電影製片廠工作，一九八九年出逃土耳其。在「塔利班」的支持下，「東凹解放組織」將一批批招募來的新疆青年送往阿富汗的一些訓練營地，灌輸宗教極端思想，接受武裝訓練，一九九八年賓拉登資助「東凹解放組織」數百萬美元，在中國和中亞地區策劃和實施了一系列暴力恐怖活動。

伊斯坦布爾貧民區的一間地下室裡，買買提明•艾孜來提有些心神不寧，可哥西里的核爆震驚了世界，「東凹解放組織」一夜之間成為家喻戶曉的談論話題，他本人也被譽為賓拉登第二，成為輿論關注的焦點。可是麻煩卻接踵而來，先是聯合國發表措辭強烈的譴責，接著幾乎所有國家都將矛頭對準他，指責之聲鋪天蓋地。尤其是中國，加緊了對組織的搜捕，多名下屬落網，據說美國ＣＩＡ和俄羅斯ＫＧＢ都參與其中，就連土耳其政府也迫於國際壓力下令通緝他，這樣下去豈不成了過街老鼠？唉，就是因為沒有自己的領土，對，一塊屬於自己的土地。他想，實際上自己的要求也不算高啊，不過就是塔里木盆地而已……

長江三峽大壩。儘管遊覽門票一百元一張，壩上遊人仍是絡繹不絕。遊客大多來自全國各地，也有不少外國人，人群中不時有人發出讚嘆之聲。這座世界最大的水庫大壩，全球超級工程，它的雄偉與壯觀無論怎樣想像都不為過，至少拉西姆是這樣想的。他身著淺色休閒服，頭戴紅色太陽帽，與一般遊客別無兩樣，隨著人流慢慢移動，一面不時地用望遠鏡在觀察。大壩自江北起，延伸到長江南岸的白岩尖，全長估計有兩公里多，屬於混凝土重力壩，他知道這種壩依靠壩體的自重來對抗庫區的水壓。站在壩頂上，這裡也是一條溝通江南與江北的公路，足有六輛車寬。大壩底部寬度為一二四米，大壩剖面為直角梯形。中段是洩洪壩段，長四百多米，水深一五六米處有二十二個寬為八米的溢流表孔，二十二股氣勢磅礡如人工瀑布般的水流從中奔湧而出，如同萬馬奔騰般發出震耳欲聾的響聲，聽說大於維多利亞瀑布的水流量。水深九十米處還有二十三個溢流深孔，主要作用是冲沙。洩洪壩段兩邊的是左右兩個壩後式廠房，安裝了二十六台水電機組，總裝機容量達一八二〇萬千瓦，年發電量八四七億度，比世界最大的巴西伊泰普水電站還超出百分之四十。拉西姆把注意力又集中到大壩的兩岸，那裡有發電廠房及通航建築物。

最後他放下望遠鏡，鬆了一口氣，通過幾天的觀察，終於知道該如何下手了。

夜幕降臨的時候，拉西姆回到了宜昌市郊的出租屋，這是一所由茂密樹木遮掩的普通民居，地點偏僻，很少有人經過。院子角落裡是一間堆放雜物的大倉庫，拉西姆走進倉庫開始對銀白色金屬手提箱改裝。他首先小心翼翼地在中央起爆器遙控裝置上設置了十三位元數的密碼，這是包含數位加＊號和＃號的一組混合碼，他可不希望有人誤撥電話而引爆核彈。然後將一根纏繞在細鋼絲上的防水絕緣導線連接到手提箱外接天線插孔，材料是在正規商店裡買的，應該不是偽造品。考慮到水庫的深度及水流速度，一共買了二百餘米。應該足夠了，他想。

深夜，拉西姆將車停在距離三峽大壩上游數公里的一水灣處，關閉了燈光，將手提箱提下車來。他換上潛水服，背上氧氣瓶，又把一條事先充了適度空氣的人力車內胎綁在手提箱上，輕輕推下長江，然後潛入水中。五十公斤重的手提箱恰好剛剛漂浮在水面下一米左右深，拉西姆抓住箱子，悄悄地向大壩遊去。

夜空中繁星點點，月亮在雲裡時隱時現，雄偉的三峽大壩籠罩在江上淡淡的霧氣中，四下裡一片寂靜。大約兩個小時左右，他漸漸地接近了洩洪壩體，隱入大壩龐大的陰影之中。

拉西姆知道中國軍方對三峽大壩的防範主要是針對空中來襲而設，一九九七年前後就已經部署了以新型相控陣雷達和反彈道導彈防禦系統為主的大氣層立體攔截體系。不但配備了各型地對空導彈、單兵對空導彈、各型高射炮和高射機槍，而且還有各種類型作戰飛機。但卻沒有對來自地面及水下的威脅引起足夠的重視，這是大漏洞，而且這個漏洞即將由他——拉西姆來證明，想到這裡，他不由得冷笑了幾聲。

拉西姆在充氣胎上戳破一個細孔，隨著空氣的一點點逸出，手提箱慢慢沉下江去，細鋼絲與防水絕緣線也一米米地往下放，最終箱子到達了江底。他鬆了口氣，將鋼絲和充當接收天線的絕緣導線牢牢地捆在澆注壩體時固定範本的一根鋼筋頭上，這是他白天早已看好的，而且高度在一七五米以上，置於伸縮縫內十分隱秘，從壩上任何角度都無法瞧得見。

拉西姆感到十分滿意，然後留戀地瞭望大壩，潛入水中。

第二十章

美國數字全球公司總部大廈十九樓的遙感部門負責人湯普森一清早就發現了問題。從「快鳥—3」號商業遙感衛星傳輸回來的多光譜資料中，有一幅近紅外彩色合成圖像引起了他的好奇，遙感圖片拍攝的是中國的長江三峽水庫大壩。彩色圖像中，大壩附近出現大面積橙色區域，這是很反常的，通常只有地殼發生大規模磁場與應力變化才會出現。湯普森向來很自豪「快鳥—3」的精確程度，這顆世界上解析度最高的遙感衛星是去年由波音公司的德爾他—2火箭發射並投入運營的低軌道商用衛星，全色圖像解析度達到〇•一米，多光譜圖像解析度也可以達到一米。他調來近一年來的三峽大壩遙感圖像，用彩色光譜儀在電腦中分析，驚訝的發現，隨著水庫蓄水量的增加，橙色區域也在不斷地擴大。

湯普森抓起電話，撥通了執行總裁的辦公室：「這兒出了點狀況。」

執行總裁卡洛爾看了圖像資料，對湯普森說道：「看來有麻煩了，你再找出全球近些年來發生破壞性地震地區的遙感資料，做個對比。」

「好的。」湯普森敲動鍵盤，由資料庫中調出兩千年以來全球發生的數起大地震的震前資料進行比對，其中有印度洋海嘯、加拿大不列顛哥倫比亞大地震、日本北海道地震和美國佛羅里達邁阿密大地震等。

卡洛爾與湯普森面面相覷，倒吸一口冷氣……

唐山辭別華靜道長，與華心和馮布衣父女離開了開天古觀前往湖北宜昌。古觀門前，清清的小溪邊，楊柳依依，華心兩眼含淚、戀戀不捨，師妹亦不免有些黯然。只有「布衣祖師」小佳辰知道即將遠行，興奮莫名，蹦蹦跳跳的，眼睛都笑眯了。

唐山始終不明白自己突然頭暈疼痛的原因，也不清楚為什麼乍見黑球竟有似曾相識的感覺，那感覺就像是壓抑了多年的感情即將噴湧而出，額頭陣陣發麻。

「大哥哥，你在想媽媽嗎？」坐在長途巴士前排座位上的「布衣祖師」轉過腦袋關切地問。唐山苦笑著搖了搖頭。

「那黑球餓了。」小佳辰坐回到座位裡嘟囔說。

「你說什麼？」唐山不解。

「黑球在地底下八百年沒有吃東西，它餓壞了，想吃大哥哥呢。」佳辰解釋道。

唐山笑了，心想這小祖師的想像力實在是夠豐富的。

但是，他不知道，「布衣祖師」說對了。

拉西姆打量著這兩名買買提明・艾孜來提派來的年輕死士，一個叫胡楊，另一個是胡瓜，很顯然是化名。自從巴勒斯坦「哈馬斯」與阿富汗塔利班基地組織頻繁使用「人肉炸彈」掀起恐怖襲擊浪潮以來，「東凹解放組織」也開始訓練執行特殊任務的死士。拉西姆在桌子上鋪了一張三峽大壩平面圖，這是在任何一家旅遊商店都可以買到的，然後向他倆交代行動計畫。

「核彈定時裝置將於十二時整準時引爆，因此你們必須在十一時五十分把汽車由北岸開上大壩，此刻無論發生什麼情況都要硬闖過去，十二時準確抵達大壩中央。」拉西姆邊在圖紙上勾畫邊說。

「如果壩區戒嚴怎麼辦？」胡楊道。

「這點放心，我自有辦法。」拉西姆把握十足的神情打消了兩人的疑慮。

拉西姆拿出手機，撥通了伊斯坦布爾的一個電話號碼：「『末日行動』開始了。」

宜昌，這個市區只有五十多萬人口的中等城市突然間熱鬧起來，各個賓館酒店全部爆滿，普通百姓人家也騰出空屋來接待散客，房價更是一漲再漲。來自全國和世界各地的觀光客絡繹不絕，儘管電視臺一再警告今年長江洪峰即將到來，而且是百年一遇的洪水，原因自然是受「拉尼娜現象」引起，但是也無法減弱人們參加三峽大壩慶典的熱情，畢竟這是全球第一大壩的竣工典禮。

湖北省公安廳集中了全省的警力，包括武警部隊和防暴員警來到宜昌，部署在通往三鬥坪三峽大壩一線，重點是壩區保衛。

一些外國公司和他們所能邀請到的本國政要也都陸續抵達，至於有哪些知名達官政客，對外界暫時封鎖消息，只是傳說美國總統施瓦辛格和加拿大總理前來北京舉行高峰會時將順便參加觀禮，還有就是參與三峽工程的日本公司邀請到了防衛廳長官龜田雄二前來，這個消息據稱比較可靠。

黃昏時分，唐山一行人來到了宜昌城。

宜昌古稱夷陵，位於長江北岸，因「水至此而夷，山至此而陵」得名，上控巴蜀、下引荊襄，素有「三峽門戶」之稱。宜昌是有著兩千四百多年歷史的古城，是楚文化的發源地，著名詩人屈原故里，三國時的趙雲大戰長板坡、關羽敗走麥城的地方也在這裡。溯江而上不遠的香溪，就是中國古代四大美女之一王昭君的故鄉，據說那一帶至今還在大量出產美女。

城南一隅，有眾人圍觀，見一學究摸樣老者退出人群，一邊不住地搖頭，華心好奇心頓起，擠入觀看。見一老道士坐在地上，面前攤著一塊寫滿了類似象形文字的布幅，低頭辨認卻一個不識，環顧左右人群竟無人能認。那老道士長嘆一聲：「貧道無能，恐有生之年難遇高人……」言語間竟多悲苦之意。

「帝母附寶，北斗樞星，感而有孕，兩載乃生。生而神靈，幼而徇齊，弱而能言，長而敦敏，成而聰明……」何人識得？眾人急視之，未見高人，低頭看才發現一女童正搖著腦袋、津津有味地在朗讀，原來「布衣祖師」見華心在人堆裡久不出來，料知必有好玩之事，於是也鑽進來看個究竟。

「『肉碼文』又有何難？」她稚嫩的聲音在眾人耳中顯得高深莫測。

那道士聞聽此言竟眼淚鼻涕俱下，嚎啕大哭：「師父呀，徒兒今日終於等到了高人，您老人家可以瞑目了，嗚嗚……」哭到極至，竟然背過氣去。

唐山忙伸手搭脈，一縷真氣輸入，那老道悠悠醒轉，雙手緊緊抓住小佳辰忙不迭地說：「小師傅，務必請敝道觀一行，有要事拜託。」

唐山諸人見此情形不便推辭，於是一行人乘計程車隨老道而去。溯江而上，不久來到了黃花鄉朝陽道觀。進得觀門，早有小道士迎出引客人落座，奉上香茗。老道士自稱法號清虛，是此朝陽觀主，眾人也一一報上名來。

「諸位與本觀有緣，就請於觀中留宿如何？」清虛懇求道。

唐山等人見天色已晚，便允道：「如此打攪了。」

飯畢，清虛引眾人入內室，落座後向大家問道：「貧道甚是不解，小姑娘看來只得五、六歲，未及上學，如何識得這『肉碼文』的。」

華心將「布衣祖師」的來歷大致敘述一遍，聽得清虛目瞪口呆、嘖嘖稱奇。

「原來小師傅是八百年前江西派賴布衣親授的傳人，難怪竟識得此文，實乃天意啊。」清虛不住地感嘆。他轉身於鋪下拖出一隻朱色木箱，又從箱中取出一隻舊檀木匣，用一把古老的黃銅直匙打開匣子，匣子裡面是一塊發黃的舊帛，清虛小心翼翼地展開，舊帛上寫的都是「肉碼文」。

「此帛是我觀歷代祖師傳下來的鎮觀之寶，只知道這裡面隱藏著一個大秘密，但始終無人認得，歷代祖師也無法解開，師傅臨終前囑託尋訪天下得道高人破解此謎。貧道抄錄了部分章節，就是小師傅看的那塊布，數十年間踏遍三山五嶽、塞北中原，均失望而回。後求教於中國古文研究專家陳文福教授亦不得解，只是認定此為世界罕見的鳥文，名『肉碼文』，發源於軒轅時代，比古阿拉伯數字還要早一千多年，當今世上絕不會有人認得的。」

「布衣祖師」小佳辰「咯咯」地笑出聲來，她小手指著帛上的一段文字念道：「覓龍古球，天地幽幽。蟲眼複出，陰陽始固。」

第二十一章

華盛頓，美國國務卿賴斯的辦公桌上是一份由馬里蘭州米德堡國家安全局發來的密件，密件稱中國長江三峽大壩地區發現大面積地殼變化的前兆，該地區地下磁場強度與日俱增，岩石圈內應力接近極限，預計近期將有災難性地震發生，建議總統前往北京時取消赴三峽的行程。

賴斯國務卿按下內部通話器開關：「取消總統的三峽行程，同時通報加拿大總理。擬一份備忘錄，將三峽地區的地質變化情況通知中國政府。」她邊下達指示，一面用手指不停的捋著頭皮，最近老是掉頭髮，她沮喪地想。

中國政府有關部門接到美國方面的備忘錄後連夜召開了三峽地區地質狀況的緊急會議。會議上，傳閱了美國方面的情況資料，專家們眾說紛紜，莫衷一是，大都是一些模稜兩可的話。會議主持人皺了皺眉頭，心想，當初論證時怎麼全都是異口同聲？現在卻是互相推諉指責。轉念高聲問道：「有沒有通知黃萬里教授？來了請發表意見。」

剎那間，大家都安靜了，過了一會兒，有人在後排輕聲說道：「黃教授已經去世了。」

海拔二六二・四八米的鐔子嶺坐落於長江北岸，高出水庫平面八七・四八米，嶺上的觀景平臺是縱覽三峽大壩最好的去處了，盛大的慶典也將於明天上午十時在此舉行。王副省長率領領導小組成員陪同京城來的官員們做最後一次的全面檢查，看著戒備森嚴的會場，還有二十四個小時，他看了看手錶，然後滿意地微笑著。

三峽水庫慶典籌備工作領導小組收到北京內部急電，稱一架由各方面知名專家組成的三峽地質狀況評估小組乘專機即將連夜抵達三峽機場。

中午十二時，中國及世界各國政府官方機構和主要新聞媒體均收到一封來自德國慕尼克，署名為「東凹厥斯坦新聞資訊中心」的電子函件，內容如下：

「東凹解放組織」宣言：

「中國政府必須於二十四小時之內向全世界聲明，承認中國新疆塔里木盆地屬於『東凹國』領土，同時宣佈承認『東凹國』並建立大使級外交關係。否則，二十四小時之後將以核彈摧毀長江三峽大壩。『東凹解放組織』不久前於中國青海可哥西里無人區試爆了一枚核彈，充分證明了我們的能力。」

整個世界震驚了！

一小時後，中國政府發表嚴正聲明：

「中國政府和中國各族人民決不允許任何形式的恐怖主義訛詐，更絕不會向任何恐怖組織屈服。恐怖主義是世界不同文明、民族和宗教面臨的共同敵人，恐怖主義是全人類的公敵。中國政府將盡一切力量嚴厲打擊恐怖主義，保障中國各族人民和平、安定的生活，維護地區的和平與穩定。」

世界各國紛紛發表聲明支持中國政府的立場，並嚴厲譴責恐怖組織這項旨在破壞人類生存與和平的可恥行徑，土耳其、德國等國政府出動了大批員警及特種部隊圍捕搜剿恐怖分子。

基地組織也通過卡塔爾半島電視臺表明立場，聲稱此事與他們毫無任何關係。

中國海陸空軍進入了緊急戒備狀態，三峽地區立體防空體系更進入一級戰備。宜昌、姊歸及壩區方圓一百公里範圍內全面戒備，為防止恐怖組織的訛詐，以及影響人民群眾生活的安定，所有保安工作都按內緊外鬆的原則部署實施。

長江三峽大壩二十二個泄流閘全部打開，降低庫容以防不測。

「覓龍古球，上古神器，晝伏夜出，殺人如麻。孤魂野魄，佛禪道仙，一世修為，盡悉所噬……」小佳辰往下念著帛文。此刻，華心的手機鈴聲響起，華心接聽竟是嚴新，原來嚴新以另類學者的身分，受有關部門邀請參加三峽地質狀況評估小組，眼下已經連夜趕到三峽大壩南岸的姊歸新縣城，由於其槍傷初癒，小芬為照顧他也一路同行。

嚴新告之唐山，有關蟲眼的預測已經得到美國遙感衛星的證實，黃萬里教授生前的預言也許正在變為現實，一場世紀大災難就要來臨了。唐山將佳辰破解「肉碼文」

一事講給嚴新聽，嚴新思忖片刻，隨即問道：「此『肉碼文』何人所寫？」唐山轉向佳辰問話。

「袁天罡。」「布衣祖師」回答。

「啊！」電話裡傳來嚴新的驚呼……

袁天罡，唐貞觀年間著名大星象預測家、易數泰斗，可惜具體生平事蹟及生卒年月正史不見，野史亦無，實在無從查考，乃當今易界一大憾事。

一個多小時之後，嚴新急匆匆趕到了朝陽道觀。

「布衣祖師」小佳辰在大家一再的要求下，才下決心驅趕走了睡魔，來到桌前，為眾人講解帛書。

原來這「肉碼文」帛書是一千四百多年前的貞觀初年，由火山令袁天罡所寫的《覓龍秘笈》，裡面不但記錄了覓龍球來自上古時的軒轅氏，而且還列舉了此球種種怪異神奇的現象，並詳細說明了其使用方法。話未落音，小祖師的細微鼾聲已起。

嚴新聽罷尋思良久，嘆息道：「這袁天罡真不愧為易學奇才，古往今來的一代大宗師。古人雖不知當今天文地質領域的科學成果與發現，但卻能如此樸實地道出這天外物質的物理現象和作用，順應其自然規律而駕馭使用，易學果然是博大精深啊。」

唐山請馮布衣取出「覓龍球」交嚴新觀看參詳。

如同每次一樣，黑球嘶嘶聲起，室內燈光漸暗。唐山又是突如其來的眩暈，頭痛欲裂，好在事先有所精神準備，口中降伏真言早起：「吽折利主利准提吽拔吒……」

真言由唐山體內梵穴共鳴化為道道震盪音波射向黑球，那黑球毫不示弱，嘶嘶聲摻雜連連怒吼，黑色的球體浮現出點點綠色螢光，唐山感覺頭部像要脹裂開來，趕緊右手拇指緊扣中指，左手掌向上，五指伸開，右手置於左手之上，結大定印於臍前，口中發出六字真言：「嗡嘛呢叭咪吽。」

這邊嚴新可是難以忍受了，手掌之中的黑球體內發出巨大的吸力，自己剛剛復原的畢生內力竟瞬間被那黑球吸的一點不剩！手中一軟，黑球落下，還未站穩就急不可待地向唐山滾去，眾人早已不知所措，呆在那兒動彈不得。

就在這千鈞一髮之際，一道黑影「嗖」地從床上躍起撲向黑球，黑皮囊罩上，嘶嘶聲頓消，一切歸於平靜。

燈光重新亮起，大家驚恐之餘的目光掃去，「布衣祖師」懷抱黑皮囊又重新睡去……

第二十二章

土耳其西部山區代尼茲利省的霍納茲。當地的NTV電視臺播放了政府反對恐怖組織在土耳其領土從事針對中華人民共和國的恐怖活動的通告及通緝「東凹解放組織」頭目買買提明・艾孜來提的通緝令。

霍納茲的一個偏僻的街道上，緊靠清真寺是一所破舊的平房，院子裡堆滿了雜物，顯得髒兮兮的，窗戶裡有人警惕地瞭望著行人稀少的街道。

屋內，買買提明・艾孜來提雙眼佈滿血絲，端著茶杯的手不停地顫抖，坐在桌子對面的有兩三個人，都沉悶著臉一言不發，他們都是組織裡的首腦人物。

「買買提，必須終止『末日行動』，否則我們的處境會越來越困難，別指望中國政府會低頭。」一臉黑色長鬍鬚的庫爾班說道。

「再等等，中國政府不會無動於衷的，這是我們難得的一次機會。」買買提明・艾孜來提斷啞的嗓音說。

「別做夢了，買買提，『末日行動』讓我們組織在世界人民眼中都已經變成惡魔了，如果炸毀了三峽大壩，淹死兩三億人，即使是在伊斯蘭世界，也不再會有人支持我們了，真主是不會原諒的。」

買買提明・艾孜來提突然警覺起來，眼睛盯著庫爾班，口中冷冷道：「你們是商量好的，是不是？」

「是又怎麼樣，不能允許你一個人毀掉整個組織！」庫爾班怒道。

買買提明・艾孜來提伸手掏槍，不料對方兩隻槍早已指向了他，無奈，只得抽出手來。庫爾班伸手在桌子上摘下電話聽筒遞給買買提明・艾孜來提……

望著黑黝黝的槍口，半晌，他不得不慢慢接過聽筒，沉重地撥著那個記在心裡的號碼。

拉西姆躺在床上，摸著黑抓過手機，手機裡傳來買買提明・艾孜來提疲憊的聲音：「拉西姆，取消『末日行動』。」

「為什麼？」拉西姆聲音平靜。

「情況有變，執行命令吧。」

「『末日行動』開始就再也不會停止。」拉西姆的聲音依舊平靜。

「為什麼，拉西姆！」耳邊傳過來的是庫爾班氣急的喊叫聲。

拉西姆微笑了：「因為那是我的『末日行動』，而不是你們的。」他關閉手機的瞬間，聽到裡面傳來一聲槍響。

公安部反恐局舉報中心。淩晨時分，夜間值班警官劉麗喝了一大杯濃咖啡才趕走了睡意，她重又回到電腦台前，一封新收到的郵件引起了她的注意。該郵件標題標明中國公安部反恐局，十萬火急！劉麗按下熱鍵，螢幕上顯示的ＩＰ位址來自土耳其代尼茲利省的霍納茲。

十分鐘後，該郵件已經擺在局長辦公桌上，反恐局自昨天中午起已經進入特別時期，全部工作人員四十八小時不得離崗，此刻局長正在同情報與行動部門負責人研究這封奇怪的郵件。

「郵件聲稱拉西姆和買買提明・艾孜來提的兩名死士已經潛入壩區，將於中午十二時攜帶蘇製手提箱核彈在大壩中段部位上引爆，匿名郵件沒有落款，這是什麼人發的？目的又是什麼？」局長又點燃了一根煙。

「這個計畫過於簡單，一旦壩區戒嚴，核彈根本無法運過去，可能目的是擾亂我們的視線。」行動處長分析說。

情報處長悄悄從口袋裡往外掏煙。「抽吧。」局長皺了皺眉。

「嗯，根據我們目前所掌握的情報，『東凹解放組織』受到來自國際社會前所未有的強大壓力，內部似乎有分化的跡象，郵件有可能是買買提明・艾孜來提的反對派暗中向我們發出警報。」情報處長終於點燃了香煙。

敲門聲，值班員送來第二封郵件。

「東凹解放組織」新任負責人庫爾班・鐵依甫致中國公安部：

「東凹解放組織」原負責人買買提明・艾孜來提企圖使用核彈襲擊三峽大壩，現已被處決。我方已經發出取消該行動的指令，但是拉西姆拒不執行，仍計畫於今日十二時炸毀大壩。拉西姆與買買提明・艾孜來提單線聯繫，我們不清楚更多的情況，只知道他將使用行動電話進行遙控引爆，他所使用的是中國行動電話公司的手機，手機號碼是：一三九××××××××。請相信我們的誠意。

「立即行動！」局長放下電文。

第二十三章

被吸去了內力的嚴新虛弱地坐在地上喘著氣，大家忙將他攙扶起來靠在床頭。嚴新擺擺手，休息片刻，整理了一下紛亂的思路，然後向大夥慢慢道來：

「『覓龍球』絕不是地球上的物質，也許是來自宇宙間的一顆隕石，它的元素成分非常特殊，能夠無止境地吸收電磁波和可見光，估計甚至連紫外線與紅外線也同樣吸收。尤其是對磁場反應敏感，我多年練就的氣場內力被它一瞬間吸光，所以袁天罡在帛文中說『孤魂野魄，佛禪道仙，一世修為，盡悉所噬』，不知道這黑球曾經吸去了歷代江湖上多少武林高手畢生的修為，說它『殺人如麻』一點也不為過。」

「那麼孤魂野魄呢？」清虛小心翼翼地問。

「人死後的肉體，不過是失去了正常化學代謝的由去氧核糖核酸構成的一堆脂肪、氨基酸及碳水化合物而已，但是已經形成的生物磁場並不會隨著人肉體的死亡而立刻消失，它會與迄今所知的所有化學元素一樣，隨著時間而逐漸衰減。所謂『孤魂野魄』即是逐漸衰減著的生物磁場。」嚴新解釋道。

「那，厲鬼呢？」小祖師不知幾時又醒轉來了。

大師笑了笑，接著說道：「有人因冤屈而死，臨死前生物磁場受意識支配可以爆發出超過通常數十乃至數百倍的強大磁輻射，稱之為『生物磁暴』，同樣的衰減期，它的磁場強度也就相應大許多，世人不明就裡，因而謂之『厲鬼』」。

「它為什麼吃我的夜明珠？」華心忿忿不平地嘟囔。

「它餓了什麼都吃，還想吃大哥哥呢。」小佳辰迫不及待地插嘴道。

「我想，那個可能不是一顆普通的夜明珠，一定是含有某種類型的磁場，或許它也是來自天外之物也說不定。至於黑球為什麼對唐山兄弟反應這麼強烈，大概是小兄弟修行密宗真氣格外深厚吧。」

「奇怪的是我的身體裡似乎有股急於想要親近那黑球的衝動，感覺好像是久別重逢的戀人一般，越是抑制，頭就越是疼痛。」唐山道。

「我知道。」小祖師滿眼含笑，意味深長。

「什麼？」眾人忙問道。

「那黑球……它是個女的。」

淩晨起，宜昌地區的無線通訊全部中斷，就連通訊衛星地面接受站也接到上級緊急指示關閉，並沒有說明任何原因。

與此同時，美國摩托羅拉公司管理的休斯太空通訊 HS702 銥星移動電話網也接到美國太空總署的指令，臨時關閉了與中國微波通訊的連接埠。這是世界上信號最強的商業通訊衛星系統，能夠發射十五千瓦的信號，在全球的任何角落，都能與之進行無線聯絡。

清晨，濃重的霧氣籠罩著三峽地區。

早間新聞播報了過去幾天來的天氣狀況，長江上游地區及重慶、四川普降大到暴雨，今年的汛期提前了一個多月到來，第一次洪峰已抵夔門，由於受到「拉尼娜現象」的影響，預計近期天氣發展趨勢仍不明朗。

電視螢幕下邊，有一行滾動字幕：宜昌地區移動通訊線路發生故障，目前正在搶修之中，由此帶來不便，深表歉意……

宜昌至三峽一線戒備明顯加強了，各賓館旅店暗中在加緊核實外來旅客的身份，由當地民警同治保人員組成的小組逐個對出租屋進行排查。

鐔子嶺上，彩旗飄揚，數十隻由氫氣球組成的標語方隊浩浩蕩蕩的在半空裡俯瞰著潮水般湧來的觀禮人流，那上面寫的是：世界第一大壩歡迎你！

水面上有十餘艘快艇在巡邏，天空上看得見兩架直升機在盤旋。

各個路口設有路障，盤查也是相當地仔細，觀禮者不僅要出示身份證件和觀摩票，而且還要檢查隨身攜帶的物品。大壩兩端已經封閉，禁止人員通行。

舞臺後面臨時搭建的棚子裡，各演出團體在做演出的最後準備，每當有大家熟悉的名角閃過，人群中就會發出一陣喧嘩聲。

三峽地質狀況評估小組持有特別通行許可，但他們沒有時間和心情去觀禮，一大早，全體專家及技術人員就來到了北岸距鐔子嶺不遠的一塊較為平坦的一處制高點，唐山等人也由嚴新設法一同帶來了。

此刻，北京地球物理所的專家和技術人員已經架設好了物理探測儀器，開始記錄資料。鉛灰色的天空陰沉沉的，風兒透著清涼。

嚴新將唐山等拉到一邊悄悄說：「蟲眼很有可能就在這一帶，那『覓龍球』很有靈性，待會兒可叫馮布衣取出，試探一下反應。」唐山點點頭。

宜昌市郊，一隻由兩名民警和兩名治保人員組成的四人小組駕駛一輛警車來到了拉西姆他們藏匿的那所房子。

拉西姆笑容可掬地開了門，請他們入內，眼角順便溜了一眼車內。

「請出示一下你們的證件。」民警警惕地盯著拉西姆和胡楊同胡瓜，發現胡瓜下身在微微顫抖著。

「民警同志辛苦啦，請坐，先喝口水吧。」拉西姆說話間驟然發難，揮動手臂，掌緣如刀擊中首個民警的頸部，同時身體側轉雙腿反弓彈起，一招瑜珈第七層「馬式」踢中另一民警胸部，隨著頸椎和胸骨的斷裂聲，兩名員警倒下了。同時，胡楊撲上去制服了一治保人員，另一人見事不好，兩步跳出房門，身後傳來破空之聲，拉西姆擲出一隻茶杯正中後心，口中噴出鮮血，登時昏死過去。

胡楊、胡瓜兩人換上了警服，佩戴好槍械，將兩名治保人員扣上手銬丟進警車內，拉西姆從床下拖出只沉甸甸的皮箱，塞入警車後備廂。

「記住，核彈已經上車，計時器在十二時整引爆。現在出發，準時趕到大壩，途中不管如何攔截都必須衝過去。」他伸手看了看手錶。

「請你一定轉告組織照顧好我們的家裡人。」胡楊哀容滿面。

「放心，這是一定的。為了你們的家人，出發吧。」拉西姆鄭重地向死士們告別。

警車拉開警燈，向著世界第一大壩方向疾駛而去。

一小時後，拉西姆使用假身份證件登上了宜昌至深圳的飛機。

他對漂亮的空中小姐報以紳士般的微笑。

料到會關閉無線通訊信號，所以江底的核彈同時也設置了定時引爆，拉西姆做事從來都是萬無一失的，他想。

第二十四章

上午十時，禮炮聲響起，軍樂隊奏起了國歌，激昂的樂曲聲中人們的心也隨之熱血沸騰，這可是自秦長城以來中國人完成的地球上最偉大的工程啊。

高音喇叭裡傳出大家熟悉的主持人激情澎湃的聲音：「一九一九年，中國革命的先行者孫中山先生在《建國方略》中就提出建設三峽大壩的設想，可是在那個時代註定了這只能是一個幻想。一代偉人毛澤東『截斷巫山雲雨，高峽出平湖』的宏偉藍圖在當時的社會經濟條件下也無法完成。中國人的三峽長夢，做了近一個世紀，今天在我們的手中實現了！」鐔子嶺上爆發出雷鳴般經久不息的掌聲……

主席臺上就座的領導同外國來賓也興奮地站立起來，台下數萬觀眾激動的臉上洋溢著幸福的淚花。

可是一場世紀大災難正在悄悄地走近……

三門坪地下深處的方圓二十多公里的花崗岩體正在逐漸地自下而上的折裂，應力急劇地增大，磁場劇烈變化，強烈的電磁波輻射到地表、空氣中，山間草叢中出現無數螞蟻、老鼠及穴居小動物向北方急速地逃離。

地球物理所的物理探測儀指數不停地迅速向上跳動，已經接近極限，警報器發出

「滴滴」的鳴叫聲。地質評估小組組長滿頭冒冷汗，忙不迭地撒腿向鐔子嶺上會場奔去，因為通訊中斷而無法進行聯繫。

此刻，馮布衣剛剛解開黑皮囊，還未及放出『覓龍球』，那黑球已經嘶嘶聲大作躍出皮囊，滾落到一塊岩石上，興奮地急速旋轉著，烏雲密佈的天空中也似乎暗了許多。

此時怪事發生了，人們發現物理探測儀液晶屏上跳動的指數慢了下來，漸漸地不動了，過了一會兒開始緩慢下降……

嚴新心中登時明瞭，抓住唐山大叫道：「成功了，黑球吸收削弱了蟲眼的能量，大壩有救了！」

組長滿頭大汗地衝進了後臺，被警衛人員當場擒住，他不停地叫喊：「我要見領導，趕快疏散，要出事了。」

「怎麼回事？」王副省長嚴厲地質問。

聽完組長上氣不接下氣地彙報，他皺皺眉頭說道：「不可能吧，是不是儀器有毛病？」

外面一陣喧嘩聲，又擒住了一個滿頭大汗的年輕地質評估小組組員，那組員告訴說探測儀指數已經降下。

王副省長瞪了組長一眼。

疾駛的警車前方發現路障，有幾名持有微型衝鋒槍的武警擺手示意停車，胡楊對比一下雙方實力，感到硬衝勝算不大，於是剎住了車。

未及停穩，胡楊探出頭叫道：「抓住兩名疑犯，送指揮部！」

武警戰士走上近前看見了那兩名已經帶上手銬的「疑犯」，然後揮下手臂放行，胡楊趕緊點頭致意，腳蹬油門，警車飛也似地竄了出去。

途中又混過兩道卡子，胡楊禁不住佩服拉西姆的神機妙算，這傢伙是有些能耐，難怪買買提明・艾孜來提對他另眼看待呢。他低頭看了看錶，還有二十分鐘到十二點，前面已經看到了大壩雄偉壯觀的壩體。

就在接近壩體數公里處，見到了最後一道路障。前方已似乎有所警覺，放下了橫杆，幾輛三菱警車旁邊十餘名員警荷槍實彈地圍攏上來。胡楊心想這下可混不過去了，於是一咬牙加大油門衝去。

警車撞斷了橫杆，震碎了車窗玻璃，飛濺的玻璃片割傷了胡楊的面頰，滿臉都是血。車後傳來槍聲，但為時已晚，胡楊駕駛著警車已經沖上了大壩北端入口。壩頂上幾輛警車橫在了路面上，堵住了前行的通路，前面不遠處傳來清脆的阻擊步槍聲，警車輪胎打爆了，車搖晃著停了下來。

胡楊靜靜地坐在車裡，盯著圍上來的員警，還有十分鐘，他想。胡瓜渾身顫抖著不知所措，突然他大叫一聲推開車門跳下，未及幾步就被一槍撂倒撲在地上不動了。

胡楊被帶下車，仍舊默不作聲，員警打開後備廂，取出拉西姆的皮箱，撬開鎖打開箱子，裡面整整齊齊擺著紅色的磚塊……

胡楊怔怔地呆住了……

第二十五章

當鐔子嶺上空回蕩起人們熟悉的「難忘今宵……」那委婉動人且令人回味無窮的歌聲時，時鐘指向了十二點整……

江面上驀地升起一個直徑約半公里的巨大白色空心水柱，高度達兩公里直沖雲端，破水而出的噴射雲團拋起數十萬噸江水連同十餘艘快艇到半空中，百餘米厚的鋼筋混凝土大壩中段連同壩頂上的車輛、人員瞬間被蒸發了，時間和空間都彷彿靜止了一般，只聞地底下沉悶的轟鳴聲，不見閃光，也沒有火球。

核彈爆炸了，全球最大的工程，炎黃子孫的驕傲，中國國力的象徵——長江三峽大壩被徹底摧毀了。

水下衝擊波激起的水牆達到三十層樓高向兩岸席捲而去，北岸海拔二六二・四八米的鐔子嶺，儘管高出水庫平面八七・四八米，但仍有十多米高的巨浪撲上觀禮平臺，人們還沒有反應過來，頃刻間舞臺就已被水牆砸倒吞沒，臺上的演員們盡數為巨浪所噬，高音喇叭最後傳出來有人聲嘶力竭的喊叫聲：「讓領導們先走……」

觀禮的數萬人驚呼聲、慘叫聲連成一片，人們驚恐地逃命，互相踐踏著，有母親緊抱著嬰兒任憑人流從身上踩過，咆哮的江水無情地追趕上逃跑的人流，肆意地撕裂並吞噬著。

南岸新姊歸縣城地勢略高於水庫平面，百米高的水牆瞬間高速橫掃過來，樓房一觸即潰，短短數十秒時間，整個新縣城便蕩然無存，根本沒有人來得及逃生。

殘留的大壩兩端承受不住強烈的衝擊波和巨大的水壓，頃刻崩潰，三九三億立方的江水豎起百米高的立浪牆咆哮而出，以一百公里的時速向下急瀉，船閘下不遠的兩艘七千噸排水量的觀光客輪如同玩具模型一樣瞬間被浪牆撞飛拋起，站在船舷邊觀景的旅客像天女散花般彈射了出去。

三峽庫容三九三億立方米的水量相當於黃河一年的水流量，一九九八年世界聞名的長江抗洪，當時洪水的最大流量為六萬立方米／秒，而此刻潰壩洪峰的初始流量竟達到了二三七萬立方米／秒！超大的水壓內應力集中導致水頭不散，如同鋼鐵般的水牆以立浪或震盪波形式將會以近百公里的時速橫掃宜昌、荊州、武漢、九江、南京等沿江城市，最後還仍會保持有五十公里的時速一舉摧毀中國最大的都市——上海。

十多分鐘後，海拔七十米的葛洲壩水利樞紐工程如同沙子堆就般頃刻瓦解，黑色的水頭像頭怪獸般又徑直撲向宜昌。

宜昌市地面的平均高程不到海拔五十米，當洪水位到達葛洲壩同樣海拔七十米時，宜昌城就會淹沒在水下二十米處了。宜昌市的五十萬居民幾乎沒有機會逃生，因為在潰壩後的半個小時內，洪峰就會到達這裡。

宜昌市內有不少市民跑到了大街上，朝西北方觀望。通訊還沒有恢復，他們也不知道出了什麼事，但都聽到了來自西北方向傳來如萬馬奔騰般的轟隆聲，百姓家中雞飛狗跳，動物已經先於人類察覺到了災難的來臨。

當巨浪撲來時，唐山等人站的制高點位置比鐔子嶺稍高些，浪頭只是捲走了地質評估小組的幾名專家、技術人員和探測儀器，但是飛濺的江水從天而降，還是把其他人沖得東倒西歪，衣服也全部濕透。小祖師被馮布衣摟在懷裡，沒有受到傷害。

小祖師驚呼著用小手指向了空中，大家急忙看去，發現『覓龍球』升離地面在十餘米的空中急速地旋轉著，而且已經膨脹到了籃球般大小，嘶嘶聲這時也轉換為陣陣的怒吼。

那黑球在空中貪婪地吸收著衝擊波、電磁波、光粒子、放射線等各種能量，核爆產生朝唐山等人方向的致命輻射由於黑球強大的吸引力而產生彎曲進入了黑球體內，這一來反倒挽救和保護了眾人的性命。

唐山的頭部如炸裂般疼痛，前額火炙般地發燙，此刻彷佛受一股強大的力量牽引，雙腳竟不由自主地朝著黑球方向移動。小祖師奮不顧身地衝上前抱住唐山的大腿往回拉……

黑球此刻已經膨脹到車輪般大了，也許是吸收量快要達到了極限的緣故，臃腫的體型旋轉得緩慢和顯得笨重，吼聲中夾雜著氣喘，但還是一步步向唐山逼過來。

唐山記起了自己離開承恩寺前，活佛最後傳給他的誅殺咒，更是不待多想，即刻手結准提印，口吐准提神咒和誅殺咒：「嗡，折利主利准提梭哈……」准提神咒為密宗萬咒之王，總含一切真言，那誅殺咒卻是煞極的血咒，可誅殺一切凶靈。

真言撼動，全身血氣賁張，經脈竟突然逆轉，無上瑜珈集全部真氣於頭頂，但覺前額一涼，毫光射出……

「蟲眼！」小祖師極度恐懼地驚叫。

眾人目光呆滯了……

唐山前額頭皮脫落下來，頭頂上密密麻麻都是眼睛……！

第二十六章

西北方的地平線上出現一抹黑影，大地逐漸顫抖起來，雷鳴般的隆隆聲越來越響，越來越密集，林中的鳥兒奮力拍打著翅膀向上飛去，驚恐的市民衝上大街，有的人拼命朝高樓的頂層爬著，婦女們緊緊地把孩子摟在懷裡……

天際一般高的黑色水牆呈現在人們的視線中，此刻人們安靜了，沒有驚叫，沒有跑動，也沒有面目表情，靜靜地等待著……

幾分鐘後，五十萬人口的宜昌市永久地消失了，甚至沒有留下一絲痕跡。

黑色的水魔攜裹著大量的放射性物質，向東朝著華中重鎮——一千多萬人口的武漢市撲去。

武漢三鎮陷入一片混亂之中，儘管電視、廣播以及所有宣傳機器不停地播放著號召市民冷靜，聽候市政府的統一安排，國家已經派出人民解放軍前來救援等等，但是驚慌失措的市民還是攜家帶小、爭先恐後地拼命奔逃，人們根本不知道往哪兒跑，像無頭蒼蠅般在大街上擠成一團。

湖北省政府召開緊急會議，通報只剩三個小時，洪水將到達武漢時，大家都沉默了，誰都知道，一切已經來不及了。

唐山額上那些密密麻麻的眼睛都沒有眼皮，所有的眼睛跟隨著主眼一齊轉動，只是那些複眼流露出無數怨恨、哀傷和憤怒的目光。

「吽拔吒嗡娑婆訶……」誅殺咒撼天動地的共振聲在半空中迴盪。

複眼漸漸升起血絲變成了殷紅色，眾人突感陰風驟起，耳邊彷彿聽到無數憤怒的怨靈在哭泣，那聲音悲慘之極，小祖師禁不住眼淚撲簌簌地流下來。

那黑球停止了轉動和吼聲，在空中靜靜地望著這一切。

嚴新喃喃道，「我終於明白什麼是『蟲眼複出』了。」

「那是二十五萬死不瞑目的怨靈啊，唐山母親當年懷著大肚子在地震廢墟上尋夫三天三夜……」那邊是小芬哭訴的聲音。

嚴新聞言心中一震，自語道：「唐山大地震瞬間喪生的二十五萬人的生物磁場竟然集於胚胎之中？導致畸變產生複眼，實在不可思議。哎呀，不好！這誅殺咒豈不是在誅殺那二十五萬怨靈嗎？」

想到這裡，嚴新搶步上前，待要張口喝止唐山卻已經來不及了。

唐山額上複眼突然毫光暴長，直射黑球，半空中黑球一聲怪叫，向後倒退，唐山雙腳已然離地，被那黑球強大的引力吸了過去。

江心之上，黑球臃腫的身體搖搖晃晃落入了水中，剎那間水面上黑光四射，「覓龍球」爆炸了……

在唐山的複眼裡，他看到了黑球炸裂處出現了一個空洞，若隱若現，不著邊際，望進去裡面漆黑一片，似有繁星點點，一股超強大的吸力將他連同身下的江水統統吸了進去……原來這就是蟲眼，他最後想。

「大哥哥，你要去哪裡？」小祖師急得直跺小腳。

眾人都看不見那神秘的蟲眼，只見黑球爆炸後，唐山不見了。隨著華心的一聲驚呼，大家望去，長江三峽庫內露出江底厚厚的卵石，數百億立方江水竟也消失得無影無蹤！

人們呆住了。

「覓龍古球，天地幽幽。蟲眼複出，天地始固。」小祖師輕聲吟道。

深圳市香格里拉大酒店的一間豪華套房裡，一個抄著臺灣本地方言的中年男人端著酒杯給拉西姆敬酒：「有個埃及人曾經說過，納賽爾建了阿斯旺水庫，他被視為偉大的政治家，但是如果有人炸掉阿斯旺水庫，他將比納賽爾更偉大。三峽大壩的摧毀，大自然的力量將消滅大陸集團軍的百分之四十五、裝甲師的百分之二十、步兵師的百分之三十八、空降師的百分之百，這些可都是大陸戰略機動和預備力量的精銳啊。三億人、一百多座城市，大陸經濟起碼倒退五十年，他們還如何阻止我們獨立？」

「而且他們永遠不會知道這是我們幹的。」拉西姆微笑道。

「為了福爾摩斯，乾杯！」

第二天，賓館服務生進來打掃房間，發現了臉上掛著微笑、中毒身亡的拉西姆的屍體。

尾聲

長江潰堤的洪水突然間失去庫容水源後，水頭立刻散去，消失在廣袤的江漢平原中……

嚴新失去了內力以後，和小芬移民去了加拿大，據說在溫哥華四十五街上開了一家中國餐館，口味還可以。

華心與華清師姐弟倆有情人終成眷屬，在九江甘棠湖邊買了一套三居室房子，日子倒也其樂融融，只是華心不時地提起他那傳家之寶，讓人心煩。

馮布衣後來仍在賀嘉山上，登門算命相宅的人絡繹不絕，收入頗豐。他在賴布衣的古墓處立了塊石碑，上書「賀嘉山古墓之靈位」，有人看見也想不到這裡曾經有過如此不一般的經歷。

小祖師十幾歲就迷戀上了徒步旅行，一個人背著行囊經年出沒於青藏高原和雲南滇藏地區。

唐山母親在一個月明星稀的晚上失蹤了，沒有人知道去了哪裡。

至於唐山，曾有人說在非洲撒哈拉沙漠中發現有座藍色的大湖，有一個中國模樣的僧人住在湖邊的窩棚裡，那湖裡盛產一種四條腿的大魚，因其叫聲像嬰兒，當地人管它叫做「娃娃魚」。

也有旅行者曾經在雲南香格里拉大峽谷深處遇見過個酷似唐山的密宗瑜珈行者和一位慈祥的老婆婆，奇怪的是那人額上纏著一條黑色的頭巾……

禽眼

讖曰：

茫茫天地，不知所止。

日月迴圈，周而復始。

江南梅雨時節，天低雲暗，白茫茫朦朧一片。斜風細雨撒落在行人過客身上，冰涼沁膚，使人頓生思鄉之情，纏綿悱惻，千迴百轉，有道是「斷腸人在天涯」。

廬山方圓百里，林泉溝壑、樹木繁茂，煙雨之中越發顯得鬱鬱蔥蔥。每月的陰曆十五早上，必會見到一黑衣老者坐於山南太乙村邊的一塊大石上閉目打著瞌睡，雨天則打傘，從不與人答話。他的腳下平鋪著一紙，上書「包吆死人過省」幾個大字，有路人見以其神經病一笑置之。

山路之上走來一個書生模樣文質彬彬的中年人，舉止文雅，他來到老者身前住步，輕輕咳了聲，那老者慢慢睜開了眼睛。

細觀那老者面色蒼白如紙，長相醜陋，雙目卻炯炯有神，雙瞳深邃似不見底，默默盯著來人亦不答話。

「先生可是河南教中人？」那書生恭敬地問道。

「你也知道河南教？」老者驚奇地打量一下道，「這個名字早已被人遺忘了，幾十年以前就已經俗稱『湘西趕屍人』了。閣下如何稱呼？」

「馮布衣。」中年書生淡淡一笑。

老者點了點頭，道：「賀嘉山上的風水大師，難怪知道我們的來歷。我與你們賀嘉山上的殯儀館素有來往，故有所耳聞，不知馮大師今日有何事？」

馮布衣道：「久聞『湘西趕屍』限於湘西沅江上游一帶，多少年來已不聞其蹤跡，前不久偶聞殯儀館黃館長酒後提及，方知世間竟還存有這一神秘行業，不由得想來探個究竟，失禮之處，請多包涵。」

「如有生意，當可諮詢，不然就請自便。」老者面露不悅。

「正是有一單生意相托。」馮布衣道。

第一章

中國人有很濃厚的鄉土觀念，所謂「樹高千丈，葉落歸根」，不論離家多遠，死後必定想方設法把遺骸運回家鄉安葬，客死異鄉而又不能歸葬故土，在傳統觀念中被認為是最為淒涼的事。

趕屍——是一種最奇特的運屍回鄉的運輸方式。

湘西的沅江流域，大都是崇山峻嶺，道路崎嶇，人行已是甚為不便，更遑論抬著棺材翻山越嶺了，於是「湘西趕屍人」這一行當便應運而生。月黑風高之夜，荒郊野外，一連串的死屍默默地尾隨在趕屍人身後，匆匆穿州過省返回故鄉，最遠的可達雲貴，詭異的情景令人不寒而慄，這是世界上最為恐怖的職業。

近些年來，高速公路四通八達，鄉村也普遍修了農用車道，交通條件日臻完善，非昔日可比。國家到處推行火化，客死異鄉一般也就是骨灰返歸故土了。因此，原本就神秘的「趕屍人」現已銷聲匿跡，江湖之上絕難再見其蹤影。

此刻，馮布衣心中已大致有數，於是對老者道：「此次要運的並非屍首，而是一具八百年前的骨殖。」

「並非『趕屍』何故不乘汽車又快又便當？」老者深感詫異。

「此人八百年前大有來頭，想他本意仍是循用舊俗返歸故土，我寧願尊重其意而行之。」馮布衣語氣堅決。

「運往何處？」

「江西定南鳳崗村。」

「豈不是古時江西派大風水師賴布衣的家鄉，此骨究竟何人？」老者更覺驚訝。

「正是北宋賴文俊。」

夜，小雨初歇。賀嘉山上，那黑衣老者酒足飯飽，打開馮布衣的旅行皮箱，取出賴布衣的遺骨，恭恭敬敬地上了三柱香，跪下磕頭。

「我遲老二一生走腳，今日有幸得此殊榮，能夠走腳八百年前賴老前輩的屍骨返鄉，不枉此生啊。」老者激動得眼淚直流。

祭拜完，老者取出牛筋線，手法熟練地將兩百零六塊骨頭逐一串起，難以連接的趾骨用膠帶纏好，此刻遺骨站立著如同醫學院的骨骼標本般。

「賴老前輩想來一生跋山涉水行走萬里，腳底都生滿了骨刺，不知行走怎樣？」老者一邊嘮嘮叨叨，一邊取出辰砂，這是朱砂中之上品，塗抹在天靈蓋、胸骨和關節部位上。馮布衣找來一套迷彩服，穿在骨骼上正合適，帽子稍大些，也只好將就了。再套上一雙高幫旅遊鞋，系上一付防非典時流行的大口罩，一切已然就緒，即使途中有路人瞧見，只要是夜間也難以辯認，只會想此人太過消瘦，定是營養不良而已。

夜半時分，老者趕著遺骸同馮布衣父女二人下山。

「湘西趕屍」果然詭異之極，其山術（山、醫、卜、命、相五術之首）竟如此厲害，香港僵屍片的情景再現了。隨著老者的咒語聲，身著迷彩服的賴老前輩骨骼悄無聲息地輕輕躍起，瀟灑地跳過門檻，小祖師看得心花怒放，也學起那樣蹦了出去。

凡「趕屍」返鄉須得夜行，小祖師白天到處玩耍，晚上跳了不遠就累了，馬上睡意連連，馮布衣無奈只得放在肩上背起一路南下。

晝伏夜行，一路小心翼翼專揀荒僻之路，避免與人照面。不幾日已至贛南於都縣寬田鄉地界。

是夜，雲開霧散，一輪明月高懸，月色如水，灑在鄉間的土路和田埂上，天際邊偶有農舍的燈光若隱若現，大地彷彿沉睡了。

經過幾夜的跋涉，馮布衣腳上起了泡，背負著小祖師，精神倍感勞頓。哪知這小祖師不過六歲而已，竟有如此般體重，看來需要減肥了，他想。

大約子時，白茫茫的霧氣從四下裡瀰漫開來，馮布衣咬緊牙關跟在那黑衣趕屍老者身後，步趨步隨。個把時辰之後，忽聽老者自言自語道：「奇怪，又是回頭路，哼，小小鬼打牆難道能難倒我暹老二？」說罷，老者停下了腳步，解開褲帶站在原地「嘩嘩嘩」撒起尿來，頓時一股酸騷熱氣撲鼻而來。

「鬼打牆、鬼打牆，一泡屎尿，牆兒倒掉。」老者口中念念有詞，邊說邊繼續前行。

丑時時分，老者破口大罵起來，原來那泡尿竟然沒起作用，一個時辰又回頭了。

「這可是童子尿啊。」老者惋惜地說。

小祖師咯咯笑將起來，老者臉一紅，表情略現尷尬。

「遲老爺把鞋倒穿過來就可以啦。」小祖師在馮布衣的背上一本正經地說。老者遲疑著脫下鞋倒穿，馮布衣也是一樣，儘管走路不便，但是卻真的走出了鬼打牆。

清晨，天濛濛亮，馮布衣一行人沿著梅江河畔前行，不遠處一片楊梅林，林後有處農舍，大家上前投宿。

農家是一對老年夫婦，為人很是熱情。贛南自古民風淳樸，尤重待客之道，見老者相貌醜陋，著迷彩服之人詭異，心下已是明瞭幾分，也不多問，徑直帶入偏房。那老婦人見小祖師甚是喜愛，不住地噓寒問暖。

主人家姓楊，是唐代楊筠松的後裔。

楊救貧，名益，字叔茂，號筠松。生於唐太和八年（西元八三四年），唐僖宗朝國師，官至金紫光祿大夫，後寓居江西於都、興國等地，自稱救貧先生，是我國唐代相地的形勢派大師。楊筠松在贛南的興國、于都和寧都一帶廣招徒弟，開展講學活動，授以青烏術。他的學說經過發展、完善的過程，逐漸演變、形成風水地理的「形法理論」，也稱「形勢派」或「巒體派」後世勘輿界尊稱他為「形勢派」或「江西派」的風水地理祖師。

唐天佑三年（西元九〇七年），楊救貧為贛州的一個官吏勘踏祖墳吉穴，酒後失言，遭到猜忌，用陰陽壺盛青酒，使他慢性中毒，在買舟東上返回於都的途中，毒性發作，死於舟中，時年七十三歲。

馮布衣想到此處不禁長嘆，這邊小祖師也是黯然淚下，老婦人忙問其故，方知她竟是當年賴布衣的徒弟。原來這賴布衣正是楊筠松的得意弟子、衣缽傳人，如此算來，小姑娘應是楊家先祖楊筠松的徒孫了。

第二章

「色者空見性，影動水流痕，無為蹉跎月，忌做荒唐人。」門外傳來朗朗吟詩聲，屋內眾人起身，小祖師則搶先跑出了門。

門外站著的不是別人，正是三清宮主持華虛道長及幾名隨從道士。

華虛道長乍見一愣，隨即「呵呵」笑將起來：「貧道參見小祖師。」那一大把鬍鬚的老道竟然真的彎腰行起禮來，其他道士忙不迭地跟著行禮，眾人莞爾。華虛趁機抱起小祖師，笑呵呵地走進屋內。

原來是每年一度的楊筠松忌日。三清山與江西派自古淵源頗深，故每年均遣人前來祭祀。去年小祖師以江西派掌門身份拜山後，華虛方知賴布衣傳人八百年後重現江湖，而且「布衣祖師」平易近人，從不倚老賣老，又頑皮可愛，實乃忘年知己也。

馮布衣道明此番南下送賴布衣屍骨還鄉一事，大家不免一陣唏噓感嘆。

「賴老前輩乃楊筠松之徒，又有恩於我三清山，今天就請出前輩仙骨，受我等拜祭。」華虛道長說道。

此刻黑衣遲老二聞言忙向馮布衣搖頭示意萬萬不可，但馮布衣卻未多加理會帶華虛道長進了偏房。華虛久聞「湘西趕屍」神秘詭異，但見到立於牆邊頭扣作戰帽，臉遮大口罩，身著迷彩服的賴布衣遺骨時，不僅還是嚇了一跳。

道長略正衣冠，踏前一步恭恭敬敬地跪下參拜，門口遲老二對馮布衣直招手，焦急之色溢於言表。

「趕屍最忌客屍被人叩拜，如此一來山術即破，客屍誤認已經到家，就不願再走了。」遲老二俯耳悄悄說道，話未落音，堂內眾道士魚貫而入，逐一叩首行禮，一睹老前輩風采。此刻，馮布衣已然無奈，只得苦笑。

一代宗師楊筠松死後葬於楊公壩，時逾千年，滄海桑田，梅江幾經改道，岸邊的楊公墓早已淤入河底，跡不可尋。

飯後，主人家備好紙錢香燭領眾人前往楊公墓葬遺址一帶憑弔，華虛道長手牽小祖師走在頭裡。

此地名為三僚村。當年唐末黃巢起義天下大亂，南下避禍的楊筠松來到這地處僻壤、人煙罕至的三僚，驚奇地發現此地地形構造竟渾然天成得如同一隻堪輿用的大羅盤，盆地之中的一座石頭小山酷似羅盤指針，一百零八口小池塘如北斗拱月般圍繞著七口大水塘，一脈相通的碧水滋潤著整個三僚盆地，朝陽之下紫氣藹藹，不由得驚嘆道：「七塘是為七竅，一〇八暗合人之穴道，此地風水大吉。」於是就此結廬安居下來。

楊公山后山腰生長著一株千年的傘狀大衫樹，樹底兩塊巨石形似包裹，當年賴布衣謂曰：「前有金盤玉印，後有華蓋遮蔭，代代能文武，世世好為官。」

師傅道：「不然。前有羅經吸石，後有包裹隨身，子孫世代揣羅盤，背著包裹出遠門。」後來果如楊筠松所言，此地歷代堪輿高人輩出，如奉明成祖朱棣召進京堪輿選址十三陵和故宮皇城的廖均卿，為萬里長城堪修九鎮軍事要塞和北京天壇祁年殿的曾從政等人。當然，就其民間影響而言，仍首推一代宗師賴文俊了。

華虛道長一行人等在梅江河邊祭奠了楊公後，來到了村內香火鼎盛的楊公祠。這是一座二〇〇〇年由福建及海外堪輿界捐資新建的曾姓祠堂，取名楊公祠，是為紀念之意。近些年，海外客家人千里迢迢趕來這裡憑弔，「中國風水第一村」聲名遠播。

祠內有兩副對聯吸引了小祖師的注意，她見是繁體字心中一樂，也不管遊人在側便逕自朗讀：「竹杖青奇萬里河山歸杖下，青囊元妙一天星斗隱郎中。」轉過第二聯：「抽爻換象堪移一天星斗，避凶趨吉真乃萬國神仙。」細瞧落款竟是南宋狀元宰相文天祥。

小祖師的稚嫩童音引來遊客的注意，站在人群背後有一道陰鷙的目光盯在了小姑娘的身上。

第三章

入夜，馮布衣一行與三清宮華虛道長告別，道長對小祖師戀戀不捨，囑咐事畢之後繞道三清宮嬉戲數日，小祖師點頭應允。

是夜天清氣朗，繁星點點，月光鋪地，道路清晰可辯，小祖師興致頗高，蹦蹦跳跳的跑前跑後。

黑衣遲老二心中一直忐忑不安，惟恐今夜有事發生，自古「湘西趕屍」的叩屍禁忌今日已破，但卻從不知骨骼是否有與屍體一樣的覺察力，自己也吃不准，所以當時猶豫了片刻未及出手攔阻。唉，聽天由命吧。

果不其然，還未出村口，那賴布衣屍骨竟自行站住了，黑衣遲老二口中一遍遍念咒語，屍骨非但不動，最後竟然轉身就跑……馮布衣伸手沒抓住，忙與黑衣遲老二緊緊追趕了下去，不料屍骨跑得飛快，而且步法輕盈，累得兩人氣喘吁吁，一直攆到楊家農舍方才停下。

屋內人聽到動靜都跑出來，見此情景均大吃一驚。馮布衣將大致經過向華虛道長敘述一二，眾人莫不詫異。道長問及小祖師，此刻大家才發現小祖師並沒有跟回來。

華虛道長指派大家分頭村內村外尋找，雞鳴破曉，小祖師仍是蹤跡皆無。眾人回屋，商議對策。

華虛好言慰藉：「小祖師吉人天相，奇遇不斷，不但聰明伶俐，又有賴老前輩亡靈庇護，料不會有事。」話畢，悄悄抹去眼角的幾滴淚珠。

馮布衣見老道長心內難過，自己則更覺悲苦，心念微動，已得一卦。

「道長，適才梅花易數占得一卦，是為地火明夷。這坎水遊魂卦卻是主大凶。尋人指向西南方，目前雖未走遠，但確難以找到。不知道長怎看？」馮布衣愁眉不展。

「離日掩於坤地，暗夜之相，火入地中被傷，不能生明，故為地火明夷。此卦有始困後達之意，音信隔絕，意外之子女難，但凡循正大光明之道，慎思可解危矣，馮先生放心，小祖師必定可回。」道長解道。

「方才外應為西南方一聲雞啼，莫非一日，一月甚乃一年？」馮布衣悵然自語道。

華虛見其神情恍惚便插開話題，道：「賴老前輩的遺骨應先安頓好，現既已不願離去，如能葬於他先師楊公身旁也未嘗不是件好事，不知馮先生意下如何？」

「也好，師同父母，賴老前輩泉下有知想必也是同意的，此番破忌或許是冥冥天意。」馮布衣贊同。

「那麼貧道就一併操辦了。」華虛放下心來，吩咐門下道士準備。

黑衣遲老二兀自嘆息不已。

馮布衣：「遲師傅不知可有意思代為尋找小女？所需費用儘管開口。」

黑衣遲老二正色道：「此事實源於我違背行規忌口，不用馮先生說，我自當盡力，至於費用則不必了。我即刻出發，不管時間多久定要尋回小祖師，送往九江。說心裡話，那是個人見人喜歡的小姑娘。」說罷起身告辭，出門徑直奔西而去。

話說小祖師突見返身逃走的師傅遺骨和緊追而去的父親及黑衣遲老二時大大地吃了一驚，正欲趕上，無奈人小腿短，剛起數步，遠處早已不見了人影蹤跡，於是索性一屁股坐在田埂上，等他們回轉來。

「一二三兮九八七，七八九兮一二三，小姑娘可知什麼意思麼？」前面老樟樹下轉出一人道。

「你是誰？」小祖師心中有些害怕。

「若能答上，我便告訴你我是誰。」那黑影笑笑。

「一二三兮九八七，山情水意兩相合。七八九兮一二三，山情水意兩相關。如何？」小祖師噘著嘴道。

「哇塞，這麼難的問題都能回答！」那人詫異之中對自己的流行口頭語使用之流利與恰當頗為滿意。

「五兼乾巽兩邊推，坎離寄位八神歸，巽位屬天水收地，乾位連地水收天。上中下各六十年，催餘一百八十全，中兼上下三元春，五百餘年掌上輪。斷定四吉與四凶，古今來往總相同，盛而複哀補救微，隨元隨局變通之。有緣得此號仙家，陰陽關竅不毫差，更加宮照大與小，遠近親疏法九妙。神而明之存乎人，傳心傳眼要分明，寶而秘之勿輕泄，一漏天機靡遺子。」小祖師不服氣地劈里啪啦一股腦兒背誦。

「哇……哇塞。」這回輪到那人吃驚了，但始終還是沒忘使用流行語言。

「這有何難，是我師祖楊筠松的『滴滴金』嘛。」小祖師頗為自豪地說。

那人走到月光下，站在小祖師幾步遠的地方。只見此人鷹鼻凹眼，銀髮垂肩，一身黑衣，骨瘦如柴，約莫有六十來歲。

小祖師瞧其相貌怪異醜陋，心下反倒覺得好玩，於是竟「咯咯」笑出聲來。

「笑什麼？我的名字叫潘安，不過人家都喊我的綽號『禽眼』，你喜歡叫哪個都可以，隨你便吧。」老者呲牙樂了，露出一口整齊的白森森的大牙齒。

老者瞅見小祖師悶悶不樂，便湊上前去說道：「我知道你叫小祖師，這名字還是滿不錯的，你又懂得這麼多，你去最合適了。」

「幹什麼去？」小祖師問。

「尋寶啊。」老者神秘道。

「有黑球嗎？」聽說有寶貝可尋，小祖師渾身都是勁兒。

「哇塞，要多少都有。」老者十分自信。

小祖師自從黑球爆炸，唐山失蹤以後，心中總不是個滋味，總想從哪兒再弄個黑球回來，畢竟那是賴布衣師傳傳下來的呀。

老者伸出枯槁的手來，那無名指上竟還佩戴著婚戒。

清澈的月光下，一老一少向三僚盆地中間那座酷似羅盤指針的小山而去……

第四章

月色如水，三僚盆地籠罩在淡淡霧氣之中，黃土崗上的羅經石清晰可見，除了偶爾幾聲蟲鳴，四下裡一片寂靜。

到得山前，聞聽潺潺流水之聲，循聲而去，月光下映照下的兩道溪水泛著魚鱗般的閃光汩汩流淌著，惟見一條小溪蒸騰起白色水氣，另一條則無。

「小祖師，有白色霧氣的是陽溪，沒有霧氣的是陰溪，都是從山下寶洞裡流出來的。」老者輕輕告訴小祖師。

小祖師伸出小手試探了一下，果真一冷一溫，二溪水溫截然不同，她好奇道：「一個洞子裡流出來的，好奇怪。」

羅經石是一座狹長的石灰岩小山，座北朝南，北寬南尖，其形酷似羅盤指針。小山上有一天然石灰岩溶洞，深不可測，名為「吸石洞」。據聞此洞斜入地下極深遠處，洞中有孔，孔中又有暗洞，著實變幻莫測，地下暗流比比皆是，至今尚無人能夠探其究竟。

來到洞口，月光下一塊禁入的告示牌掛在顯眼之處，上云此「吸石洞」極其危險，洞內已有數批探險者遇難，禁止一切遊人入內，落款是當地政府。

老者嘿嘿冷笑：「什麼探險者，還不就是尋寶的，此等寶藏豈能唾手可得？」

小祖師探頭望瞭望冒著陰風，漆黑不見底的洞穴，渾身一陣哆嗦，心中頓生怯意便想回頭，但似又有所不甘，她躊躇地小聲問道：「這洞裡果真有黑球嗎？」

「當然，有好多呢，跟我來吧。」老者從大背囊中掏出手電筒，手拉小祖師朝內便走，小祖師被他硬生生地拖入了洞中。

那老者似乎對洞內情況瞭若指掌，竟輕車熟路般地左繞右拐向地下深處而行。剛進洞時，小祖師覺得身上寒冷，現在感覺暖和了許多。

他們來到一條暗河前止住腳步，洶湧的急流轟轟作響，小祖師嚇得身子直往後縮，雙手抓緊了老者的黑衣。

老者道：「這是騙人河，一會兒就沒了。」

話未落音，剛剛激流澎湃的暗河突然間一片沉寂，手電筒照過去河床裡空空如也，一滴水都沒有了，原來這是一條間歇河。

小祖師驚異間被老者一把抱起，跳下河床急奔一躍而上對岸，身後轟鳴聲響起，急流重新又出現了。

有的洞寬闊如大廳，洞頂垂下來大大小小的石鐘乳，地上長著奇形怪狀的石筍，有的像飛禽走獸，有的似魑魅鬼怪，小祖師平生第一次進入溶洞，緊張得小眼睛不停地四處張望，一點睡意都沒有。也有的孔狹窄得只容人側身擠過，石壁上青苔滑膩膩的，散發著一股涼涼的黴味。

大約兩個多時辰之後，他們來到了一個碩大的石廳，石壁之上再也不見了石灰岩，而是一種發著綠色磷光的螢石，整個大廳被映照得通亮。

「到了。」老者放下小祖師。

小祖師揉了揉眼睛，仔細看過去，發現廳內中央是一潭碧水，水邊不但有石桌石凳，還有一張石床，床上躺著一個人，像睡熟了一般閉著雙目動也不動。躡手躡腳近前一看，見是一個穿著黑色西裝紮著紅領帶的男孩。男孩黑髮披肩，也是鷹鼻凹目，身材消瘦。

「他睡著了嗎？」小祖師問。

「不是。」老者回答。

「他是死的嗎？」小祖師又問。

「對了。」老者竟面露悲傷之色，幾滴淚水從凹眼中流下。

「他是你兒子嗎？」小祖師關切地問。

「不是。」老者抽泣起來。

「他是你孫子嗎？」小祖師又問。

「對了。」老者號啕大哭起來，小祖師驚奇地發現老者咧著大嘴痛哭，口裡面卻一顆牙也沒有……

「咦，我的牙呢？」老者停止了哭泣彎下身來在地上找尋，小祖師眼尖，從腳邊拾起一付白森森的大假牙遞給老者。

「我孫子的名字也非常好，叫『小禽眼』。」老者戴好假牙，心情愉悅起來。

「他這麼小，怎麼會死呢？」小祖師詫異的問。

老者的眼圈又紅了：「他是逃婚出來的。唉，包辦婚姻害的呀，」見小祖師不解，便從頭敘述起來，「我們是兩千多年前夜郎國人的後裔，世居在今天的黔西北赫章一帶，夜郎族人天生比較漂亮，不像你們中原人相貌平平，看我六十多歲了可還是這麼麗質可人。」

小祖師驚奇地發現老者的臉頰上泛起了兩片紅雲。

「不要這樣看我，年輕的時候比現在還要俊美一些呢。聽祖上傳下來的記載，漢朝末年的時候夜郎國就逐漸消亡了，其歷史原因人們已經說得很清楚不過，就是『紅顏薄命』。

「後來族人考慮到如何保持夜郎人優良的遺傳，所以就定下了族人之間自幼婚配的族規。小禽眼這孩子性格叛逆，偏偏不喜歡夜郎女孩，非要長大後到什麼上海、深圳去闖生活，可是那裡的女人每個都是奇醜無比，甚至雌雄一體，難以分辨。於是大家強迫他完婚，沒料到小禽眼竟然離家出走，最後客死異鄉……」說罷，老者又逕自落下淚來。

小祖師熱淚盈眶，為小禽眼的不幸遭遇所感動，不禁自語道：「看來果真是紅顏薄命。」她轉過臉去細看躺在石床上的男孩，那孩子面頰消瘦，一臉雀斑，鷹勾鼻大耳朵，眼窩深陷，黑髮蓬鬆，厚厚的大嘴唇，看不出來有多好看呀，她想。

「所以，為了完成他的心願，我就找你來與他成婚。」老者不好意思地笑笑。

「什麼！他是死人呀！」小祖師嚇得花容失色。

「你也可以死啊。」老者瞪著詫異的目光說。

小祖師驚恐萬分，心想這地底下如何能夠逃得脫？悔不該隨老東西尋什麼寶，弄得小命沒法保。轉念一想，若是黑球在手，或有一線生機。於是對老者說道：「黑球呢？你不是說好多黑球嗎？是在騙我嗎？」

老者一拍腦門，心下尋思著，反正小小丫頭在這地下深處也跑不掉，看她學識淵博，或許真能破解寶藏之迷也說不定。於是打定了主意，笑咪咪地說道：「好吧，隨我來，你要是能解開這寶藏之謎，我就准許你們離婚。」

老者領著小祖師繞過石床，轉到廳後的一面石壁前，石壁上刻有文字。

「這些字我研究了幾個月都還是不知道什麼意思，看你的造化了。」老者流露出一絲期盼的目光。

小祖師走上前一看就樂了。

第五章

石壁上刻的竟然是肉碼文。小祖師津津有味地看著，那老者驚訝得張大了嘴，不小心假牙又脫落了下來。

「這是四千年前的肉碼文字，為軒轅氏所創。」小祖師解釋道。

「哇塞，你怎麼會認識？」老者懷疑的問。

「我師傅賴布衣陰靈所授。」小祖師道。

「上面說寶藏在哪兒？」老者半信半疑。

「沒有寶藏。」小祖師又道。

「哇塞，哇哇塞，我怎麼知道你是不是在騙我？」老者不信。

小祖師道：「這上面寫的是『覓龍天球，太歲地母，吾派雙寶，陰陽合渡，天球有難，地母乃出。』」

「什麼意思？」老者湊過來，小心翼翼的問。

「這所書石壁之人，正是我派祖師楊筠松，江西派有鎮山雙寶，一為覓龍球，一為太歲母，傳與歷代掌門人。覓龍球師傅傳給了我，可惜在湖北宜昌爆炸了，只剩下太歲母還在這裡，好象是說黑球有麻煩時，地母就可以出來了。」小祖師道。

「太歲母是不是寶藏？」老者急切追問道。

「不是的。但卻應該可以救得了小禽眼的命。」小祖師皺著眉頭若有所思。

老者一愣，怔住了片刻，一把抓住小祖師的胳膊，眼眶潮紅，一時竟噎住了說不出話來。

「讓我想一想如何救治小禽眼。」小祖師安慰一下老者，然後抬頭仔細揣摩石壁上字，老者在一邊默默地拉開背囊，取出一根火腿腸剝了皮輕輕遞到小祖師口邊。

許久，小祖師鬆了口氣，轉過身來平靜地對老者說道：「可以救得了小禽眼，不過你要答應我兩個條件。」

「可以，可以。」老者忙不迭的點頭。

「第一，救治小禽眼需要回到他自己家中熟悉的床鋪上，治好後你要保證我何時要想離開，有人送我回家。第二，救治需要使用本門太歲母，到時物歸江西派，不准你有非分之想，」小祖師想了想又說，「還有，隨小禽眼回夜郎族路途遙遠，我走不動時須得背我，好了，就這麼多。」

「哇塞，這麼簡單的條件，只要小禽眼活了，什麼都答應你。」老者高興道。

小祖師正色道：「好了。石壁上說當年師祖楊公將江西派鎮山之寶其中的太歲母收養于這陰石床之下的陰潭內，如今黑球已死，太歲母應該出來，現在你來幫我取出太歲母，」說罷又自言自語道，「這太歲母究竟是什麼東西？」

小祖師趴到石床邊，繞著石床細心搜索，不時地用小手敲敲，老者緊張地在一旁盯著，大氣也不敢喘。須臾，小祖師一聲歡呼：「找到了，就是這裡。」

石床像是天然生就，凹凸不平的石床側壁長滿了青苔，拂去綠苔後石頭上露出來一個腳印，由於年代久遠有些模糊，但看得出那是武功極高之人留下的。

莫不是須用腳來踹？小祖師伸出小腳來蹬了蹬，床壁紋絲不動，急召老者幫忙。老者看了看腳印，搖頭笑道：「此等二三流武功，簡直不堪入目，瞧我的。」但見他先做了下深呼吸和伸展運動，活動了幾下胯骨，然後運足氣力，瞄準字跡處，虎虎生風般地一腳踹出……

「哇塞。」老者尖叫著坐在地上，揉搓腳踝，面露極痛苦之色。

但石床機關已經觸動，「嘎吱吱」響聲中，石床漸漸移位，露出來一個黑森森的水潭。那陰潭深不見底，冰冷刺骨，波瀾不興，惟見團團白色寒霧自潭中冉冉升起。

「太歲母是魚嗎？」小祖師悄聲道。

「可能是王八，我們夜郎有很多千年老鱉。」老者移過來較為肯定地說。

說話間，陰潭水泛起漣漪，冒出來許多泡泡，泡泡散盡，水面下一隻碩大無比的獨眼靜靜地望著他們……

小祖師兀自嚇了一跳，半晌回過神兒來，聽得身後「啪嗒」一聲響，她知道是那假牙又掉了。

小祖師覺得那隻大眼並無惡意，而且感到似乎有些好玩，於是慢慢朝潭中探出小手。突然間水花四濺，一隻肉色的大嘴伸出水面，軟綿綿地在小祖師手背上輕輕地吻了一下，又迅速縮回水裡。

小祖師驀地一愣，水面下的獨眼卻頑皮地眨眨眼睛，逗得小祖師心中一樂，不由得「咯咯」地笑出聲來。

「哇塞，這究竟是什麼東西？」老者又重新帶上了假牙，驚奇之極。

「應該是太歲母吧。」小祖師猜測道。

嘩啦聲響，水花迸射，一個巨大的肉團越出水面，軟塌塌地落在小祖師身邊。

但見肉團呈粉紅色，足有一隻成年豬大小，細膩的皮膚如同嬰兒般嬌嫩，渾身肥胖臃腫得全是層層肉褶，頭身一體圓呼呼且沒有手腳，碩大的嘴上有著厚厚軟軟的雙唇，一隻大如碗口的獨眼，黑黑的瞳孔正在驚奇地注視著小祖師。

「你是太歲母嗎？」小祖師用手指輕觸牠的身體，肉質柔軟而光滑，似肥肉脂肪般。

那物體點點頭。

「你會說話嗎？」

太歲母搖搖頭。

「你吃飯嗎？」

太歲母又點點頭，那隻眼睛盯住了老者手中的火腿腸，嘴角邊流下了兩溜長長的口涎。小祖師拿過那根火腿腸遞過去，太歲母張開血盆大口，呼地一下吞入腹內，感到味道很好，滿意地嘖嘖大嘴唇，然後看著小祖師空空如也的小手。

「快一千年沒有吃飯了，一定是餓壞了。」小祖師叫老者將背囊裡的東西拿出來。老者雖不樂意但也不敢不從，於是翻轉背囊，食物倒出，有火腿腸、麵包、鹹蛋和一小壇白酒。

太歲母眼睛一亮，對小祖師推過來的一堆食物未加理睬，獨眼卻緊緊地盯住了那壇酒。

老者悄悄地將酒壇往懷裡拉，太歲母見事不妙，迅速探出肥厚的雙唇包住酒壇輕鬆地奪了過去。聽得太歲母腹中傳來酒壇破碎聲，雙唇張開吐出來一堆碎瓦片。

小祖師呆愣地望著太歲母。太歲母打了個響嗝，粉紅色的皮膚泛起潮紅，獨眼眼皮耷拉下來，渾身滿是酒氣。

白酒即蒸餾酒，元初才由西域傳來中原。太歲母收於陰潭近千年，自然不知這蒸餾白酒與米酒不可同日而語，一壇落肚不免不勝酒量。須臾，太歲母哈欠連天，眼皮闔上，肚皮一鼓一鼓的，小祖師大半夜下來也支撐不住，依偎在太歲母懷中睡去。

老者無奈也跟著打起了盹。

太歲母最先睜開了眼睛，趁兩人還未醒，趕緊張開大唇，風捲殘雲地將所有食物一掃而光。

小祖師醒來發現太歲母正俯身審視著石床上的小禽眼，於是近前輕輕問道：「你能救他，對嗎？」

太歲母點點頭又搖搖頭。

「我明白，石壁上說陰石床可聚人魂魄，太歲母可以起死回生。」小祖師說道。老者此刻已醒轉，聞言面露欣喜之色。

小祖師又道：「但是『吞之於腹，複生於舊榻』，難道是說你將他吃進肚子裡，然後到小禽眼家的床上再屙出來？」

太歲母頑皮地眨眨眼，點點頭，咧開大唇巴噠巴噠，意味深長。

「太歲母要把死的小禽眼吃掉，再屙出活的小禽眼？那豈不是很臭？」老者皺皺鼻子道。

「你難道不想他活過來嗎？」小祖師認真地問道。

「那好吧，但願不會有損於小禽眼的美貌。」老者只有同意。

「太歲母，你可以動手了。」小祖師轉過臉吩咐。

太歲母張開雙唇露出血盆大口，自小禽眼的頭部開始吞入，最後晃晃大嘴唇，吐出來黑西裝、紅領帶和一雙皮鞋，老者含著眼水將它們疊得整整齊齊放入背囊中。

最後，太歲母打了個飽嗝。

第六章

準備要出發了，望著太歲母肥碩的身材，老者卻犯了愁，不知如何可將他倆一同帶出這地穴。小祖師微微一笑道：「跟我來。」率先轉往廳後，沿石壁向前進入另一洞穴中，老者尾隨其後，而太歲母卻是靠滿身的肥肉一伸一縮地淩空躍行，肉褶亂顫，姿態古樸憨掬。

一條地下陰河在洞中流淌著，無聲無息，波瀾不興。小祖師手指水下，老者定睛望去，見一艘小船底朝天地扣在水底，上面壓著一塊大石。

老者跳下陰河，推開壓著的石頭，那船浮了起來，那船在水下千年，由於隔絕了空氣，船身基本仍舊保持完好。翻過小船見船內繫著一隻木箱，老者解開來將木箱搬上岸，見木箱做工緻密且縫隙處有隔水臘封，老者撬開箱蓋，大家望進去裡面是一件大包裹，由於臘封隔開了水與空氣的緣故，包裹仍舊是乾乾的。打開包裹，只聽到太歲母一聲歡呼，原來是一套灰色長衫，這長衫極其肥大寬鬆，看來這是太歲母千年前穿的服裝了。

小祖師同老者七手八腳幫太歲母穿衣，那太歲母更是高興得合不攏嘴。貼身先繫上了一件繡花紅布兜，再外套一件灰長衫，又在渾身最粗肥的腰間紮上灰布腰巾，老者禁不住讚嘆：「太歲母您的確是『徐娘半老，風韻猶存』啊。」

太歲母聽得十分入耳，增加了幾分對老者的好感，肥胖的臉上現出少許嬌羞。

「……你是女的嗎？」小祖師詫異地問。

太歲母並未表示，獨眼依舊在箱內繼續尋找。原來箱底還有一頂方巾。小祖師取出方巾戴在太歲母頭上，大小正合適。如此，太歲母滿意地嘖嘖嘴在原地轉著圈。

小祖師道：「石壁上說，乘坐小船沿陰河可出地穴。」

眾人上船，沿著水流飄行而去。

也不知過了多久，在地下穿行了數不清的暗洞，到處都是漆黑一片，小祖師緊緊依偎在太歲母柔軟的厚肉上，心裡面感覺踏實多了。最後他們來到了一個地下湖泊，手電筒照過去那湖泊足有幾十丈闊，小船停住了，大家上了岸。岸邊有一斜上的岩洞，老者走在頭裡，太歲母押後。

手電筒光中，岩洞上倒掛著黑壓壓的一片蝙蝠，數不清的一對對紅眼睛驚奇地望著這些不速之客。走著走著，小祖師突然發現太歲母落後了，仔細看去，太歲母一蹦一跳地竟然用它那肥厚的雙唇不停地在吞食蝙蝠，小祖師頓覺腹中饑餓難忍起來。

前面露出些許暗淡的光線，終於來到了洞口，大家發現天色已近黃昏。老者也覺饑餓，便自報奮勇前往村鎮去搞些食物，留他們呆在原地等候。

夕陽下遙見遠處農舍炊煙裊裊，群山一抹黛色。出得了地面，那感覺真是太好了，小祖師深深地呼吸著清新的空氣，側臉望去，太歲母瞪著大大的獨眼，彷佛看不夠般地東張西望。畢竟在地底下憋了上千年啊，她想。

不久，老者拎著兩大包食物回來，有熟食燒雞、豬頭肉、鹵豆乾及饅頭外加兩瓶啤酒。小祖師立刻大吃起來，太歲母已經吞進了一肚子蝙蝠，對這些好吃的東西並不十分感興趣，只是看到老者啟開酒瓶喝起啤酒感到很奇怪。老者發現太歲母盯著酒瓶，沒辦法只有將手中的半瓶啤酒對準它那大唇灌了進去，他可不願意玻璃瓶進入太歲母肚子裡劃傷小禽眼。

太歲母巴噠巴噠嘴唇，感到味道十分奇怪，搖搖頭走到一邊去了。老者放下心，隨即自斟自飲起來。

天完全黑了，月上東山，山野間響起了各種昆蟲的鳴叫聲，太歲母東找找西找找，興趣盎然。

老者與小祖師商議，此去貴州黔西北不下一千多公里，路途遙遠又須避人耳目。因太歲母並非人類極易惹來麻煩，所以只能穿山越嶺晝伏夜行，方才在鎮上購買食物時曾打過一個電話到赫章，通知族人前來接應。

此刻，不遠處屁聲連連，隨風而來陣陣腥臊之氣，二人幾乎要嘔，抬頭望去原來是太歲母在樹下大便。老者心中一驚，忙跑過去看，他擔心小禽眼萬一被消化了豈不一切都晚了？他強忍住臭氣，蹲下身仔細地檢查太歲母的糞便，拿樹枝扒拉來翻過去，最終沒有發現有人骨頭的痕跡這才放下心來。

收拾停當，趁著月色他們一路西行。

皎潔的月光下，這一肥一瘦一矮穿行在崇山峻嶺之中，顯得十分詭異，所幸贛南湘南一帶山高林密人煙稀少，老者腿腳又好，即使背上小祖師仍舊是健步如飛。那太歲母更是不在話下，騰挪跳躍威風凜凜，只是其飯量實在太大，而且每頓都要來點小酒，老者腰中錢包日漸乾癟，不免心下焦急。

翻越羅霄山脈渡過湘江，橫穿湖南南部山區，這一日進入了湘西地界，前面一道江水攔住了去路。老者告訴小祖師這是沅江，也就是『湘西趕屍』的起源地。

皓月當空，沅江水泛著魚鱗般的銀光，老者和小祖師挽好褲腳並脫下太歲母的衣服抱起，兩人照例爬到浮在水面上的太歲母背上，那太歲母入水後肥肉褶張開，兩人坐在上面並不顯得太擁擠，小祖師雙手抓緊了一塊肥肉褶說道：「好了。」太歲母腹下的肉褶像槳一般划起水來。因為速度不快，因而並未有浪花泛起，兩人的衣褲也不會被水淋濕。

游到江心，聽到自遠而近的馬達轟鳴聲，太歲母十分好奇，竟然停下觀望起來。一束探照燈光明晃晃照射過來，大喇叭傳來喊話聲：「這裡是公安局緝毒巡邏艇，水中的是什麼人?靠過來檢查！」

「哇塞，這下麻煩了，我們解釋不清啊。」老者低聲道。

巡邏艇駛近，船上四五個荷槍實彈的緝毒員警虎視眈眈的槍口對著他們，老者舉起了雙手。燈光照射下，老者和小祖師都被拽上了巡邏艇。

「還有你，那個大胖子！」為首的員警吆喝道。

太歲母輕輕淩空躍起，肥肉褶一陣拍打，灑了員警們一身的水，然後姿勢優美的一個迴旋，穩穩地落在甲板上。

員警們氣惱之極，正欲開口訓斥，定睛細看卻全都傻了眼。太歲母恰似一座粉紅色的小肉山，一隻獨眼睜得大大的，眼珠不停地轉來轉去。

「這……這是什麼東西？」員警語無倫次了。

老者上前一步，陪著笑臉道：「這是……我們養的寵物，它是一頭大肥豬。」

員警們圍著太歲母轉前轉後地看，不時地伸手摸來摸去，最後斷定不是通常所吃的豬。為首的員警開腔道：「不管它是不是豬，我們懷疑你們藏有毒品，否則為什麼夜裡泅水渡江？一起帶回去審查。」老者被戴上了手銬，小祖師因是個小孩就免了，太歲母身上找不到手，所以也免了。巡邏艇加大馬力朝水上派出所駛去。

這是一座小鎮，夜晚的鎮子上十分熱鬧，擺地攤賣東西的，散步逛街的，叫喊燒烤羊肉串的，水果攤上吆喝的，人聲鼎沸，熙熙攘攘。警車開過來，人們不經意間發現了坐在小貨車車廂內用一隻獨眼正在東張西望的肥胖太歲母，有人發出尖叫，頓時人群騷動起來，圍觀的人指手劃腳，其中膽大的甚至還觸摸了太歲母。太歲母趁攤主不備，探出大唇將一大塊烤肉奪進嘴裡，引發人群一陣喧笑，有人甚至擊掌叫好。

小鎮沸騰了，人們奔相走告，具有新聞敏感的還撥通了縣城報社的熱線電話。

公安局的審訊室裡分別對疑犯進行審訊。一位漂亮的年輕女警官來帶小祖師，老者嘴裡嘟囔著：「這麼醜也能當員警？」

「小姑娘，你叫什麼名字呀？這麼晚你們去哪兒啊？」女警官和顏悅色。

小祖師告訴她如何趕八百年前師傅的遺骨回老家，途中遇到夜郎國的老禽眼和小禽眼，她放開了關了一千多年的太歲母，太歲母吃了死的小禽眼，準備到夜郎國屙下活的小禽眼等等。

女警官越聽越糊塗，最後關切地問：「小姑娘，你是從醫院裡跑出來的嗎？」

另一間審訊室裡，幾名警官圍著坐在地上的太歲母，不知應該如何審訊和搜查，有位警官手持相機對準太歲母拍照，閃光燈驀地亮起，耀眼的閃光嚇了太歲母一跳，肥肉顫動，底下括約肌一鬆，接連屁聲響起，頓時滿屋腥臭。警官們躲避不及，幾乎暈倒，禁不住接連嘔吐起來。

一位警督打電話向縣公安局報告，上級指示暫且收審，待第二天派員前來會審。警督吩咐將疑犯關押，明日再審。

拘留所位於派出所後院簡易的土平房裡，小祖師、老者及太歲母全部關在一起，小祖師替太歲母穿好衣服，山裡的夜晚畢竟有些涼意。看守送來三盒速食麵，小祖師吃了一盒，老者吃不下遞給太歲母，太歲母當仁不讓，將兩盒麵一口吞了進去。

夜深人靜，小祖師連驚帶累很快睡了，此刻太歲母早已鼾聲如雷，老者則唉聲嘆氣難以入眠。

屋內後牆土壁傳來輕微的挖掘聲，掩蓋在了太歲母呼呼的鼾聲之中，老者頓時警覺起來，將耳朵貼在牆壁上。過了一陣，一隻鋼筋穿出牆壁，土坯被人相繼掏開，鑽進一個人來。來人身材矮小，面色黝黑，一身短裝打扮，約有三十餘歲。他徑直走到太歲母跟前戰戰兢兢地跪下，口中恭恭敬敬說道：「不知梅山祖師駕到，有失遠迎，望乞恕罪。」

太歲母醒轉，方巾下的獨眼滴溜溜轉著，似乎不明白怎麼一回事。老者忙道：「哇塞，這位小兄弟何故前來如此這般……」

那人回身抱拳作揖道：「我們是梅山蠻，是世居雪峰山區的瑤人，今日發現公安捉了已失蹤千年的梅山老祖，我們特意前來接教主回去的。抓緊時間，路上再解釋。」

老者同小祖師輕鬆地鑽了出去，太歲母肥胖的身子自然伸展變長，伸縮間已然出牆，大家遂放下心來。院後早有一頂寬大滑竿等在那裡，兩名壯漢伺候太歲母坐了上去，太歲母擺動肉褶示意，招呼小祖師也爬上來，用肥大的肉褶抱著她。眾人在月光下迅速地前行，一會兒就消失在山谷之中了。

原來在今天的洞庭湖以南、南嶺山脈以北，湘沅二水之間成西南—東北走向面積近五萬平方公里的雪峰山區，自唐末、五代以來這一地區由被稱為「莫徭」的瑤族人所居住，統稱「梅山蠻」。梅山蠻「舊不通中國」，隨著漢族中原文化的不斷南下，洞庭湖南平原和湘江、資江流域均已開發，地處湘中的梅山狩獵文明，與後來居上的農耕文明發生了激烈的衝突而西遷。「梅山蠻」長期居住山林，勇猛頑強。歷代統治者想用武力征服他們，但都沒能成功。他們奉信巫教，他們祭祀的梅山神祉與當地的生產、生活方式相結合，逐漸被視為「狩獵神」。作為一種原始狩獵巫儀圖騰的梅山老祖在後來的梅山神祭祀中出現是在一千多年以前，根據祖上的傳說則是北宋太平興國二年（西元九七七年）間，宋太宗調潭州兵馬鎮壓梅山蠻，俘峒民男女老幼二萬餘正待處斬，此刻山谷中地下鑽出數以千計的太歲來，它們全身赤裸，渾身肥胖如同肉球般，其中最大的一隻首領頭上生有獨眼，但見它一聲令下，太歲們一齊放屁，登時薰倒宋兵，解救了所有族人，這是世界有史以來的第一次毒氣戰。後來族人將其奉為梅山神，世代供奉。

老者聽罷述說，由衷地增加了對太歲母的崇敬之心，暗自佩服不已。

黎明時分，來到了大山深處的一所山寨，村中早已準備好了迎接梅山老祖的祭祀活動。村長是一位敦厚的老頭，帶領著族人恭恭敬敬地請梅山老祖進寨，剎那間鑼鼓喧天、鞭炮齊鳴，竹笙禮樂響起，祭祀活動以「椎牛」儀式為先導拉開了帷幕。

在遠古時代，人們相信：血不僅是維持生命所必須的自然流體，而且還是生命的精華，是靈魂的居所和載體。血有靈性，也有它自己的生命力，即便在離開動物或人體之後，這種生命力還繼續存在，因此被看作是復活再生力量所在。為了讓大地豐產而獲得「再生」的力量，原始人就用鮮活的血液來祭祀神靈。

早在狩獵時代，牛就是人們重要的食物與衣物的來源。在與大自然的交往中，人們看到，只有牛血，才是數量最多、並且最容易獲得的血源。因此，用牛作祭品，以牛血祭祀大地的儀式是上古社會巫儀中的一種普遍儀式。

祭祀堂前已經綁好了一黑一白兩頭牯牛，村裡的巫師於地樓右方的中柱下擺五個酒碗、一簍糯米飯及糯米粑等食品，敬祭家先，並祈告祖先找回了當年的救命恩人獨眼太歲梅山老祖云云。村長率先代表族人向梅山老祖許願，然後執矛朝著牛左前腿上的石灰圈擲去，族人們接連上來接過矛來繼續椎擊。不久，牛即被椎倒在血泊之中，祭祀大地之神的血慢慢地滲透到地下。

一片歡呼雀躍之聲，小祖師實不忍心再看，轉過臉去。

這邊鑼鼓響起，巫師率眾人圍著太歲母繞場三周，開始跳起了名為「跳鼓髒」的祭祀舞蹈。

這時，一個滿頭大汗氣喘吁吁的青年跑來，告訴村長縣公安局組織了大批人馬前來搜捕梅山老祖，不光有一個武警中隊，據說隨行的還有省裡下來的生物學家。族裡的老人們緊急商議，最後認為梅山老祖還是暫避一時為好。老者告訴了族人們原計劃是前往貴州黔西北，一來可以暫避風頭，二來救人也是緊迫之事，待事情辦完後再視情形而定，大家想來亦無其他良策，如此安排也好。

村長挑選了幾名身強力壯的青年，扶太歲母和小祖師上了滑竿，一行人沿著雪峰山西麓往貴州方向而去。

全村寨男女老幼跪倒一片，含著眼淚拜了又拜，遙望著老祖遠去的身影。

兩日後，太歲母一行人抵達貴州地界，已有赫章夜郎族人前來接應，那幾名梅山蠻瑤族青年戀戀不捨而回。

太歲母化裝成大肚子孕婦坐上了族人開來接應的麵包車，足足佔據了半輛車的位置，老者同小祖師坐在了前面，一路風馳電掣般地沿公路飛馳而去。

第七章

西元前一二二年，西漢使者出使夜郎，夜郎國王問使者「漢孰與我大？」，夜郎國因此得「夜郎自大」之名。

當年，夜郎王希望選擇有一百座山峰的地方建都，因他看到爿羊柯江打鐵關一帶山峰重重疊疊，雲遮霧繞，恰似大海的波濤，洶湧澎湃，非常有帝王基業氣勢。於是夜郎王站在中央山頭上數山峰，數來數去只有九九個，哪知他竟將腳下站著的一個漏數了，為此他只好非常遺憾地將夜郎國都建在爿羊柯江畔。

夜郎國人的後裔散居在今貴州省黔西北的赫章一帶，長髮鷹鼻凹眼是夜郎人的基本遺傳特徵。

載著太歲母的麵包車傍晚時分抵達夜郎鎮。小鎮上燈火輝煌，酒肆茶坊沿街比比皆是，從中原引進來的洗頭房、按摩院也是越開越多，只不過那裡的小姐來自中原，相貌醜陋不堪，臉是平平的，一點也沒有質感，奇怪的是生意卻日益紅火。街上人流如梭，除了鷹鼻凹眼的本地人外，來自內地的遊人也不少，其中不乏見到幾個更加鷹鼻凹眼的黃毛外國人，引起本地夜郎人的嘖嘖稱讚。

為了避免惹人注意，老者敦促司機穿過小鎮儘快返夜郎寨，麵包車沿山路盤旋而上，直奔大山深處。

夜郎寨位於雲貴交接的深山之中，四周群山環繞，層巒疊翠，後山瀑布如練，清澈的溪水穿寨而過，唯一的一條土路翻山越嶺接通外部世界，這是一處世外桃源。寨子裡共有千把戶人家，全部都是清一色的夜郎人，漢民一戶也沒有。寨內仍保留了祖先傳下來的典制規矩，對外稱「鄉規民約」，由於治安良好，數十年來從未發生過任何違法案件，年年被當地政府評為「文明寨」。村長實際上是由族長擔任的，現任族長是八十歲的金眼，這個寨所有人的名字裡都帶有「眼」字，這也是祖上傳下來的，儘管到外面會惹人恥笑，但也是不能改變的。

族長金眼得到禽眼回來的消息，隨即喊來本寨的智者竹眼，竹眼據說已經有一百歲了，是寨中最年長者也是最有學問的人，只有他才配稱竹眼，因為夜郎國自古以來都是以竹為圖騰崇拜的。

族長在堂前備下一桌酒菜，來為禽眼及遠方客人接風。不一會兒，禽眼和小祖師、太歲母一行人等到了，賓主落座，奉上香茗。由於太師椅過於狹窄，另尋了一張圓凳請太歲母坐下。

族長與智者竹眼見到太歲母奇異憨掬的模樣，雖有所驚訝但並未表現出過於好奇，在夜郎人眼裡，均應不足為奇。老者禽眼彙報了此次尋找小禽眼的經過，介紹了小祖師和太歲母的情況，族長點點頭。

智者竹眼有著碩大的禿頂和超大的鷹鼻及深凹眼，瘦骨嶙峋，聲音卻不弱，略帶有磁性：「如此說來，太歲母應是生活於地下的一種異類生物，中原漢人不明就裡，諸多錯誤揣測。近年來，各地陸續發現有太歲的出現，甚至鑽井機從地下深處鑽到太歲肉體，反而所謂科學地認為是矽膠一類的礦物質，可笑啊。」

小祖師扭頭問太歲母：「是這樣的嗎？」

太歲母不住地點頭。

智者聲音提高了八度，接著論述：「太歲在地底下生活應該是早於人類的，何止千萬年？牠們肉質肥嫩，一方面為躲避太陽光的輻射灼傷，另一方面更是為逃避人類的捕殺及其他貓科動物的獵食，」他嚥下去湧上來的口涎，接著道，「中原人繁殖過快，乃至食物匱缺，破壞大自然的平衡，於是竟將黑手伸向了如此善良的瀕臨滅絕的生物——太歲，可惡啊。」

太歲母連連點頭，獨眼中噙滿淚水。

族長見氣氛悲涼，忙打斷智者的話，端起酒杯請大家落筷，小祖師已然餓壞，忙不迭地往嘴裡塞雞腿和肉塊，小手沾滿了汁水。太歲母還沉浸在悲痛的心情之中，吃不下去。

老者禽眼插話道：「竹眼老前輩，小禽眼在太歲母肚子裡這麼多天，也不知情況怎樣了，是不是就請太歲母……」

「忙什麼！太歲母是千年的地下太歲精靈，既生得獨眼又識人語，牠勇於吞下小禽眼就必定可將他屙出，不必擔心。」竹眼嗔道。

族長挾起一條青菜道：「中原人濫施化肥農藥殺蟲劑，他們所食用的都是有毒食品，使用的都是假冒偽劣商品，導致內地奇症怪病層出不窮，男人逐漸女性化，女人容貌也變得越來越平庸，簡直是俗不可耐。而我們夜郎人拒腐蝕，永不沾，方能保持自然本色呀。」

「是荷爾蒙紊亂。」竹眼補充道。

「什麼是夜郎自大呀？」小祖師想起句有關夜郎國的成語不解地詢問道。

酒桌上沉悶了片刻，智者哈哈大笑起來，甚至眼淚都流了出來。

「中原漢人說我們是夜郎自大，可笑之極，那是他們不懂科學。告訴你，小姑娘，我們夜郎人天生就一副禽眼。你知道鵝這種禽類嗎？鵝的眼睛裡看出去一切外界事物都被縮小了，一個成年人變成了只有嬰兒般大小，所以敢於向比牠自身高大數倍的成年人挑戰和發動喙擊。你想想看，人類如果具備了這種大無畏的勇氣和品德，世間又有什麼困難不能克服呢？

「中原人不具備這種天賦能力，在他們的眼裡，一切事物均被放大了，所以才會出現阿諛奉承、崇洋媚外的自卑心態，才會被身材矮小的東洋日本人嚇倒，出了那麼多的漢奸。這樣下去，遲早總會有一天種族滅絕的。」智者慷慨激昂起來。

「我看什麼都是大的……」小祖師喃喃說道。

「因為你沒有禽眼。」族長回答。

太歲母是下半夜丑時開始陣痛的。

小祖師驚醒後跑到太歲母的床邊，這是在小禽眼的房間裡，因為太歲母體重太大，所以用小禽眼的床墊直接鋪在了地上。看到太歲母頭上冒著虛汗受苦的樣子，小祖師心下難過，忙扯下毛巾為牠揩汗，同時站在門口大聲叫喊。老者同家裡人都跑了過來，並端來水桶、洗滌劑和拖布等物件，他們按照老者的吩咐，都戴上了厚厚的大口罩，以防太歲母屙便時產生窒息。

老者的老伴發現有些不對，太歲母的症狀不像是排便，倒更像是臨盆，於是同情地問牠，太歲母點點頭。於是大家扔掉了口罩，重又開始準備熱水、剪刀、脫脂棉及酒精消毒藥水等，忙個不亦樂乎。由於關係到小禽眼生死攸關的大事，老者又差人喊來了族長和智者竹眼，他們也立即趕來，也想看一看死去的小禽眼如何復活。

太歲母肥胖臃腫的身子不住地扭動著，粉紅色的皮膚越發顯得嬌嫩。突然，太歲母身體一挺，身體不再扭動，大家的心也隨著跟著提了起來。

「噗！噗！」太歲母接連放了一連串響屁，屋裡人措手不及被薰個正著，族長不支倒地，慌亂之中有人驚呼，眾人眼光掃過，太歲母已經產下一個大蛋。

這蛋足有斗笠般大小，白皮。大家驚訝地俯耳貼在蛋殼上聽裡面動靜，竹眼點點頭自語道：「原來是卵生。」

小祖師方才幾乎被薰暈倒，現在透過氣來，用熱毛巾擦去太歲母身上汗水，替牠穿上衣服，那老婦人端來事先燉好的雞湯，要給太歲母補補身子。

老者焦急地在身後催促小祖師詢問小禽眼的下落，於是小祖師問太歲母：「小禽眼在蛋裡嗎？」

太歲母欣慰地點了點頭。

「要把蛋打破嗎？」小祖師又問。

太歲母用力地點頭。

老者回房取來一把榔頭，輕輕地擊碎蛋殼，蛋清流下來，裡面是抱成一個團團的赤裸的小禽眼。那孩子原樣大小，容貌依舊，只是緊閉著雙目沒有呼吸，老者大驚，難道還是死的？

「把他倒扶起捶背。」智者竹眼說道。

眾人忙豎起小禽眼，在其後背上一陣亂捶，「哇」地一聲，小禽眼啼哭了。

第八章

太歲母產蛋救活小禽眼的消息不翼而走，整個夜郎寨沸騰了，人們深為其無私的高尚情操所感動，爭先恐後地想一睹這一代俠女的風範，而且已經有數十名老人家前來報名，準備爭作餘下批次的蛋卵。

族長及智者竹眼召開了緊急擴大會議，有族內十餘名德高望重的遺老參加。大家七嘴八舌地發表意見，會議氣氛熱烈和富有建設性。

族長道：「太歲母是我寨群眾的共同財富，千萬不能透露出去，萬一被中原人知道，肯定會奪走太歲母，那些達官貴人哪個不想長命百歲、千歲呢。」

「絕對不允許！太歲母是我們的私有財產！」遺老們慷慨激昂，有一位甚至昏迷了過去。

「國家和政府要徵用，我們又有什麼辦法呢？」向來足智多謀的竹眼也感到十分棘手。

大家都沉默了，許久無人吭聲。

門外有人進來通報，夜郎鎮的鎮長和鎮委書記到了。

鎮長是夜郎人，名字叫紅眼，四十餘歲，是本寨選拔出去的青年幹部，工作很有魄力，鎮上的洗頭房按摩院就是他由中原引進的。鎮委書記姓李，來自中原，相貌平平。人們態度恭敬地請這些當地的父母官落座，奉上上等沱茶。

鎮長紅眼環顧大家，聲似洪鐘：「我和鎮委李書記這次來，一方面主要是想看看大家有沒有什麼困難。二來呢，聽說你們發現並保護了一隻瀕臨滅絕的珍稀動物。這件事鎮黨委已經向縣委作了彙報，我們來核實一下具體情況。下面請李書記說兩句。」

「鄉親們，我代表鎮黨委向你們表示感謝。太歲母是國家瀕臨滅絕的珍貴野生一類保護動物，你們發現並進行了保護，足以說明你們的環保意識和覺悟是非常高的，我和紅眼鎮長都很欣慰。我們現在就去看看。」李書記講得很到位，儘管長相差些。

見族長和其他人都沒有起身的意思，李書記咳嗽了一下，語氣中含有一種威嚴：「我想大家都很清楚，地下礦產及瀕危動物均屬於國家所有，我們每一個公民都有保護和奉獻的義務。太歲母如同大熊貓一樣，同屬於國家重點保護對象，我與紅眼鎮長和大家同樣要盡到法定的義務。」

族長站起身來：「走吧。」帶頭領著眾人魚貫而出。

太歲母有些發燒，蓋著被子躺在地鋪上，小祖師忙著用毛巾做冷敷。小禽眼已經完全恢復了，老者及其家人反覆觀察，一切都如同過去毫無兩樣，大家終於放心了。

族長帶著鎮長書記一行人等進了門，來到太歲母的房間。當他們第一眼看到太歲母，那難以抑制的亢奮心情溢於言表。李書記伸出顫抖的手揭開被子，撫摸著太歲母粉紅色細膩嬌嫩的胴體，口中喃喃道：「太好了，太好了，我要親自護送上京。」隨即命隨從進行拍照，「要從各個角度拍。」他叮囑道。

相機對準了太歲母，小祖師見狀撒腿就往門外跑，她是知道厲害的。「啪」地閃光燈一亮，太歲母的屁應聲而響，族長又一次不支倒地，其他人俱東倒西歪，暈頭轉向，只有李書記鼻子扁平，孔細且窄，吸入量有限，反而大笑道：「有趣，有趣啊。」

退到堂前，李書記邊笑邊問：「太歲母飯量如何？喜歡吃什麼食物？」

「牠飯量極大，最喜歡吃豆製品，另外酒量也很大。」老者趕緊上前回答。

李書記及紅眼鎮長笑作一團，眼角迸出淚水，鎮長喘口氣道：「我這倒要會會，看看誰酒量大。」

李書記止住笑，正色道：「馬上從鎮裡的扶貧款中撥出一筆錢作為太歲母的營養費。」

族長金眼與智者私下商議辦法如何保住太歲母，鎮裡已經派出一個醫療小組來護理太歲母，同時由鎮公安派出所所長帶來一隊民警進駐小禽眼家。名義上是保護，實際上是隔離監護起來，聽說縣裡和省裡也派人趕往這裡，太歲母肯定要被送入京城。

智者道：「硬頂是沒有用的，要充分發揮夜郎人的聰明才智，那些中原人畢竟頭腦簡單，我以為智取太歲母方為上策。」金眼點頭稱是。

「先將那個江西派的小姑娘找來，我有話要問她。」智者思索道。

小祖師帶到智者和族長面前，她也感覺到了太歲母的危險處境而兀自著急。

「小姑娘，太歲母要被搶走你知道嗎？」智者問道。

小祖師抬起頭，眼噙著淚花：「太歲母是我們江西派的，他們為什麼要搶走它呢？」族長低頭不語。

智者道：「有些事情你長大就會知道了。太歲母被搶走以後，將會被抽血切片化驗，吞食各種化學藥片，關在動物園鐵籠子裡賣票供人觀賞，失去了人身自由，生不如死啊。」小祖師抽泣起來。

智者接著道：「最可怕的是，那些大貪官會通過太歲母回爐獲得重生，繼續禍害百姓，中原必將水深火熱矣。太歲母也會被迫因產蛋量過多而月經不調、氣血兩虧導致過早夭折啊。」小祖師咧開大嘴，哇哇痛哭。

智者又道：「現在要救太歲母就要靠你啦。」

小祖師聞言止住哭聲，忙問緣由。

智者侃侃道來：「太歲母乃是地下千年的精靈，一定具有某種神通異能，你是江西一派的小祖師，也許知道太歲母除產蛋外還有哪些特異之處，或許可以借此避過這場危機。」

「它會放屁！」小祖師豁然開朗，不由得開心說道。

智者搖搖頭，道：「還有呢？」

小祖師歪著腦袋想了想：「沒有了。」

「沒有了？再想想看，它長年生活於地下，理應如同人類在地面上一樣活動自如，不可能不會地遁之術的。」智者不相信。

小祖師開始回憶起吸石洞內石壁上的肉碼文字，過了一會兒，她說：「太歲母可以變形，能從極小的孔隙中鑽進鑽出，但肚子裡有蛋就不行了，會把蛋擠破的。」

智者大笑道：「這樣太歲母就有救了。」

太歲母仍舊軟禁在小禽眼的房間內，門外幾名員警看守著，閒雜人等一概不准近前，他們只是負責守衛，也不得隨便入內。

小祖師和小禽眼晃晃悠悠地走過來，警衛喝住，不許靠近。老者從堂前跑過來，陪著笑臉道：「民警同志，他倆一個是太歲母的主人，一個是太歲母剛出生的孩子，都是牠最想見的人，這樣對太歲母的身體復原大有好處，還是讓他們進去探望一下吧。」那員警們看是六、七歲的小孩子，料想無礙，揮揮手放他倆進屋，但吩咐時間不要長，不然被領導發現就會麻煩了。

太歲母見到小祖師和小禽眼悲喜交加，眼圈發紅，張開肥肉褶緊緊地把他倆摟在懷裡，一是小主人，一是小baby，都是這個世上最親的人。

小祖師也是心中酸楚，她趴在太歲母耳邊悄悄交待如此這般，太歲母不住點頭，獨眼頑皮地眨動著。小禽眼自幼失去父母，是老禽眼帶大的，自己不知怎的對太歲母產生了一種戀母情結，下意識地緊偎在太歲母胸前拱來拱去，似乎在尋找什麼。

門外員警叫喊他們出來，他倆戀戀不捨地離開，太歲母望著他們離去，伸出柔軟的大厚唇，「巴噠」來了個飛吻。

員警們依舊在門外抽煙聊天，議論著太歲母神奇的現象，就科學與迷信的範疇展開激烈的辯論。

聽得房內幾聲清脆響屁，他們趕緊捂住鼻子，暗自發笑。

省市縣的人都到了，一路警車開道，大客車、麵包車、小臥車魚貫而入，夜郎寨沸騰起來，這是多少年來從未有過的場面，遺老說打自雍正年間來過一個巡撫以外，寨裡再也沒有見到過這麼多的朝廷官員了。

村委會的會議室裡擠滿了中原人，扁平的臉，黃牙，大腹便便。唉，要多醜陋有多醜陋，怎麼與我們夜郎人相比呢？遺老想。

煙霧繚繞中，李書記首先發言，對省市縣領導和專家們的蒞臨表示熱烈的歡迎，他說：「夜郎鎮的這次發現，在鎮黨委的領導和組織下，及時有效地對這一具有劃時代科學意義的生物進行了保護。我們暫時叫這生物的名稱為「太歲母」，我在這裡首先可以透露一點資訊給諸位領導，太歲母的酒量很大，」房間裡一片哄笑聲，氣氛立時融洽起來，「我還要再透露一個資訊，太歲母很能放屁。」房間裡頓時滿屋哄堂大笑，一位原省城來的女記者笑得前仰後合，攝影機摔到了地上。

坐在正面的一個胖老頭輕輕咳了一聲，有人道：「大家靜一靜，請省領導講話。」胖老頭滿面春風地站起來：「同志們，我省的這次重大發現填補了一項世界科學空白，我要感謝基層工作的同志們，你們辛苦了。」會議室裡響起了熱烈的掌聲。

「太歲母的發現，證明了我省，不，我國地大物博，物產豐富，中華民族歷史悠久，源遠流長。這是一次偉大的發現，一次震驚全世界的發現，一次改變全人類生存觀念的發現！」掌聲經久不息，胖老頭微笑著擺擺手，坐下去了。

省內著名的生物學家心情激動地發言：「太不可思議了，太不可思議了。」說完就坐下去了。

省裡來的一位秘書長站起身來，向大家講述了下一步的工作安排。省裡調配了一輛貨櫃車來裝運太歲母，並安排了一個醫療小組隨行，為保證安全起見又專門派了一個中隊的武警負責押運。現在先請各級領導前去觀看太歲母。

李書記帶領眾人浩浩蕩蕩地朝小禽眼家而去。

推開房門，屋內空空如也，太歲母已不見了。

當小祖師和小禽眼離開房間後，根據小祖師的安排，太歲母略施幾個響屁迷惑駐守衛在門口的員警，表示自己仍在房間內，然後身體變形從窗戶縫隙中擠了出去，沿著後山跳躍而行，在瀑布邊與小祖師會合，小禽眼與智者竹眼也在場。

小祖師眉開眼笑地撲進太歲母懷裡，太歲母也是十分開心。

智者說道：「我們現在走吧。」說罷帶著他們沿著瀑布的邊緣走到水簾的背後，那裡有一個石洞，石階向下延伸著。智者儘管已經一百歲了，可是步履仍然非常輕鬆，一點也不像古稀老人。

臺階盡頭是兩扇石門，門上鐫刻著「夜郎」兩個遒勁蒼涼的篆字。智者走上前，按動機關，打開石門，率先入內，小祖師一行緊隨其後。

智者點上蠟燭，道：「這是我夜郎族祖先避難之所，你們且在這裡暫避一時，我會差人送些食物來，記住不要亂跑，危機過去再接你們回寨。」智者匆匆出去，按動機關，石門關上了。

太歲母回到熟悉的地底下，心情大好，睜著獨眼跳來跳去地到處看。藉著蠟燭搖拽的光亮，小祖師環顧四周，發現這是一間極寬闊的石廳，足以容納千人以上，最裡邊的石壁上方有一道小瀑布，清澈的山泉從石縫中湧出，直瀉到石壁下方的水潭裡。水潭裡的水不見溢出，看來這潭必是通往什麼地方，望之深不見底，倒是很像吸石洞的寒潭般。

「聽爺爺說，每遇兵荒馬亂之年時，族人就在此避難，中原人頭腦簡單，想不到瀑布下還會生有山洞。」小禽眼介紹說。兩人轉了一圈後坐在了石凳上聊天。

「對了，我一直想問你為什麼要逃婚呢？可不可以告訴我。」小祖師問他。

小禽眼眼眶紅了，低下頭沉默不語。小祖師見其難過，忙安慰他道：「自古紅顏短薄命，你也不必太難過了。」她現在也基本上認為了夜郎人俊美，中原人醜陋。

小禽眼凹眼裡湧出淚水，沿著滿是雀斑的臉頰流下到厚厚的唇邊，他伸出舌頭舔入口中，開始講述他的身世。

小禽眼的父親原是夜郎族裡第一美男子，不但鷹鼻高挺而且帶勾，凹眼深邃耳大垂厚，母親也是近年來族內少有的俊俏姑娘，小鷹鼻細凹眼厚嘴唇，溫柔賢慧。父親和母親雙雙考入北大政治系，回夜郎寨生下小禽眼後又返回京城，後來族長告訴說他們同死於一場空難，屍骨無存，後來他一直由老禽眼帶大。據說夜郎寨數十年來已有幾十對年輕夫婦死於空難、車禍和其他自然災害，而且都是屍骨無存，寨內祠堂裡替他們立了長生牌位。

小禽眼從小立志要像父母一樣走出夜郎寨，看看外面的世界，因此不願現在就與寨裡的小女孩訂婚，要知道夜郎人最重諾言，訂婚後實際上已經是名義夫妻，受族規束縛不能單憑個人意願出外闖蕩了。於是在一個風雨交加的夜晚，小禽眼逃婚了。

他不敢走大路，只是揀些偏僻山路而行，餓了採擷野果，渴了喝些山泉，也不知走了多長時間，來到了江西贛南三寮村後便一病不起，當爺爺終於找到他時，他已奄奄一息。在送往醫院的路上，老禽眼發覺孫子已經死去，悲傷欲絕後便徑直走進吸石洞，一直至洞深處。後來的事情小祖師已經知道了。

小祖師深深為小禽眼的悲慘人生所感動，淚水嘩嘩流下。突然她停止了哭泣，搖著腦袋喃喃說道：「不對呀，不對。」

「什麼不對？我說的可都是真的。」小禽眼詫異的問。

「你說寨裡幾十對年輕夫婦死後都屍骨無存，這不太可能啊。」小祖師道。

「寨裡人都知道的。」小禽眼肯定的說。

「可是這也太巧合了呀，你說呢？太歲母。」小祖師還是不相信。

太歲母點點頭表示也不信。

「嘎吱」聲響，石門被打開了，一群人湧進，為首的是夜郎鎮的紅眼鎮長和李書記，身後是荷槍實彈的武警，再後面進來的是縣領導簇擁著那位省領導胖老頭。

「在這裡！」李書記興奮的尖叫聲。

人們慢慢包抄著圍上來，距離十餘米處停了下來。一雙雙驚奇貪婪的眼睛盯住了太歲母……

「遁水聖母，是遁水聖母！七千年前母系社會最後的聖女還活著！」省裡的那位元老生物學家激動異常，面色潮紅，高度近視鏡片後面的雙眼已經發直了，機械地邁著顫抖的腿移向太歲母，他打著哆嗦問道：「你是遁水聖母，是不是？」

太歲母點點頭。

「你已經七千多歲了，是嗎？」學者顫抖的聲音。

太歲母又點點頭。

「你是大夜郎國國王竹的母親？那個『浣於遁水』的女子？」學者的嗓音極度亢奮變得刺耳。

太歲母還是點點頭。

學者一頭栽倒。

醫療小組的醫生護士蜂擁而上，對倒在地上的學者進行急救。由於搶救及時，學者悠悠醒轉，口中喃喃道：「《後漢書》中記載，『夜郎者，初，有女子浣於遁水。有三節大竹流入女子足間，聞其中有號聲，剖竹視之，得一男兒，歸而養之。及長，有才武，自立為夜郎侯，以竹為姓。』竟然是真的，是真的啊。」

人群分開，胖老頭走近學者，輕聲道：「吳老，請你告訴我，這個東西究竟是什麼？」

被稱作吳老的學者顫抖的手抓住胖老頭，鄭重地說：「七千年前，中國西南方母系社會最後一次完成了向父系社會的轉化，遁水聖母就是母系社會最後的氏族首領，竹王是聖母『非血氣所生』，是世界東方歷史上的『清淨受胎』，古代西南各民族對此言之鑿鑿，深信不疑。這位偉大的女性，就是中國南方各少數民族共同的祖先，其地位不亞於西方的聖母瑪麗亞。」

「哦，有這種事？」胖老頭皺了皺眉頭又道，「豈不是有違辯證唯物主義？」

「《華陽國志》、《後漢書》和《水經注》及《貴州通志》等文獻中都有記載，此事千真萬確！」吳老信誓旦旦道。

「夜郎王從竹筒裡出來，打死我也不信啊。」胖老頭邊笑邊向後捋著稀疏的毛髮，身後人群中發出一大片不信的附和聲。

「那『三節大竹』主要是原始氏族社會中男性生殖器的象徵，即所謂男根是也，也是當時人們崇拜的圖騰。當『三節大竹』成為竹王的『生命之舟』時，就意味著夜郎民族進入到父系氏族的時代了。」吳老不遺餘力地解釋道。

「有趣，哈哈，絕妙的比喻，男性……大竹筍……哈哈。」胖老頭發出洪鐘般的笑聲。人群中隨即爆發出男人們爽朗的讚嘆和一陣騷亂，原來是那女記者又摔掉了攝影機。

胖老頭笑聲已畢，吩咐武警逮捕太歲母。

躺在地上的吳老忙抓住胖老頭的褲腳，急切地懇求道：「不可，遁水聖母是七千年前的聖女，一定要以禮相待啊。」

胖老頭不屑一顧地揮揮手，武警們衝上前去。

「不准碰太歲母！」清脆的叱喝聲。小祖師挺身而出，大義凜然地橫在太歲母的前面。

武警們止住了腳步，詫異地望著這個小女孩。

「我知道你們想對太歲母抽血切片化驗，想讓太歲母多生蛋，你們想長生不老，可是這樣太歲母就會死的。」小祖師眼淚盈眶。

「這小丫頭胡說些什麼？快把她拉開。」胖老頭叫道。

「太歲母快逃吧。」小祖師哭喊道。

太歲母深情地望著小祖師，獨眼裡噙滿淚水，最後轉身躍入水潭中……

胖老頭粗暴地推開小祖師，衝到水潭邊，目不轉睛地盯著漸漸散去的漣漪，各級領導也蜂擁至潭邊，目瞪口呆地望著深不可測的潭水，女記者早已拾起了攝影機，捕捉這一千載難逢的新聞瞬間。

潭水突然泛起水花，水面下映出太歲母粉紅色肉體的倩影，各級領導都鬆了一口氣，緊張的臉舒緩開來，顯露出矜持的微笑。

「嘩啦」水花驟起，驀然升起太歲母肥胖的屁股，「噗」的一聲爆響，強烈的屁臭瞬間吞沒潭邊人們，各級領導紛紛倒下，女記者又一次摔掉了攝影機。

太歲母復入水中，再也看不見了。

廳內已經大亂，醫療小組憋著笑匆忙實施搶救，於是領導們又紛紛醒來。

小祖師與小禽眼早已笑做一團，開心得眼淚都出來了。

胖老頭勃然大怒，命令下屬無論如何要將太歲母撈起來。李書記馬上帶人出去搞來柴油抽水機，隨著馬達的轟鳴，潭水被迅速抽出。

當潭水下降數米之後，水面就再也降不下去了，果然潭中有其他的補充水源，看來水是難以抽乾的。緊急磋商後，留下一個班的武警戰士看守水潭外，所有人等都離開了石廳，小祖師和小禽眼也被帶去審查問話，喧鬧的避難所暫時恢復了沉寂。

第九章

胖老頭親自審問小祖師和小禽眼，市縣鎮三級領導陪在旁邊，著名生物學家吳老作為專業顧問和族長金眼、智者竹眼及老禽眼在場。

胖老頭曾經負責過政法委的工作，對盤問非常有一套，他先是一言不發，一雙水泡眼緊緊地盯著小祖師，使屋子裡的氣氛立時緊張起來。

小祖師心想，中原人果真相貌醜陋，而且心眼很壞，自己以前怎麼沒有發覺呢？她轉過頭去，瞭望那些陪審的領導們，他們竟然長得都很相似，個頭不大，沒有很多毛髮，扁平的臉，抽煙喝茶的黃牙還有幾顆泛黑，肚子都很大，腰帶墜在肚臍下面，掛著黑皮盒子，盒子裡有的時候傳出音樂鈴聲，講話的語氣也是相似的，點頭哈腰的，好像很怕胖老頭。哎呀，不好，自己是不是也長了禽眼？小祖師想著竟脫口而出。

「什麼禽眼？」胖老頭感到莫名其妙。無人搭腔。

「小鬼，你是哪裡人？你的爸爸媽媽怎麼不在這兒啊。」胖老頭換上了一付笑咪咪的面孔。

小祖師知道有些話不能同中原人講，可能會對太歲母不利，於是默不作聲。

胖老頭略顯尷尬，此時李書記忙打圓場，直接問老禽眼：「聽說是你和他們把遁水聖母帶到夜郎寨來的，你就先將情況向領導彙報一下吧。」

老禽眼無奈，只得將自己如何尋找小禽眼去到江西贛南，巧遇結識小祖師、吸石洞破解肉碼文放出太歲母，太歲母如何吞救小禽眼，一路千辛萬苦回夜郎，太歲母產蛋小禽眼復活等等陳述了一遍。眾人聽得是目瞪口呆，半晌無語。

胖老頭轉過身來問吳老：「吳老，你是怎麼看這齣天方夜譚的？」

吳老面色潮紅，顫抖著喝了口茶道：「完全可能，七千年前的一些種類的生物可能與現今人類有所不同，由於無法適應後來的生存環境而被淘汰，物競天擇嘛。史書中也曾有記載傳說中的獨眼族、多臂族、有翼族等等，文字發明以前主要是靠口頭流傳，我們現在也無法確切地斷定與證實。

「遁水聖母是有記載的，獨眼、多脂肪、識人言和可在水中及地下生存，但是由於防禦能力太弱，該類生物早已滅絕，如今所見，可能是我們這個星球上唯一碩果僅存的一隻了。」

胖老頭點頭道：「千年王八萬年龜，這麼說也有可能。」

「至於人死後被遁水聖母吞入再以卵生的形式復活，這在當今的科學中的確難以解釋，恐怕要顛覆所有的物理化學生物定律，這次發現可以說是人類有史以來的最重大的發現。」

聽得吳老這麼一說，胖老頭興致頓時高漲起來，興奮之情溢於言表：「那豈不是我們，不，那些革命老前輩都可以再生，永遠不死？」

後面坐著的各級領導都笑逐顏開，交頭接耳起來，宛如一股春風吹入心田。

「產蛋量過高，太歲母會死的。」小祖師急著插嘴道。她的聲音卻即刻被淹沒在中原人的嘖嘖讚嘆之中了。

「太好了，現在的問題是如何捉到牠……那個水潭通向哪裡？」胖老頭問道。

紅眼鎮長看著族長和智者道：「你們如果知道趕緊說，不要讓領導著急。」

智者回答：「此潭深不可測，從來沒有人知道它通往哪裡。民國二十三年大旱，一年無雨，那潭水絲毫不減，救了全寨人的命。」

胖老頭不高興地拉下臉來。這時，李書記跨前一步，故作神秘道：「各位領導，我有一個主意。」

「說。」胖老頭發話。

「既然這太歲母與這小姑娘感情篤深，如果小姑娘有難，那太歲母豈有不救之理？我們只要放出風聲，說今夜要殺掉小祖師，然後張開口袋等著太歲母上鉤，到時準備好麻醉槍，定能手到擒來。」李書記邊說邊揣摩著胖老頭的臉色。

「這樣說傳出去名譽不太好吧？」胖老頭嘟囔道。

「又不是真殺，做個樣子嘛，我不信那個原始生物的智慧比我們國家幹部還高，太歲母一定會上鉤的。」李書記仍舊是一付笑臉。

小祖師和小禽眼被單獨軟禁在村委會的裡間，為防止走漏風聲，方才在場的所有人都被留在村委會，門外由荷槍實彈的武警守衛著。相關人員去準備麻醉槍及其他必需物品，另有一撥人開始到處放風，說太歲母不出來今晚就殺掉小祖師，尤其是在石洞內警戒水潭的武警戰士，每隔數分鐘就大聲說上一遍，期望太歲母能夠聽得到。

傍晚時分，鎮長與李書記做東在村委會宴請省市縣各級領導和隨行人員，族長和智者陪酒。夜郎寨地處山區，自然少不了山珍野味，不但有山雞野兔，李書記還特意命人搞來了幾隻穿山甲和幾斤鮮活的竹蟲，那竹蟲個大肥美，經油烹炸之後，色澤金黃，香飄十米，端的是大快朵頤。

李書記熟練的起開一瓶瓶的茅臺酒，立時滿屋充滿醬香的酒氣，未飲先醉三分。

「茅臺是不是奢侈了點？山區還是比較貧困的嘛，我喝些陳年五糧液也就可以了。」胖老頭時刻不忘人民群眾疾苦。

本地父母官李書記站起致詞：「各位領導，我們夜郎鎮黨委和鎮政府作為人民群眾的先進性代表，代表全鎮人民群眾向你們的到來表示熱烈的歡迎，並衷心地希望你們能夠經常前來指導工作，」李書記說著帶頭鼓起掌來，熱烈的附和掌聲飄蕩在酒桌上和菜肴中，「今天晚上請各位領導吃個便餐，都是自己山裡面的土特產，也都是些群眾經常吃的家常菜，不值個錢。

「我首先呢，代表全鎮人民向尊敬的省領導敬酒。」說罷頭一仰，「咕嚕」一飲而盡。

胖老頭微笑著擺擺手，語重心長地說道：「我主要講兩點。這一呢，夜郎鎮儘管還是貧困山區，但是民風淳樸，有什麼吃什麼，不去刻意準備。這很好，這個經驗要向全省推廣，今後我們無論到全省任何地方去，只吃土特產，再也不能增加人民群眾的負擔了。」

熱烈的掌聲夾雜著「我們也是這樣想的」、「高瞻遠矚啊」等等贊許敬佩聲。

胖老頭謙虛地點點頭，接著說：「這第二點呢，我想說的就是捉住太歲母為祖國爭光、為人類做貢獻的大事。為了使我們的江山永遠掌握在老一輩的革命家手中，永遠不改變顏色，我們必須活捉太歲母！所以，我提議，大家為這一崇高的目標乾上一大杯。」

眾人興奮的站起來，共同舉杯一飲而盡，隨後一片嘖嘴聲。

智者對望族長，嘆了口氣，撥了點菜端起來送飯給裡間。

小祖師和小禽眼肚子裡早就咕咕叫，見竹眼進來便忙不迭地吃了起來，畢竟是孩子啊，竹眼想。

「竹眼老爺爺，寨子裡有幾十對夫婦都死得不見屍骨嗎？」小祖師突如其來的問話驚得智者全身一顫。半晌，他默默地說道：「你們還小，有些事還不明白。」說罷走出房間。

大廳裡酒過半酣，菜過五味，氣氛熱烈而誠摯。女記者臉頰緋紅，眼含秋波，春意盎然地坐在胖老頭身旁。

胖老頭夾起一條金黃色的竹蟲，帶點猥褻的神情勸女記者品嘗，那女子作清純之態，羞怯扭捏，張開小口輕啄竹蟲頭，「嚶」地一聲，惹來各級領導一陣開懷大笑。

族長與智者幾乎要吐，心想這些中原人不止相貌醜陋，而且興趣奇怪，如果我們夜郎人計畫成功，一定要使中原風氣為之一變，恢復古時淳樸之民尚。

胖老頭塞進一肚子的穿山甲和竹蟲，感到腹中不適，便起身如廁。院內月色溶溶，涼風習習，這空氣質數不知好過省城多少倍呢，他想。

村委會唯一的廁所裡傳出女人的笑聲，他一下便聽出是那兩名年輕女護士的聲音。他笑了笑，信步向草叢中走去，戰爭年代不都是就地解決的嗎？

太歲母隱蔽在草叢中，見有人過來忙縱身一躍，藏到一株大樹後的陰影裡，可是這一切並未躲過潛伏在附近警惕的武警戰士銳利的目光，紅外瞄準具裡顯示出熱成像，那武警回頭示意，又上來兩名同伴，三支槍口悄悄地瞄準了草叢。

紅外瞄準具中顯現出一隻撅起的肥碩的屁股紅外熱成像，聽得一連串響屁，屎臭隨上風處飄來。戰士們心想，哼，還想故技重施？不管三七二十一，扣動扳機，三支麻醉鏢有兩支擊中屁股左右肥肉部位，另一支準確地射入中間縫隙處。

隨著「哎喲」一聲驚叫，目標倒下，武警們歡呼起來，屋內喝酒的人們也衝了出來，女記者手疾眼快地按動了攝影機，小祖師和小禽眼焦急地跟著跑出，眾人向草叢中圍攏。

耀眼的攝影燈光下，胖老頭雪白的屁股上插著三支麻醉鏢，上面的屎還未來得及擦。

這次變故事出突然，完全出乎人們意料，頓時場面一片混亂，燈光、手電筒光、月光交織在一起，驚叫聲、叱喝聲、自責聲吵成一團。

小祖師和小禽眼乍一愣，隨即開心得手拉手抱在一起又蹦又跳。

李書記懊悔之極，自己出的餿主意導致省領導受傷不說，省領導赤裸的私處暴露在大庭廣眾之下，面子也無處擱，搞不好自己的仕途就此完結了……想著想著，腳下滑溜溜的，竟然踩上了領導的屎，今天是倒楣透了。

胖老頭已經被麻醉了，他瞪著呆板的眼睛無知覺地望著大家，周圍傳來陣陣笑聲，那是看熱鬧地夜郎人群發出的。

有人從身後一左一右用胳膊夾住了小祖師和小禽眼迅速地離開，小祖師剛要張嘴喊叫，那人「噓」地一聲制止了她，小祖師定睛一看就樂了，原來是黑衣遲老二。

他們來到山谷中一株巨大的高山榕樹下，小祖師忙問遲老二怎麼出現在夜郎？遲老二歇了歇氣，慢慢說與小祖師聽。他一路西行尋找小祖師的下落，沿趕屍人的發源地沅江流域一帶四處打探，後來在湘西雪峰山梅山蠻瑤寨中打聽到了小祖師曾經來過這裡，同行的還有一老者和梅山老祖，為躲避公安追捕逃往貴州黔西北赫章，於是便馬不停蹄地追蹤而來。

小祖師介紹小禽眼與遲老二認識，並將那晚所發生之事及後來一連串遭遇一一敘述，遲老二聽得是嘖嘖稱奇。

「我答應過你爸爸，一定會找到並帶你返回九江，我們事不宜遲即刻動身吧。」黑衣遲老二道。

小祖師數日來顛簸勞累、擔驚受怕早生思鄉之情，想念父親，但是小姑娘與太歲母接觸這些日子裡同甘共苦，難捨難分。更何況太歲母社會經驗匱乏，又處於危難之中，自己如何去得？想到這裡，一股俠義之心油然而生。

「不行，我要和太歲母在一起，我要照顧她。」她堅定地說。

「我也是。」小禽眼說。

「你難道不惦記你爸爸？」遲老二道。

小祖師正色道：「爸爸能夠照顧自己，又有工資拿，可太歲母什麼都沒有，也不會照顧自己，還有那麼多醜陋的中原人想要害它。」

「醜陋的中原人？」遲老二有點莫名其妙。

「就是夜郎族以外的人。」小禽眼解釋道。

「太歲母除了放屁以外，沒有其他的防禦能力，太可憐了。」小祖師幽幽地說。

一滴，兩滴冰涼的水珠滴落在小祖師的臉上，她抬頭望去，頂上的大榕樹枝椏上坐著那熟悉的肥胖身影，月光映照下的獨眼滴下亮晶晶的淚珠……

小祖師驚喜交加地大叫一聲，太歲母「呼」地落下，張開肥肉褶緊緊地摟住小祖師，小禽眼也一頭撲入太歲母懷中，遲老二呆若木雞般愣在那裡。

許久，遲老二才說出話來：「這就是梅山老祖啊。」

「牠是太歲母，也是梅山老祖和遁水聖母。」小祖師回答。

遲老二思索著道：「以太歲母這般體型到哪兒都會惹人注意，帶來很多麻煩，這便如何是好呢?小祖師既是江西一派傳人，何不卜上一卦？」

山風襲來略感涼意，小祖師心念一動，卦象已出，口中念叨著：「山下有風，是為『蠱』，巽木歸魂卦，山阻而風不暢，艮止巽伏，靜止不動之象。可是閉息不動，腐而生蟲，主大凶象啊。」

小禽眼聽不懂她嘟囔什麼，轉而與遲老二說話：「爺爺相貌姣好，必定不是中原人，不知是否有我爺爺年齡大？」

「已六旬。」遲老二笑呵呵地回答。

「外卦六爻動，變為地風升，巽木於坤地，木種依坤土養育，漸脫困境，遠行大吉。」遲老二話音入耳，小祖師頓時一掃陰霾，心情愉悅起來。

「怎麼樣啦？」小禽眼見小祖師高興起來，趕忙問道。

「遠行。」小祖師道。

遲老二皺皺眉頭：「遠行？湖南貴州很快就會全力搜捕太歲母，往哪裡去呢？在向西行就入雲南了。」

「對，我們去雲南。」小祖師轉頭徵詢太歲母意見，太歲母連連點頭，表示願意去雲南。

遲老二嘆了口氣，說道：「好吧，我帶你們去，不然如何放得下心？找到落腳地後我再通知你父親好了。」

小禽眼拉住小祖師懇求道：「我都已經逃過一次婚了，我再跑一次吧。」

小祖師雙眼含笑道：「小菜一碟。」

當貴州省發出內部秘密通緝令時，小祖師一行已經翻越烏蒙山，進入雲南境內了。

第十章

雲南，意為「雲嶺之南」，又稱「滇」。「一山不同族，十里不同天」，在這塊紅土高原上，生息繁衍著二十六個民族，其燦爛的文化、眾多的名勝古跡、千差萬別的氣候，珍禽異獸、奇花異草、地下寶藏賦予了它富饒而神秘的魅力。除了眾所周知的被譽為「動物王國、植物王國」之外，雲南還有「香料之鄉」、「天然花園」、「藥物寶庫」之稱。氣勢磅礴的烏蒙山、梁子山蜿蜒縱橫，奔流不息的南盤江（珠江上游）、牛欄江南北分流，自古以來便是進入雲南的陸地要塞，史稱「入滇鎖鑰」。

小祖師一行人仍舊夜行晝伏，連日來橫穿海拔兩千多米的烏蒙山區。是夜，月色皎潔，遲老二背著小禽眼，太歲母肩上馱著小祖師行走在崎嶇的山路上。月上中天，遲老二已經是氣喘吁吁了，再看太歲母馱著小祖師一躍一躍地跳行，端的是輕鬆無比，姿勢優美。

少晌，大家停下休息，順便吃點東西，遲老二本身錢就不多，眼下日見囊中羞澀。太歲母體諒到大家的經濟不景氣狀況，早幾日就已經戒酒了，每當飯口，自己就去捕捉一些齧齒類的小動物如山鼠之類甚或昆蟲果腹充饑，但始終精神意志高昂。

遲老二與小祖師商議太歲母落腳何處最安全，關山萬里，何處可依？此刻，前面林中人影一閃，那遲老二本就是趕屍人，夜裡眼力極佳，早已瞅個分明，便抬高嗓音喝道：「吆死人過界囉，見者回避！」

林中傳來呵呵笑聲：「多年不見湘西趕屍人，今日得遇故友，不如小酌如何？」樹下轉出一人，中等身材，短裝打扮，四方臉，濃眉大眼，約莫五十歲上下，肩後背一竹簍，一把鴨嘴鋤，看來是山中采藥人。

那人到得近前，拱手抱拳，朗聲笑道：「故人張一刀見過黑衣遲老二。」

遲老二站起身來：「我當是誰？原來是滇西神醫。」

張一刀放下背簍，取出一大酒葫蘆，笑道：「多年不見，老兄嗓門絲毫未變，越發洪亮了，如今走腳行當，老兄可謂是碩果僅存了吧。」他轉頭望見小祖師和小禽眼，「咦」了一聲奇怪道：「不是走腳啊，老兄莫不是改行販賣兒童了？」

遲老二扼要介紹了來由，並將苦於尋找太歲母安身之地的窘境坦白告知。張一刀聽罷沉思良久，道：「原來如此。若老兄所言不虛，那太歲母竟存活了七千年之久，恐怕這當今世上再也難有其立椎之地，人人必得之而後快，可謂是危機四伏啊。」

灌木叢中，太歲母高興得直蹦，原來牠捉到了一隻黃鼠狼，那黃鼠狼不停地對著太歲母的頭部放屁，太歲母卻渾然不覺，正欲吞入腹中，突聞一陣酒香，按捺不住好奇，便叼住黃鼠狼越出灌木叢。

神醫仔細端詳著太歲母，太歲母也用獨眼打量著這個陌生人，最後神醫長嘆道：「真是天地之大，無奇不有，造化弄人啊。」

小祖師道：「神醫伯伯，難道天下之大，竟無太歲母棲身之所？」

神醫張一刀見小姑娘口齒伶俐，落落大方，心下已是喜愛，思索片刻說道：「既然太歲母原是母系社會的氏族聖女，不如去瀘沽湖吧，那裡人煙稀少，交通不便，是世界上唯一遺留下來的母系氏族部落，隱藏在摩梭人的格姆女神山中或許安全些。」

小祖師望望太歲母，太歲母用力點頭，表示十分願意。

遲老二道：「如此甚好，此去滇西北路途遙遠，只是……」囊中羞澀之事實難啟齒。

神醫見其欲言又止，心下明白，便說道：「老兄是否經濟拮据？不妨，我這裡盤纏足夠，不如我們一同上路如何？我也正要滇西北一走，到麗江探望一位病人。」

遲老二大喜，小祖師也感到多一個人就更安全些，也表示十分歡迎。神醫搖晃著酒葫蘆道：「來來，我與老兄痛飲一番。」

太歲母獨眼一眨一眨地盯上了酒葫蘆，肥厚的嘴角滴下口水。

神醫見狀一愣，隨即哈哈大笑：「原來還有一位同道中人，張一刀今日有幸與七千年前的老前輩共飲一壺酒，也算是青史留名了。」

太歲母聞言喜笑顏開，張開大嘴等著。神醫湊上葫蘆口，太歲母稍稍一吸，葫蘆裡早已去了一大半。

神醫張一刀，滇藏一帶名醫，不但精通藏醫，擅長蠱毒解藥，尤其是祖傳之神奇刀術，當今世上無出其右。九十年代初曾被請去京城做開顱手術，他使用祖傳醫術，無須現代麻醉技術和任何醫療儀器。病人坐在椅子上，他一邊開顱取瘤，一面與病人聊天，並當場將割下的腫瘤遞與病人看，病人非但不覺疼痛而且不見流血。合顱後病人握手道謝，徑直走出醫院。此次匪夷所思的手術震驚了京城醫學界，打破了數百年西方醫學的理論與戒律，被時任總書記譽為「中華國寶」。

京城各大醫院爭先高薪聘用，開的都是天價，但張一刀不為所動，溜出京城返回滇藏一帶，依舊穿行於雪域高原、金沙河谷，為普通百姓治病和採集神秘的祖傳麻沸草藥。他每次將採集齊的草藥和藥引放入壇中，深埋於選中的地下穴位之中，做好記號，十年之後再來取出已化為液體的麻沸散。他一向獨來獨往，從無人得知其藥方和埋壇之地點，可惜的是佳穴難覓，平均十壇中只得成藥三壇，其他七壇均因穴位有誤而導致藥物變質腐敗。

可是他並不知道，當今天下覓穴第一高手就在身邊——那乳臭未乾的小女孩。

收拾停當，一行人披星戴月朝滇西北方向而去。

不一日，山勢逐漸高叢，月光也是日漸清澈明亮，遠處白皚皚的山峰，神醫說那就是玉龍雪山，他們已經來到了滇西北。

玉龍雪山位於麗江納西族自治縣城北十餘公里處，主峰扇子陡海拔五五九六米，為長江南岸第一高峰，也是北半球距赤道最近的現代海洋冰川。這是一座人類尚未征服的處女峰，扇子陡壁仞千丈，中外登山隊望峰興嘆，均知難而退。

玉龍雪山北麓接近川西南有一神秘高原湖泊——瀘沽湖，這裡被稱為東方古老的「女兒國」，摩梭人世代居住在這偏僻不為人知的湖畔，保留著「男不婚、女不嫁，結合自願，離散自由」的原始母系氏族社會型態。

瀘沽湖是由斷層陷落而形成的高原湖泊，水面海拔為二六八〇米，是雲南海拔最高的淡水湖泊，面積達五十多平方公里，湖水最深處九十餘米，能見度十二米，也是世所罕見的至今尚未被污染的處女湖，當地摩梭人稱之為「母海」，因湖的形狀如曲頸葫蘆，故名瀘沽湖。

湖邊格姆山雄偉高大，傳說山上有一位名格姆的女神，她亙古以來守護著山下摩梭人的平安，人們為它建立神龕，將格姆女神視為摩梭人的保護神。格姆山周邊一眾小山稱之為男山，象徵著阿注，群星拱月般烘托著格姆山——母系氏族的神祉。

摩梭人保留著早期對偶婚特點的阿注婚姻形態，維繫著母系氏族社會時期的一些特點。這種婚姻，在時間上，可長達數十年，也可短到一天；在數量上，可與一、二人結為阿注，也可以與更多的人偶居，結合自願，解除容易，雙方不來往即算解除阿注關係。與此相適應，家庭是由血緣為紐帶的母系親屬組成，家中財產均由母系血統的成員繼承，子女均留母家，隨母姓，男子的身份是舅父或舅祖父。婦女在家庭中是主持人，享有崇高的地位。

終於在一天深夜，神醫帶領他們來到了瀘沽湖邊、格姆山下。

月光下，海拔三八〇〇米的格姆山宛如雄獅般在湖邊蹲伏靜息，獅頭朝向湖水，獅身升騰起白色的霧氣，彷彿騰雲駕霧、呼風喚雨，神聖不可侵犯。

神醫道：「格姆山中深處只住著一戶人家，是兩個老太婆姐妹，自耕自食從不下山，政府多次動員她們搬下來，她們還是不肯。我曾經上格姆山採藥，順便治好了她們的股骨頭壞死病，故有一面之緣，太歲母躲在那裡最隱秘不過。山下自從九二年對外開放旅遊以來，瀘沽湖遊人大增，十分不安全，所以不要下山為好。」

山道崎嶇陡峭，眾人一路小心，約摸一個多時辰光景，前面出現了一個清澈的水潭，月兒倒映水中，潭邊茂林修竹、古木參天，三間草房就坐落於林下水潭邊。夜深人靜，百般寂寥，宛如一處世外桃源。

神醫上前叩門，朗聲道：「滇西張一刀深夜冒昧到訪。」屋內掌上了油燈，聽得一個蒼老聲音說道：「是神醫來了嗎？」話未落音，門扉打開，是一位眉目慈祥但面帶憂鬱的老阿婆。

「大阿婆，我帶來幾位朋友，打擾了。」神醫拱手施禮。

「神醫見外了，你的朋友就是尊貴的客人。咦，還有兩位小客人，這位是……」大阿婆見太歲母的模樣一時語塞，吃驚得說不出話來。

進得屋內，神醫將一行人來歷一一道來，並請求阿婆安置太歲母。

阿婆說道：「神醫的朋友有難，阿婆一定照顧好，放心。」

「大阿婆，怎麼不見小阿婆？」神醫問道。

阿婆嘆了口氣，落下眼淚：「今早去了，臨死前還念叨你來著。」

張一刀也神情黯然，問阿婆道：「小阿婆葬於何處？容我拜祭。」

阿婆說道：「跟我來吧。」說著走入裡間。

竹床上躺著一個瘦弱的老太婆，面如黃紙，雙目緊閉，神醫上前拉著老太婆乾枯的手，觸之冰涼，人已僵挺，去世多時矣。

神醫長嘆不已，竟也滴下熱淚來。

「巴噠」一聲，小祖師抬頭看去，見太歲母獨眼轉動望著自己，大嘴唇嘖嘖作響，小祖師心下明白，於是點點頭。那太歲母得到認可後即刻張開血盆大口，一口含住老太婆腦袋，「呼嚕」一下，在眾人還未反應過來之際，已將屍體囫圇吞入腹中……

神醫、遲老二、大阿婆呆呆地怔在原地，作不得聲。小祖師笑盈盈說道：「小阿婆有救了。」

小禽眼跟著道：「瞧好吧。」

小祖師敘述了太歲母卵生的秘密，大家將信將疑，小禽眼又以過來人現身說法，令人不由得不信，大阿婆則一直盯著太歲母隆起的肚子看來看去。

「如此說來，須得十天半月方能產出蛋來，不知是否需要為產婦增加些營養？」神醫思索道。

太歲母聞言忙不迭地點頭，笑逐顏開。

遲老二仍感到迷惑不解，把目光望向神醫。

神醫道：「太歲母存活了七千年以上，其體內必定與目前大多數生物的已知分子結構有所不同或變異。自然界以龜的壽命最長，可達萬年，是因其細胞裡有一種抗氧化的特殊物質，這種化學物質極少見於靈長類，所以人類普遍壽命不長。太歲母長年生活於地下，不見紫外線，細胞氧化大概很慢。」

神醫轉身對太歲母詢問道：「七千年前，你是否生有手腳？」

太歲母回憶片刻，然後點了點頭。

「當時你和你的族人是否都長有兩隻眼睛，與人類一樣？」神醫又問。

太歲母又點點頭。

「你聽得懂人的語言，很久以前一定能夠開口說話的，是嗎？」

太歲母熱淚盈眶，不住地點頭，小祖師與小禽眼都呆了。

神醫頷首言道：「我明白了，七千年前太歲母同早期原始人類一樣，手腳俱在，當時還沒有發明文字，但可以使用語言交流。後來發生了某種變故，也許是自然災害，太歲母一族人便躲入地下洞穴中生活，常年在黑暗中，視力逐漸退化，手腳逐漸萎縮，最後無用的器官消失了，飲食結構也改變了。地下溫度是恆定的，也不需要穿什麼，黑暗中赤裸即可。由於皮膚角質退化，因而變得粉紅嬌嫩如嬰兒般。」

「那太歲母怎麼有一隻獨眼呢？」小祖師問。

「這是一種個別的基因突變，只有幾十億分之一的概率。」神醫解釋道。

「那太歲母其他的族人呢？」小祖師又問。

「適應不了環境，都死了。」神醫嘆道。

小祖師默默站起走到太歲母跟前摟著牠，太歲母眼中淚水不停地滴落在小祖師臉上……

清晨，山中彌漫著淡淡的霧氣，鳥兒唧唧喳喳地鳴叫，大阿婆在水潭邊淘米，小祖師蹲在一旁目不轉睛地看著清澈的潭水，水中游動著一群小魚兒。

「老婆婆，這潭裡好多魚呢。」她說。

大阿婆道：「小心，這潭水很深的，一直通到瀘沽湖呢。」
「真的嗎？」
「當然，一個不小心掉下去，只有下山到大湖裡去撈啦。」
小祖師轉身跑回屋裡，搖醒太歲母，拖它起身來到潭邊。
「這潭一直通瀘沽湖，以後一有危險，你就跳進去，懂嗎？」小祖師叮囑說。
話未落音，太歲母「撲通」一聲躍入潭中，濺起的水花落了小祖師滿身。大阿婆吃了一驚，小祖師告訴阿婆不要緊，太歲母水性好著呢。
早飯熟時，太歲母大腹便便地爬上岸來，一張嘴吐出好多活蹦亂跳的大魚來，小祖師與高采烈地幫著刮起魚鱗，以後吃魚可不愁了。
早飯後，黑衣遲老二下山採購，神醫囑其多買些醃肉類製品便於儲存。
小祖師與小禽眼雙雙跑入林中，採來好多蘑菇，神醫檢查後道：「嗯，這是牛肝菌，這是雞樅菌，都是極品啊。」
中午時分，遲老二氣喘吁吁地挑著一大擔子東西回來了，攤開後有袋裝大米、熏臘肉、牛乾巴、油鹽醬醋各類調料和衛生紙等，此外還有好幾壇烈酒，太歲母眼睛一亮，嘴角滲出口涎。
午飯時，遲老二愁眉不展，坐立不安狀。神醫詢問時，遲老二尷尬地說是痔瘡又犯了。神醫問他以前可手術過，如未開過刀，下午做個小手術當可以去根，永不復發。遲老二大喜，胃口大開，足足吃了三大碗飯。
午後，遲老二術前想先去大便，被神醫止住道：「大腸充盈方好手術，肛門洗淨即可。」

手術開始了，神醫只是讓他褪下褲子撅起屁股露出肛門，小祖師及小禽眼都是孩子，也無須避諱就在一旁觀看。

神醫取出一個小瓶，裡面是十年釀成的祖傳麻沸散，他小心翼翼地用棉籤蘸沾一點點，塗抹在肛門處，其餘趕緊塞好瓶蓋收起，可見此藥之珍貴。

幾分鐘後，藥力滲透皮下，他用手術刀輕輕劃開肛門周圍組織，一點血也沒有出，遲老二面色如舊，絲毫未感疼痛。神醫換上一把鑷子，夾住一黃白色纖維狀的東西，屏住呼吸，極小心地向外拉，慢慢地拉出像樹根一樣細弱如發絲般的幾十條黃白色絲狀物來，上面隱約帶有血絲。一隻煙的工夫，神醫鬆了口氣，那絲狀物已全部拉出，足有將近半尺多長，最下面的鬚纖細幾不可見。

神醫道：「痔瘡生根，西醫只曉切除病灶，不知其下有鬚根，得以繼續生長導致復發。如被西醫手術過，鬚根已斷，我再也無法找出所有的鬚根。所以，凡是痔瘡開過刀的，我都不治。」

「痔瘡怎麼像一條人參？」小祖師驚奇地道。

「孺子可教，要知道鬚根如同參鬚，在深部吸取營養供給病灶，痔瘡時間越久其根鬚則越長，拉出時千萬不可用力，如有一根折斷，斷口處將生出旁支，痔瘡永無根治之可能。」神醫解釋說。

「遲爺爺屁股刀割了怎麼不出血呢？」小祖師問道。

「這是祖傳麻沸散的功效，可惜成藥耗時太久，後繼無人啊。」神醫神情黯然。

神醫果然名不虛傳，遲老二當即提起褲子行走自如，一小時後甚至還排了便，多年的痼疾一朝徹底康復。

晚餐十分豐富，不但有肉、蘑菇還有太歲母捉的魚，關鍵的是有酒喝。尤其是太歲母分到了一小壇酒，高興得直嘖嘴，牠對蒸餾出來的烈性酒格外喜愛，那是牠從前生活的年代裡所從未有過的。

遲老二遲疑地望著酒壇，神醫看在眼裡，笑道：「不礙事，我張一刀的病人從不忌口。」遲老二聞言大喜，迫不及待地斟滿杯一飲而盡。

大阿婆感覺怪怪地望著太歲母的肚子，太歲母滿身酒氣，已然鼾聲如雷。

「神醫，小阿婆果真救得活嗎？」大阿婆幽幽道。

神醫想了想，說道：「世事無奇不有，想這太歲母竟已存活了七千多年，不是親眼所見，又有誰能相信呢？也許牠的體內具有某種當今科學尚未發現的物質，能夠重新啟動和修復已經死亡的細胞，這是宇宙間怎樣神奇的物質啊，真是難以想像。」

小祖師道：「太歲母救活小禽眼是千真萬確的事。」

「大阿婆，放心好了，小阿婆應該沒事的。」神醫安慰道。大阿婆勉強端起飯碗，撥拉幾口飯。

酒過半酣，小祖師問神醫道：「神醫伯伯，你可知道禽眼嗎？」

「禽眼？」張一刀被問愣了。

小祖師解釋道：「我聽竹眼老爺爺說，鵝的眼睛看大人時變成了小孩，他們夜郎人都長了禽的眼睛，除了看自己大以外，其他什麼都特別小，不像我們中原人，自己小別人大，正好相反。」

神醫想了想，笑道：「所以就有夜郎自大一說？據我所知，有些禽類的眼睛確實是有縮小外界景物的功能，這也是動物與生俱來的一種生存保護機制，但我倒不知夜郎人的眼睛也是這樣的，或許是偶然發生的變異。」

小禽眼插嘴道：「爺爺說我的禽眼有缺陷，不如他們的好。」

神醫哈哈大笑，不知說什麼才是。

遲老二也忍俊不已，又飲口酒說道：「張醫生，太歲母已安頓妥貼，愚兄明日就下山回家，今晚就算是辭行酒了，」他轉過問道，「小祖師和小禽眼你們和我一起走嗎？」

小祖師與小禽眼還有太歲母一齊搖頭。

「那好吧，我就知道你們不肯走，所以今天下山在集市上與你爸爸馮布衣通了電話，他已經動身來接你了。」遲老二道。

小禽眼羨慕地說：「可惜我沒有爸爸媽媽了。」

小祖師突然想到了什麼，說道：「神醫伯伯，小禽眼的寨子裡有幾十對年輕夫婦死了，為什麼都不見屍骨呢？」

她和小禽眼詳細地向神醫講述了因各種事故死亡的年輕夜郎夫婦的情況，其中也包括小禽眼的爸爸媽媽。

神醫靜靜地聽完孩子們的敘述，思索半晌，緩緩說道：「這是不可能的。」

「我問過竹眼老爺爺，他說我們還小，長大才會明白。」小祖師回憶道。

遲老二聽罷也覺蹊蹺，不由得說道：「張醫生，此事似乎不通情理啊。」

神醫面色凝重：「如此說來，只有一個可能。」

「什麼可能？」大家同時問。

「他們都活著。」神醫說道。

第十一章

在場眾人都呆住了，鴉雀無聲。

許久，小禽眼癡癡道：「你、你是說我爸爸媽媽還活著？」

神醫面色莊重：「不錯。」

「那他們在哪兒？」小祖師搶問道。

「我不知道，但夜郎寨裡一定有線索可尋。試想想看，幾十對年輕夫婦陸續死於事故，竟無一例見到屍骨，首先這就有悖常理。再者，即使夜郎寨再偏僻封閉，當地政府及公安機關怎可能不聞不問，遇難者家屬不吵不鬧，不要求賠償呢？聽你們所言，似乎死了數十條人命就如同走失了幾十隻家禽樣，不痛不癢，瞬間被親人們遺忘，絕無此可能。」

遲老二道：「果然蹊蹺。」

「小禽眼，你說遇難的那些人年齡都不老，基本上都是寨子裡最優秀的青年？」神醫又問。

「是的，各家老人都不願提起這些傷心事，所以從來也無人打聽。聽爺爺說，我爸爸媽媽都在北京大學讀書，是學什麼政治系的。其他人好多都是念軍校。」小禽眼回答。

「一定都沒有留下照片吧。」神醫幾乎肯定道。

「是的，我從來不知道爸爸媽媽什麼模樣。」小禽眼眼眶紅了。

「想見你父母嗎？我能幫你找到。」神醫笑了。

餘下的幾天裡，神醫忙著在格姆山上採藥，小祖師自告奮勇做助手一同前去，小禽眼聽到可以找到父母，整天興高采烈、滿面笑容。遲老二也留了下來，拍胸脯要保護神醫前往夜郎一行，偵破此案。

這天夜裡，太歲母又臨盆了，大家都忙得不亦樂乎。神醫驚奇地發現小祖師和小禽眼這兩個孩子鼻孔中塞進了衛生紙，正想詢問，那邊太歲母已經陣痛了。「噗噗噗」聲音驟起，淡淡的黃色煙霧。神醫和遲老二驚訝中不支倒地，大阿婆已然暈厥。

神醫須臾醒轉，仍感四肢無力，不由感慨道：「千年老屁，煞是厲害，今日得遇，此生無憾啊。」

小禽眼敲開大蛋，露出蜷成一團赤裸的小阿婆。大阿婆忙撲上前抹去水淋淋的蛋清，小祖師與小禽眼往小阿婆背上一陣亂捶，小阿婆發出了聲聲啼哭。

小阿婆復活了，經神醫號脈，其身體已全無毛病，頭髮烏黑，皮膚細嫩甚至連皺紋也統統不見了，內臟功能如青年婦人般，簡直是脫胎換骨，大阿婆說妹妹好像回到四十年前剛走婚時的模樣了。

阿婆姐妹倆對著太歲母納頭便拜，口中稱之為「格姆女神」，太歲母的眼神中依舊流露出母愛來。

小阿婆隨後拜謝神醫，神醫忙扶起，頓覺小阿婆體態輕盈，面色嬌羞，眼含秋波，風情萬種，竟不由得看得癡了。

「多謝神醫搭救。」小阿婆的聲音如嚶嚶初啼，入耳千嬌百媚，張一刀霎時感到心蕩旌搖，面紅耳赤，熱血上湧，這可是近二、三十年來從未有過的感覺啊。攙扶起小阿婆，入手滑膩柔若無骨，身上毛孔中散發出一股純天然般淡淡的清香，神醫手足無措，兩抹紅霞飛上臉龐。後來回想，那是蛋清的味道。

次日清晨，馮布衣到了，與眾人一一見禮。小祖師替爸爸引見太歲母，並將自己走失後的奇遇一股腦兒說與父親聽，不時地咯咯笑著。馮布衣見女兒心情愉悅，擔憂日久的心終於放下。

馮布衣向此期間竭心盡力照顧女兒的眾人百般道謝，並表示準備帶女兒不日返回九江。取出些錢來送與遲老二作為謝禮，他拒不肯收，江湖人做事全憑一個義字。

小祖師不願和父親回家，而是要陪同小禽眼去夜郎尋找父親。馮布衣詢問來由後，覺得也好，人在江湖，女兒小小年紀懂得幫助別人卻也難能可貴，於是表示反正也是順路，索性同行一路去夜郎。

馮布衣如此一說，眾人都十分高興，商議次日啟程。

太歲母撅著大嘴蹲在牆角生氣，小祖師走過去摟住牠，偷偷耳語道：「別急，我幫著找到小禽眼的爸爸媽媽就回來，我還捨不得離開你呢。」

太歲母聞言大喜，「巴噠巴噠」不停地吻小祖師，搞得小祖師臉上全是口水。

次日清晨，霧氣靄靄，涼爽宜人，一行人收拾好行裝準備出發。太歲母張開肥肉褶緊緊擁抱著小祖師和小禽眼，小祖師叮囑牠一定要注意安全，若有不對，第一時間跳入水潭，太歲母不住點頭，獨眼中噙滿淚水。

神醫在一旁向小阿婆辭行，綠潭木樓，修竹滴翠，伊人在側，蛋清猶香，絲絲白霧繞行於小阿婆腳下，恍若仙女般樣，神醫意亂神迷竟不由自主脫口而出：「仙女婆婆，我做你的阿注吧。」隨即醒悟過來，霎時面紅耳赤，無地自容，低頭便走，身後依稀聽到輕輕的回答：「好的。」

下得山來，眼圈發紅的小祖師發現神醫淚水盈眶……

一行人不再避諱，統統坐上了長途汽車，一路東行。第二天傍晚時分，趕到了夜郎鎮。

夜郎鎮的夜晚依舊熱鬧非凡，由於本省六枝地區和湖南新晃也在爭奪古夜郎都邑的地名權，因此縣裡下令鎮上的所有店鋪都須冠以「夜郎」名號，所以一眼望去，霓虹燈裡一片「夜郎」。為了爭奪遊客，擴大知名度，鎮上對雨後春筍般冒出來的洗頭房、按摩院也就睜隻眼閉隻眼，反正本地夜郎人是不會光顧的，因為那些洗頭妹按摩女都來自中原，相貌也都比較醜陋。

神醫見天色已晚，此刻不便連夜趕往夜郎寨，於是找了家「古夜郎客棧」住下。晚飯後，大家信步走上街頭，瞭解一下這黔西北夜郎小鎮的風土人情。遊客很多，熙熙攘攘，摩肩接踵。

行至一家洗頭房門口，那濃妝豔抹的中原洗頭妹搶先朝神醫盈盈一笑，輕啟朱唇：「這位大哥可是要洗頭？」

神醫捋捋兩天裡來風塵僕僕的頭髮道：「洗個頭多少錢？」

中原洗頭妹莞爾一笑：「這要看你是要洗大頭呢？還是洗小頭？」

神醫瞠目結舌……

眾人折返客棧，還是早點休息養足精神，明日登寨。

清晨出發，客棧門口不遠的牆上的一張佈告吸引了小祖師的目光。她走近前駐足觀看，是一張通緝太歲母的告示，上面印有太歲母肥胖的裸照。通緝令稱，本省重要科研單位走失一頭基因變異試驗豬，獨眼、身材肥胖、皮膚粉紅細嫩，但絕不能食用，有毒！因屬國家重點科研專案，全省任何單位和個人均不得私下隱藏或者對其造成任何傷害，違者送交司法機關嚴處。凡有提供線索者，經確認屬實，均予以重賞。

馮布衣拽走心情鬱悶的小祖師，竭力安慰著。

午前他們趕到了夜郎寨。小禽眼高興地跑進家門，老禽眼夫婦緊緊摟住失蹤多日的孫子，老淚縱橫。

神醫眾人落座，小禽眼逐一介紹神醫、馮布衣和遲老二，小祖師自不必說了。老禽眼問及太歲母，得知已隱藏在安全之所，遂自放下心來。

老禽眼告訴眾人，自從上次誘捕遁水聖母失敗，省領導身受重傷以後，省裡派下來聯合工作組追查遁水聖母的下落，現已經在全省範圍內通緝。李書記由於工作失職造成嚴重後果，被撤職查辦，目前由紅眼鎮長暫代書記之職。

「爺爺，神醫伯伯說我爸爸媽媽可能沒有死。」小禽眼急著插進話來。

「怎麼可能？當年是鎮政府通知的，唉，他們幹嘛不好好待在北京，坐什麼飛機旅遊呢？」老禽眼眼圈紅了。

「接到死亡通知了嗎？」神醫問。

「接到了，我拿給你看。」老禽眼起身入內，少許，捧著一張紙片走出來。

神醫接過一看，疑惑地問道：「沒有空難發生當地公安機關出具的死亡證明嗎？」

老禽眼道：「就這一張，沒有其他的。」

神醫遞過給馮布衣看，這是一張本地夜郎鎮政府寫的死亡證明，上面有鎮長簽名，仔細一瞧，那署名是金眼。

「當時，老族長是夜郎鎮長，第二年就退休了。」老禽眼解釋道。

「我想見金眼族長。」神醫望著老禽眼。

「我帶你們去，他在避難石洞裡，和竹眼在一起。竹眼智者快要死了。」老禽眼傷感不已。

石洞內，骨瘦如柴的竹眼痀僂著躺在一張矮腳竹床上，看是已經奄奄一息，老族長神情哀痛地坐在床邊，輕握著年逾古稀的竹眼智者乾枯的手。他望見走進來的眾人，看見了小祖師和小禽眼也在其中，只是默默地點了點頭。

小禽眼過去蹲在竹床邊，輕輕叫著祖爺爺。

老禽眼向族長一一作介紹，金眼道：「原來是滇西神醫來了，以前早有耳聞，卻不曾見過面，這位是小祖師的父親，果然是氣宇不凡。」

小祖師告訴老族長，太歲母目前很安全，金眼苦笑一下。

神醫開口道：「老族長，冒昧地問上一句，小禽眼的父母還活著嗎？」

剎那間，空氣像是凝固了般，四下裡靜悄悄，彷彿喘息聲都聽得到。

智者竹眼慢慢地睜開了眼睛：「不錯，他們還活著。」

人們都再也沒有說話，靜靜地等待著……

竹眼抬起眼睛，緩緩地看了族長一眼，然後吃力地環顧眾人，他那碩大的禿頭滲出汗珠，臉頰邊的肌肉微微顫抖，之後長嘆了一口氣，緩緩道來：「當年，中原東漢朝廷出使滇國，途經我夜郎國打探虛實，夜郎王問及『漢孰與我大』，激怒了東漢皇帝劉秀，遂起滅夜郎之心，至東漢末年夜郎終歸消亡。

「世人只知夜郎自大一說，卻不知我夜郎一族實比漢族優越得多，不但是血統純正，而且受惠於大自然天地之靈氣，生就禽眼，遠勝中原人之猴眼。我們禽眼縮小外界事物，養成蔑視權貴的高貴品質，『糞土當年萬戶侯』，何等的氣魄啊。中原人猴眼則放大外界事物，生成一付賤骨頭，阿諛諂媚、崇洋媚外，只會窩裡反，甘當亡國奴，翻開歷史比比皆是，這是多麼可悲啊。中原之大，竟無鐵血男兒，就連體育比賽，也是陰勝陽衰，簡直就是『中原病夫』！縱觀天下大事，不要說東洋人了，就是印尼全面迫害華僑，中原人甚至裝聾作啞，不敢吭聲，這讓國人何等的心寒啊。這樣的種族是不是太沒有骨氣了？

「所以，必須把我們夜郎人的優良美質弘揚出去，既拯救中原黎民百姓，又可讓世人領略夜郎人不世風貌，事實終將證明，禽眼就比猴眼好，一洗『夜郎自大』這硬強加於我們夜郎族的千古奇冤。

「幾十年來，我們派出數十對優秀夜郎青年到中原去讀書和參軍，他們背井離鄉，隱姓埋名與親人斷絕了一切聯繫，憑藉夜郎人頑強不息的自尊和充分發揮禽眼的特長，逐步站穩了腳跟，有不少人已經打入了中原上層社會甚至領導層，掌握了一定的發言權。例如前兩年，軍方有位將軍只稍微顯露出一點點禽眼的功能，謂解放臺灣，美國如有干涉，中原不惜犧牲西安以東所有城市和人民的生命，首先打一場核戰爭，毀掉美國一半的城市，大大地長了中國人的志氣。你們現在知道了，那就是我們夜郎人啊！」

竹眼講到激昂之處，竟一口氣上不來，身子一挺就此氣絕。

族長慢慢立起身來，說道：「你們都清楚了吧，小禽眼的父母與其他人一樣都活著，但是他們不能回來也不能有任何聯繫，他們是我們夜郎族中最優秀的青年，肩負著振興中原的歷史重任。」

神醫等人聽得半晌說不出話來，大家都沉默了。

族長嘆了口氣，又道：「小禽眼不要費心再去找了，看電視吧，應該認得出我們夜郎人的特徵的，你的爸爸就在其中。」

次日離寨，眾人辭行，小禽眼拉住小祖師雙手淚盈滿眶，戀戀不捨，小祖師安慰他，保證以後會常常來看他。族長也前來送行，一方面叮囑他們保守夜郎族人的秘密，另一方面請他們保護照顧好遁水聖母，以後的事也只好聽天由命了。

小祖師態度堅決地要求重返瀘沽湖，馮布衣無奈，只得暫時應允下來。黑衣遲老二向眾人告辭，逕自返回廬山太乙村，繼續他的趕屍生涯了。

一路無話，各人心情都較沉重，不日瀘沽湖重現在眼前，大家精神才又開朗起來。神醫採購了許多生活日用品同食品，私底下還偷偷給小阿婆買了禮物。

上得山來，才知山上發生了變故。

山間水潭邊的空地上搭建有七八頂軍用迷彩帳篷，水邊上、竹林中和山坡上有三三兩兩荷槍的武警哨兵，木屋門扉敞開，可以看見裡面有一些中原人在忙碌著。

兩名持槍武警戰士攔住了神醫一行人，告誡這裡遊客止步。神醫解釋說是來探望住在這裡的阿婆，正在大費口舌之際，木屋內一中原人笑呵呵迎出來，說道：「小祖師，還認得我嗎？」

小祖師定睛一瞧，來人卻是那夜郎鎮李書記。

小祖師偷偷告訴神醫和爸爸這李書記的來歷，大家意識到是太歲母出事了。

李書記將他們帶進屋內。一張行軍桌上鋪著大比例尺的軍用地圖，幾個中原人在研究什麼。李書記附耳向其中一中年國字臉男人耳語，那男人轉過臉來笑笑說道：「請你們坐下來，聽我說。」

小祖師父女和神醫坐下了，有人遞上礦泉水。

「我是從北京來的，負責這次抓捕遁水聖母的行動。你們可能不知道，遁水聖母是本世紀最為重要的發現，牠的意義甚至超過了外星人。現在消息已經被披露出去，聖母的照片最初出現在互聯網的天涯社區上，不到二十四小時，全球都在議論這一話題了，甚至美國花花公子雜誌的封面都刊登了遁水聖母的裸體照片，時代週刊還把它列為今年的世界風雲人物。呵呵，扯遠了。

「話說回來，人類多少年來夢想能夠長生不死，但是從來都難以活過百年，那些封建帝王讓人喊萬歲萬萬歲，可是最多的也就七、八十年而已。如今發現了七千年前的聖女活體，不啻於UFO造訪地球，現在世界上多少人為之瘋狂不已啊。據統計，福布斯排行榜中的中外富豪們無不在翹首以待，京城的酒店裡住滿了來自世界各地的石油大亨、IT精英和各國政要的秘密代表，CIA、KGB及日本內閣調查室的情報人員甚至已經來到了麗江……呵呵，怎麼又扯遠了。

「總而言之，所有人都在覬覦遁水聖母，都在虎視眈眈，都想據為己有，都想吃上一口……」那京城裡來的中年人操著標準的京腔侃侃而談。

「遁水聖母是唐僧肉嗎？」小祖師打斷那人講話，詫異地問。

「這個比喻太好了，遁水聖母就是唐僧肉，當然是肥了些，」他哈哈一笑，臉色突然莊重起來，「所以，肥水豈流外人田！我們要搶先一步找到遁水聖母。」

「遁水聖母在哪兒？」李書記惡狠狠地對小祖師道。

「我不知道！」小祖師一臉堅貞不屈的模樣。

「不要嚇唬小孩子嘛。」中年人瞪了李書記一眼，嚇得李書記縮到了後面。

裡屋傳來嗚咽聲，神醫忙衝進房門，見小阿婆坐在床邊「嚶嚶」啼哭，大阿婆在旁邊不停地安慰著。

小阿婆見是神醫，心中酸楚，更是扭頭撲到床上越發痛哭起來。

「這究竟是怎麼回事？」神醫問。

大阿婆將事情原委從頭述說起。

自從神醫等人走後，從不出門的小阿婆突然要下山趕集，大阿婆覺得詫異，百般詢問下，小阿婆道出實情，原來她答應了神醫做她的阿注，趕集是為了買材料做定情香囊送神醫的。大阿婆也為小阿婆的決定感到十分高興。

小阿婆多年不曾下山，來到集上看到人山人海，無數中原遊客、背包驢友不免好奇，買好了香囊材料後，便索性四處逛逛。不覺已近中午，腹中饑渴，便在一處米線攤前坐下，要了碗米線吃。旁邊一桌坐著四個男青年，像是來自中原的遊客。

那幾個小夥子見到小阿婆不由得眼睛一亮，「哇，標準摩梭美女！」幾人嘀嘀咕咕，為首一人湊上前來：「小姐住在哪裡?晚上可不可以見見面啊?」

小阿婆臉一紅，默默埋頭吃飯，未予理睬。

身後小青年們鼓噪起來：「哇，好酷哦。」

小阿婆趕緊吃完結賬，匆匆返回山上。不料那些中原男子竟然悄悄尾隨其後，摸到了阿婆住所。入夜，他們在潭邊燃起了篝火，竟然扯開嗓子唱起了情歌。

小阿婆關在房間內不出去，可是好奇的太歲母卻溜了出來，突然出現在篝火邊。

那些中原人起初嚇壞了，後來發現太歲母竟獨自圍著篝火一躍一躍地跳起舞來，他們忙不迭地拿出相機拍照攝影，直到其中有人喊出這是在貴州佈告中通緝的疑犯遁水聖母時，他們才停下，隨即有兩人下山。天不亮，就來了一隊武警封鎖現場，太歲母發覺事情不妙，便第一時間跳入水潭。今天已經是第三天了。

聽完大阿婆的敘述，大家明白了事情的由來，神醫輕輕撫摸小阿婆，告訴她不要難過，這事不怪她，小阿婆起身投入神醫懷裡，神醫已是熱淚盈眶。

小祖師眼噙淚水，默默出門來到水潭邊，望著一汪碧綠深潭，眼淚一滴一滴地落到了水中，輕輕地蕩起漣漪。

太歲母你在哪裡？難道人世間真的再無你容身之地嗎？

第十二章

就在格姆山上張開大網等待遁水聖母出現的時候，連日來國內外各大媒體有關太歲母的消息被炒得火熱，而且日益升溫。世界各邦交國家紛紛致電中國外交部，要求證實有關太歲母的傳聞是否屬實，聯合國秘書長安東緊急召見中國駐聯合國大使詢問有關情況，甚至中東地區和伊拉克的恐怖襲擊活動也都暫時銷聲匿跡了。大量的遊客申請來中國的簽證，每架飛往中國的航班全都爆滿，剛剛落地的旅客馬不停蹄地趕往雲南麗江，整個麗江的旅遊業熱氣騰騰，賺了個缽滿盤滿。

國內媒體也不甘示弱，湖南電視臺首先推出「超級太歲母」節目，中原的肥胖女人爭先恐後地登臺獻技，無數太歲粉絲如癡如醉。中央電視臺以最快的速度打造了「太歲母模仿秀聯歡晚會」，其規模絕不亞於春節聯歡晚會。一時間，中原大地一掃肥胖為恥的落後傳統觀念，湧現出了一大批肥胖健康典型，幾乎所有的減肥瘦身運動場所都出現了門可羅雀的現象，有的乾脆搖身一變，牌匾一換，改為增肥健身中心了。

醫療保健專家以太歲母為現身說法，證明肥胖更能抵禦環境的惡劣變化，越胖越長壽。市場上，肥豬肉異常走俏，越肥越好賣，那些家庭主婦們常常為了一塊肥肉而吵得不可開交。

著名經濟學家暨教授撰文指出，改革已經到了最關鍵點，股市增肥刻不容緩。赫赫有名的司馬北先生懸賞人民幣一百萬元，獎勵特異增肥人士。

但是，太歲母卻始終沒有出現。

南海艦隊派來了海軍聲納小組，在瀘沽湖五十平方公里的水域範圍內安裝了主動式水下聲納監聽網，日夜不停地發出聲納源，用以收集各種物體的回聲，通過電子電腦系統進行分析，也一直沒有結果。

蛙人奉命潛入水潭中調查，但因水道太深及過於狹窄而無功而返。

小祖師他們被反覆問話後，再也發掘不出什麼有關太歲母的新線索。因此，當神醫提出採藥的要求時，中原人爽快地答應了，小祖師父女也跟隨了一同去。

目前為止，聯合調查組陷入了一籌莫展的境地。

「郡北無雙岳，南滇第一峰。四時光皎潔，萬古勢龍從。絕頂星河轉，危巔日月通。寒威千里望，玉立雪山崇。」

這首詩是明朝麗江第八代土知府木公（西元一四九四—一五五三年）土司寫的《題雪山》，詩句概括了玉龍雪山的奇異景觀。

玉龍雪山海拔五五九六米，是北半球離赤道最近的雪山。整座雪山由十三峰組成，由北向南呈縱向排列，綿延近五十公里，東西寬約十三公里。距麗江縣城十五公里，山北麓直抵金沙江，隔岸與哈巴雪山相望。

千百年來，中國青藏高原途徑哈巴雪山和玉龍雪山與內地之間就存在著一條漢藏交往的古老通道，馬幫們沿著這條古老驛道，源源不斷地為藏區馱去茶、糖、鹽等生活必需品，從藏區換回馬匹、牛羊和皮毛，人們因此將這條漢藏古道稱之為「茶馬古道」。

配置麻沸散，需要冰山雪蓮入藥，神醫告訴小祖師。

清晨，他們沿著茶馬古道直奔雪山而去。

滇西北的雪山在夏季時冰雪已經退至半山腰以上，採集雪蓮則需要攀到雪線以上，好在玉龍雪山現在都已修了索道，小祖師絲毫不費氣力地就來到了一座雪峰前。

神醫囑咐他們跟在自己身後，一步一步向雪谷走去。陽光明亮，雪山皚皚，一隻喜瑪拉雅山鷹在半空中盤旋，湛藍色的天空亙古恆遠，極目遠眺，金沙江像條腰帶般穿過雪山腳下，更遠的天際還是雪山，天地楚楚，古老而蒼涼。

此刻小祖師有些走不動了，停下來坐在塊大石上休息，神醫與馮布衣在附近尋找雪蓮花。

一隻銀灰色的雪地鼠引起了她的注意，紅紅的小眼睛驚奇地四處張望，一面用小爪子不停翻動積雪尋找食物。小祖師躡手躡腳追過去，小東西發現了有人來，倉惶逃去，雪地上留下一串小腳印。

小祖師追蹤而去，漸漸越行越遠，不知不覺進入了雪峰深谷。

腳印最終消失在冰川中，小祖師此刻才發現來時的腳印已經不見，她迷路了。

小祖師抬頭環顧，看到不遠處一堆碎石間生長著兩朵白色的花，這是不是神醫所說的冰山雪蓮呢？她走了過去。

那兩朵花有碗口大，白色的花瓣，黃色的花蕊，奇怪的是白花瓣上生有紅色的血絲，聞上去一股淡淡的天然清香，不管是不是，先摘了再說。她小心翼翼折下那兩朵花，揣進懷中，這時，她彷彿聽到冰山內部有什麼聲音，仔細辨認，發覺在塌落的碎石旁有一個冰洞，方才只顧採花而沒有注意到。

小祖師反覆下了幾次決心，最後一咬牙，探頭入洞內……

太歲母赤裸著捲縮一團躲在冰洞的角落裡簌簌發抖……

「餓了吧？」小祖師輕輕問。

太歲母點點頭，冤屈的淚水如開閘般止不住地滾落下來，一頭撲向小祖師懷裡，把小祖師撞了個仰面朝天，兩人緊緊地擁抱在一起，許久，許久。

「佳辰……」

「小祖師……」

洞外傳來的呼喊聲在雪谷中迴盪。那是爸爸和神醫的聲音。

小祖師扶太歲母出了冰洞，遠遠看見他們四下裡焦急呼喊著的身影。

「終於找到了。」神醫氣喘吁吁地跑到跟前。

「你們怎麼會遇上的？」馮布衣見到女兒無恙，這才放下心來。

太歲母搖頭晃腦比劃了一陣子，小祖師明白了，告訴他們說：「太歲母說水潭深處不但下達瀘沽湖，而且還上通雪山冰峰。」

神醫道：「原來如此，怪不得他們把瀘沽湖翻遍了也找不到呢。」

小祖師問：「太歲母餓了，爸爸你們有帶吃的嗎？」

神醫說：「食物沒有帶，只有一壺酒。」說罷自背囊中取出他長年不離身的酒葫蘆。

太歲母眼睛一亮，破涕為笑，頗有涵養地小酌一口，可還是去了一大半。

小祖師打懷中取出那兩朵白花，神醫怔住了，眼睛發直，面紅耳赤，血往上湧，他手指輕扶花瓣，口中喃喃道：「血蓮花，這是血蓮花！一雌一雄，並蒂開放，冰山雪蓮之王啊。」

「血蓮花不同於雪蓮嗎？」馮布衣問道。

神醫激動地解釋道：「冰山雪蓮十年開一次花，而血蓮則是一百年開一次花，世人只是聽說而不得見。你看這白花瓣之中的殷紅血絲，大地之氣血啊，端的是起死回生、返老還童之效啊。」

「恭喜神醫得此神藥。」馮布衣亦是十分高興。

「不，不，這是小祖師的造化，我哪敢據為己有？待我配製好血蓮丸劑交於小祖師，必可終生受用。」神醫搓搓手道。

「哈哈哈，果然不出我所料，遁水聖母出現了。」身後突然傳出熟悉的冷笑聲。

眾人大驚，急視之，卻是李書記，他的後面有一個班的荷槍實彈武警，有過半數的槍口正對著他們。

李書記滿面得意之色，道：「呵呵，山人自有妙計，你們的背囊裡裝上了一個小小的追蹤器，我早就猜到小祖師一定會同遁水聖母會合的。」

神醫忙翻動背囊，果真找到鈕扣電池般大小的一個黑色小盒子，氣得摔倒地上，正欲抬腳跺跺卻被李書記制止：「不行，這可是國家財產哦。」

李書記一揮手，武警戰士齊舉起了槍。

小祖師扯開嗓子叫道：「太歲母快跑！」

但是已經晚了，槍聲驟然響起，太歲母倒下了，肥胖的身軀上中了七、八支麻醉鏢。牠睜著的獨眼疑惑不解地凝視著雪域高原深邃湛藍的天穹，幾滴淚水尚停留在敦厚天真的臉頰上……

武警戰士們用擔架抬著毫無知覺的太歲母下山，太歲母的身上覆蓋了一條白色的床單。李書記興高采烈地走在隊伍的前面，一面亢奮地唱起了軍歌：「日落西山紅霞飛，戰士打靶把營歸，把營歸……」

小祖師一行人垂頭喪氣地跟在後面。

格姆山木屋。國字臉中原人滿面喜色，一面命令封鎖格姆山，任何人不得下山，防止走漏消息。一面用衛星手機向京城報告，要求派軍用直升機直降格姆山，運送遁水聖母返京。

他小心翼翼地掀開床單，仔細地端詳著遁水聖母，滿意地微笑著。李書記在一旁，彷彿腰板也直了許多。

午時三刻，天空中傳來轟鳴聲，一架仿意 A109E 軍用直升機緩緩降落在水潭邊。機門打開，跳下一名空軍少校，跑到木屋前向國字臉中原人敬禮，這是派來的運送遁水聖母的昆明軍區空軍的一架飛機。

中原人詢問這架直升機的性能。

崔少校詳細地解釋說，飛機最大起飛重量三千公斤，最大載重一四三〇公斤，乘員限定兩名駕駛員和四名乘客，最大時速二八五公里，最大航程九六五公里，續航時間為五小時四分鐘，直飛北京需要中途加油。

中原人命令部下將遁水聖母抬上飛機，吩咐李書記與其同行，李書記躊躇滿志地登上飛機。

醫生報告說遁水聖母二十四小時內決不會甦醒，中原人表示滿意。李書記諂媚般地建議，遁水聖母與小祖師最好不要分開，用以牽制聖母的情緒很有好處，中原人隨即命令小祖師登機。

神醫私下裡迅速將雌株血蓮花塞入小祖師懷裡，悄悄耳語幾句，即刻有來人帶走小祖師，馮布衣急忙阻止，解釋女兒年齡太小，如必須走也要父親陪同方可。

崔少校看了看遁水聖母肥胖沉重的身材足與三個成年人相當，搖了搖頭，說承載重量太大，小姑娘還湊合，再加一個成年人絕對不行。李書記低頭緊靠著裡面。

中原人吩咐部下帶馮布衣由麗江乘坐民航機返京，如此，馮布衣也無話可說了。

A109E 由格姆女神山上緩緩升起，然後朝東北方向飛去了。

武警官兵拆除帳篷，與其他所有人一起撤走了。格姆山上又恢復了寧靜。

小阿婆緊緊依偎在神醫懷裡。一切都結束了，她想。

第十三章

A109E以巡航速度飛行。

駕駛直升機的空軍駕駛員帶著頭盔，看不清年齡，但駕駛技術十分嫺熟。此刻飛越青藏高原南端、橫斷山脈向雲貴高原北部雲嶺山脈過渡的銜接地段，下面數不清的高原雪山、河谷、深峽、草甸和平壩，氣流升降變化非常強烈，飛機如同一葉扁舟在浩瀚的大海中飄蕩沉浮。

李書記開始暈機了，不停地乾嘔。

國字臉中原人瞇上眼睛渾然不覺。

小祖師伏在太歲母身邊，一直關切地望著牠昏迷不醒、可憐兮兮的模樣，但無人看見她悄悄地由懷裡掏出那株血蓮花偷偷塞入了太歲母嘴裡。

崔少校移過來後艙，國字臉人睜開了眼睛，驚奇地發現少校手中端著一把手槍……

「順便說一聲，我們不去北京了，改飛孟加拉灣。」崔少校歉意地笑了笑。

李書記停止了嘔吐，莫名其妙地傻乎乎地愣在那兒。

「你是誰？」國字臉人面無表情地說。

崔少校扔給李書記兩付手銬，槍口指了指，逼迫李書記將國字臉人銬在坐椅上，然後命李書記同樣也將自己銬在身下金屬橫拉手上。看著他們銬緊後，扭臉看了下小祖師，感覺沒有什麼威脅，對她做了個鬼臉，笑笑，然後命令飛行員調轉機頭，關閉無線電通話設備，降低高度，貼著山谷穿越滇西和緬甸，直飛孟加拉灣。

「你究竟是什麼人？」國字臉嚴厲地質問。

「好吧，我就告訴你，省得你吵得心煩，記住，只要你們配合，我就不會傷害你們，知道嗎？」崔少校話未落音，那邊李書記便迫不及待連說：「知道了，知道了。」

國字臉人鄙夷地瞪了他一眼。

「我問你，當今世界上，誰才配擁有遁水聖母？」少校問道。

國字臉沒有搭腔，只是眼睛一眨不眨地盯著崔少校。

李書記急忙搭腔：「我知道，是你，只有你才配。」一臉中原人固有的奴才相。

「呸！胡說。這個世界上只有『我們這個星球的衛士』、『天賜大將軍』、『二十一世紀的北極星』、『我們敬愛的領袖』才配擁有！」崔少校義正言辭道。

看到再也沒人吭聲，崔少校又接著說下去：「為了全世界勞動人民的幸福，為了偉大的、光榮的和一貫正確的主體思想世世代代地傳下去，必須由我們『敬愛的領袖』享用遁水聖母，這也是歷史發展到一定階段的必然結果。」

「你這是叛國。」國字臉淡淡地說道。

崔少校哈哈大笑道：「我？我的祖國給我的軍銜是人民軍大校。」

「可是飛機航向卻不是你的祖國。」國字臉依舊淡淡地說。

「沒辦法呀，航程不夠，我不能冒險途中加油，只有飛到孟加拉灣我國的貨輪上了。」崔少校遺憾地說道。

這時，他突然發現飛機在急速下降，透過舷窗已經看得到原始密林的樹梢。

「怎麼回事，快拉起來！」崔少校咆哮道。

那飛行員靜靜地說道：「我不能讓你搶走聖母，牠是我們中國人的。」

槍聲響了，子彈射入飛行員的頭盔，一股鮮血噴出來，飛行員腦袋歪向一邊。

崔少校用力拖開中彈的飛行員，但是已經來不及了，直升機尾翼掃到大樹幹上，瞬間斷成了兩截，機身則歪倒著摔在山崗上。接下來是劇烈的撞擊，玻璃的破碎，機倉門震飛，除了被手銬銬住的國字臉和李書記外，其他人都被巨大的慣性拋了出去……

小祖師被拋起後重重地摔在了太歲母肥厚的肉墊上，毫髮無損。崔少校似有武功，在空中及時控制住了墜落的身體著地部位，只是受了點皮外傷。

崔少校抹去臉上的血跡，拾起了手槍，滿面猙獰地走向機艙，開槍打死了國字臉和李書記，然後轉過臉來，小祖師驚恐地望著殺氣騰騰的人民軍大校向自己走來。

「既然『敬愛的領袖』得不到，其他人也休想得到。」崔少校惡狠狠地舉起了手槍。

但見粉紅色的身影一閃，崔少校還未搞明白怎麼回事，從天而降的大嘴唇已經咬住了他的腦袋，再一下，少校囫圇吞棗般被太歲母三兩口迅速吞入腹中……

隨著一個飽嗝，太歲母一張嘴，吐出手槍、皮鞋、軍裝、內衣還有褲衩。

原來那株血蓮花為世間解毒百藥之王，麻醉劑的藥性早已被清除乾淨。

不遠處有人哼了一聲，看過去原來是中槍的直升機駕駛員還沒斷氣。小祖師趕緊跑了過去，輕輕地揭開頭盔，她終於看清楚了這個有骨氣的年輕飛行員——鷹鼻凹眼。

飛行員額頭上仍有鮮血在冒出，他努力掙扎著使出了最後的氣力對小祖師說道：「一定保護好……遁水聖母，我的名字叫……叫『雞眼』……」說未說完就嚥了氣。

小祖師哭了。

不遠處山崗上有一個人目睹了這一切，那人額頭上纏著一條黑色的頭巾……

小祖師站起身來，四下裡望去。

這是一片浩瀚的原始森林，粗大的針葉樹底下落滿了厚厚的松針，不遠處的幾株大樹下生長著一些豔麗的蘑菇，空氣中彌漫著腐質植物濕黴的氣味，其中交織著辛辣刺鼻的汽油味，那墜毀的飛機已經在洩漏燃油。

這是什麼地方？她目光詢問太歲母，太歲母搖搖頭。

「我們走吧。」小祖師說，好像又想起了什麼，於是匆匆忙忙鑽進機艙裡，太歲母詫異地望著。

機艙內，李書記和國字臉兩人的額頭上各中一槍，孔眼處的血已經凝固，呈黑紫色。李書記的眼睛還睜開著，空洞的眼神再也沒有了往日亢奮的光澤。小祖師從小在公墓區裡長大，對死人早已司空見慣，所以一點也不懼怕。

她翻動著屍體的口袋，從李書記的腰間找出了一大疊人民幣，都是一百元的，足有一、兩萬元之多。看來應該夠自己和太歲母吃飯了，她想。

小祖師小心翼翼地將錢分成幾小疊，分別收入自己身上的幾隻口袋，然後信心十足地走出來，與太歲母一起奔西邊的峽谷而去。

不久，額上纏有黑頭巾的人來到了墜機現場，他將飛行員的屍體拖進機艙內，然後站立於山崗上，手結印，口誦經……

最後，那人點燃了飛機殘骸，信步朝小祖師她們的方向走去。須臾，山崗上一聲巨響，直升機殘骸爆炸了。

A109E 失蹤了，從京城到昆明軍區震驚萬分，立即派出了緊急搜索救援隊，昆明空軍的兩架W－5型偵察機沿著 A109E 的預定航線低空搜索，航線沿途地方也派出了搜索人員。

麗江機場，正欲登機的馮布衣和聯合調查組人員接到緊急通知暫不返京，留在麗江待命。馮布衣此刻方知運送太歲母的飛機出事了，立時焦急萬分，到處打聽進一步的消息。

一直到深夜，方才得到確切消息，直升機墜毀了，奇怪的是墜機地點位於橫斷山脈中段山區，偏離了航線，墜機後發生了爆炸與燃燒，機上無人生還。

儘管當局保持沉默，但是消息還是不脛而走，國外媒體首先從互聯網天涯社區中得到空難訊息，然後連篇累牘地報導一些捕風捉影的小道消息。

國內方面，「超級太歲母」的粉絲們眼含熱淚徹夜手執燭光為心中的偶像守靈，市場上的肥肉更加走俏，有專家指出，「以肥為美」的觀念已經深深地紮根於億萬群眾之中，「貞觀之治」盛唐時代的繁榮將再一次到來。赫赫有名的司馬北先生已經宣告破產，無數特異增肥人士瓜分了他的多年積蓄。

橫斷山脈是我國著名南北向山系，因其「橫斷」東西間交通而得名，主峰貢嘎山海拔七五五六米，西行就是金沙江、瀾滄江和怒江的三江平原。

小祖師與太歲母黃昏時分走進了峽谷，夕陽西下，金色的餘暉映照著連綿不絕的山巒，她們發現狹長的峽谷中是更加茂密的原始密林，植被與其他山谷略有不同，而且根本看不見有任何道路。小祖師又餓又渴，實在累得走不動了，於是腿一軟，一屁股坐在了草地上。

太歲母躍到了一株大雲杉樹下，小祖師剛想問牠做什麼，只聽得樹後「噗噗」接連爆出屁聲，她知道太歲母又在大便了。

太歲母連續用力，發出哼聲，小祖師感到有些奇怪，好奇心的驅使下，她小手捂緊了鼻孔，悄悄溜了過去。

伴著腥臭的屎漿是消化不完全的崔少校赤裸的屍體，簡直慘不忍睹，小祖師連連作嘔，連忙逃開。

「原來吞入的人既可以產蛋，也可以變成大便啊。」小祖師佩服地說。

太歲母頑皮地眨了眨獨眼。

「這是什麼地方啊？太歲母，我們去那兒呢？」小祖師愁眉苦臉。

「是香格里拉大峽谷。」身後傳來一個男人的聲音。

小祖師驚訝萬分，轉過身去，看見了說話的人，那青年男子身材高瘦黝黑，額頭上纏著黑色的頭巾……

「唐山大哥哥！」她驚呼道。

小祖師由最初的驚愕變成了驚喜，熱淚奪眶而出，連日來的恐懼、委屈和驚嚇一同爆發，她咧開了大嘴哇哇地哭起來。

「大哥哥，你不是被黑球吃了嗎？」她抽泣著問道。

「此事說來話長，我們回家後再慢慢細說。」唐山道。

「家？」小祖師不解。

香格里拉大峽谷，又稱碧壤峽谷，長一百二十公里，寬不足百米，峽谷的兩頭，一頭稱「香格」，一頭稱「里拉」，素以神秘幽深著稱於世，二十世紀初英國作家希爾頓《消失的地平線》書中的「藍月亮峽谷」指的就是這裡。

峽谷海拔在三千米以上，滿山遍佈蔥郁滴翠的冷杉和雲杉，峽谷內深處兩山夾持，千丈峭壁聳立，險象萬千，奪人心魄。青黃色的溶岩如刀砍斧削，直刺蒼穹，是人類難以涉足的無人區，千百年來一直籠罩著一層神秘的面紗。

唐山本就是密宗百年一遇的大瑜伽行者，行走於峭壁荊棘間輕鬆自如，小祖師伏在太歲母背上躍行，也是絲毫不落於後。

峽谷深處，懸崖下有一個十分隱秘的山洞，洞口前生長著茂密的灌木，下面是千仞峭壁，谷底流淌著湍急的河水。

進了洞口，是一條狹長的石道，石道的盡頭豁然開朗，這裡是四面高山環繞封閉的一小塊盆地。裡面不但生長有高大的冷杉、雲杉，而且還有一些棕櫚樹等熱帶植物，最多的就是蘭花了，開遍了山坡。山坡下，一道清澈的小溪靜靜地流淌著。

前面有竹籬笆牆圍起的一小片開墾的土地，黑色的腐殖土壤上生長著水靈靈的小白菜、胡蘿蔔、茄子及辣椒等蔬菜，籬笆上纏繞著四季豆和淡紫色的喇叭花，三三兩兩的蜻蜓和蝴蝶翩翩飛舞其間。

落日餘暉，金色斑駁，菜地邊上的兩間茅草房，一縷裊裊炊煙，門口的木頭小凳上坐著一位慈祥的老婆婆——她就是唐山的母親。

好一幅恬靜的山村圖畫，好一處隱秘的世外桃源……

小祖師不由得看癡了。

小祖師有太多的疑問要問，唐山只是笑笑，並未即刻解釋。

晚飯後，草房內點起了油燈，大家圍坐在燈前，望著燈芯跳動著的黃色小火苗，聽唐山講述了一個驚心動魄且匪夷所思的故事……

屄眼

引子

一九九五年一月二十七日，美國物理學家馬里安・麥克林告訴研究員們注意觀察南極洲上空的那些不斷旋轉的灰白色煙霧。最初，他們認為這些只是普通的沙暴。但是這些灰白色的煙霧並沒有隨著時間的進程而改變形狀，也沒有移動。研究人員發射了一個氣象氣球，氣球上裝備了測定風速、溫度和大氣濕度的儀器。然而，一經發射，這個氣球就急速地上升，很快就消失了在了那旋轉的煙霧中。三十分鐘後，研究人員利用拴在氣球上的繩子收回了這個氣球。但是，讓他們感到震驚的是，這個氣球的計時器顯示的時間是一九六五年一月二十七日，正好提前了三十年！在確認氣球上的儀器沒有損壞後，研究人員又進行了幾次同樣的試驗。但是每次都表明時間倒退了，計時器顯示的是過去的時間。這個現象被稱作「時間之門」——即「蟲眼」。人們推測南極洲上空的那個不停旋轉的空間是一個可以通往其他時代的通道。研究人員向白宮克林頓總統做了彙報之後，研究轉為秘密進行。

十多年後，又一份秘密文件遞交白宮，這是有關中國發現七千年前母系氏族最後的部落首領遁水聖母還存活於中國雲南的秘密報告。

總統特使邁克爾・斯蒂文森到訪北京，隨行的一隊集合了美國研究多維時空方面的物理學專家和生物學家，帶隊的是正是馬里安・麥克林。

第一章

「我見到了你師傅，八百年前的賴布衣。」唐山說道。

小祖師驚訝得瞪圓了眼睛，太歲母肥胖的身軀不由自主地向前挪了挪。

搖拽的油燈光下，唐山開始敘述……

三峽水庫，熾熱的黑球已經膨脹到了極限，半空中迴盪著撼天動地的誅殺咒真言「吽拔吒嗡娑婆訶……」唐山額頭上的複眼毫光暴長，二十五萬冤靈的生物磁場瞬間爆發出來，逼得黑球節節後退。江面上因衝擊波激起的水浪包裹住了黑球，驟然間的熱脹冷縮導致黑球瞬間炸裂。黑球本身是一種衰減變異的暗物質，它已經吸收了大部分核爆產生的衝擊波、光輻射、貫穿輻射和放射性物質加上數千年來的日月光磁場及無數江湖高手的內力，這一爆炸是一次非同小可的高能磁暴，磁場瞬間的爆發結果是硬生生地撕開了一個通往多維空間的孔洞——也就是「蟲眼」。

孔洞若隱若現，不著邊際，望進去裡面漆黑一片，似有繁星點點，這一切只有在唐山的複眼中才能夠看得見。蟲眼出現及持續的時間很短，但是卻在剎那間吸掉了數百億立方米的江水，包括唐山。

他感覺驀地來到了漆黑一片，無光、無聲、無嗅，也沒有時間概念的境界，實際上，唐山已經不自覺地進入了「中陰」狀態，意為間斷、中止，指人死後與轉生前的中間過渡階段。

也不知過了多久，他多年修煉的藏密無上瑜珈功力起了作用，冥冥中感覺到了一絲光亮，逐漸強烈起來，那是光明體的顯現。這時他有了一種重新返回子宮的感覺，自己完全圓融於一片美麗斑斕的光體之中……

這是平行於現實世界的另外一層空間，沒有土地、沒有太陽和月亮，也看不到動物、植物和人類，四周見到一些遊動著的發光體，有的亮些，有的暗些。他覺得自己似乎並不需要呼吸，可能這裡也沒有人類賴以生存的氧氣，鼻子吸了吸，真的不見氣流通過鼻腔的感覺。

「這是什麼地方？」唐山大聲喊道。

他沒有聽到自己的喊聲，那是因為聲音失去了空氣的傳播，但他的生物磁場卻發射出了同樣的電磁波資訊。不一會兒，「這是陰間啊。」「哈哈，足下高姓大名啊？」「菜鳥！」一大堆亂哄哄的資訊被接受了進來，當然是電磁波進入大腦後轉化而成。

遠處飄來許多或明或暗的發光體，圍繞著唐山看來看去的，似乎都覺得很奇怪，因為唐山本身是一個五彩斑斕的光明體，而且人形俱在……

「你是什麼人？修為不淺啊，竟然還聚得人形。」一個較為明亮些的發光體近前來，磁場強了許多，還原出來的聲音是蒼老的北京口音。

「院士來了。」旁邊的小發光體邊發出些雜亂資訊，一面紛紛讓開。

「你們是誰？怎麼不見人形？」唐山有太多的疑問。

「這位是中國科學院院士，有什麼問題儘管問吧。」一個發光體說。

「嗯，你是新來的，需要瞭解多維空間的知識，這樣才能有一個健康的心態。人類生存的空間，也就是我們原來生活的世界，是三度空間，也就是長、寬、高三維立體空間，如果加上時間也可稱為四維空間。

「二〇〇四年美籍華裔科學家丁肇中教授主持製作的磁譜儀送入了太空，試圖尋找暗物質和反物質的存在證據。這些物質存在在哪裡呢？物質所存在的空間是否就只有我們人類所存在的這種空間形式呢？結果確確實實探測到了來自其他空間的物質磁場，證明了空間是多元次的，甚至存在著不同空間維次的生物，存在著與我們人類所存在的空間平行存在的『平行世界』。

「在理論上講，空間維次是無盡的，目前只能證明有十一種不同的空間。就像我們人類的電視機一樣，比如有十一個不同的頻道，頻道不同，彼此就不能相知，彼此不能相見。大概高維次空間的生物，他們的智慧高，能夠知道低維次的，低維次不能知道高維次的。動物裡面，很多低級的這些爬蟲類，像螞蟻、微生物，牠們生活空間是兩度空間，也就是在它們感覺當中，只有長度寬度，沒有高度。所以螞蟻即使爬到屋頂上，牠也沒有高的感覺。我們人類有高的感覺，是三度空間的生物。我們從這裡面去聯想、去推測，比我們維次高的這些生物，就像我們看螞蟻一樣，他們能看到我們，我們沒有辦法覺察他們的存在。」

「那你們是高維次的生物嗎？在這裡能否感知到人類社會所發生的事情呢。」唐山感到院士的話有點深奧。

「不，不是，我們這裡只不過是過渡空間而已，真正的高維次空間我們還摸不著門呢。」院士沮喪道。

那些發光體七嘴八舌地表示遺憾和鬱悶。

院士接著說道：「從完整的意義上說，我們現在已經不是人，代表人那個肉體的軀殼已經在原來的世界腐爛掉或者燒成了灰燼。我們是原來的那個人對應的磁場聚合體，就是通常所說的『幽靈』。

「可嘆我原本一個中科院院士，一直是忠實的無神論者，死後才知道錯了。無神論只是作為一種假說，並沒有經過實驗的證實。而且目前現有的實驗也驗證不出來。這主要是由幾個原因造成的，無神論原來是基於我們眼睛能看到的三維空間或稱四維時空，當時科學對另外時空沒有任何認識，也不相信另外空間的存在，當然也就不承認另外空間裡存在生命體。況且目前人類擁有的測試儀器，是由分子或原子構成的，這些儀器對另外時空的探測能力是非常有限的，探測到的也基本上只是微觀下的一個點而已，看不到整個面是什麼。所以測試儀器探測不到另外空間中生命的存在，這是由探測的局限性造成的。

「最近幾十年來，物理學、天文學和宇宙學領域對另外空間已經有了一些基本認識，已經不再懷疑另外空間的存在了。自愛因斯坦以來，最引人注目的理論發現之一是『超玄理論』。該理論提出了至少十維時空的概念，其中的四維是我們眼睛可以看到的時空，其他的是高能量捲曲的空間。」

「可是我還是不十分明白……我是一個密宗行者，我知道人類的智慧分為四個層次——意識、無意識、潛意識和深層意識，常人最多只具備前三種。而深層意識，也就是深層記憶，密宗稱之為『欲望泉流』，即個體出世以前已經積累的能力和經驗則要靠苦行修煉發掘出來。那你們，也就是靈魂積累的前世經驗的磁場，在轉世投胎時不可以帶了去嗎？或許真的有什麼孟婆湯之類的東西？」唐山感到困惑。

「投胎？孟婆湯？哈哈，你真的以為有這種事？這只不過是人類為了宗教方面的需要而臆造出來的呀。你問一問大家，聽說過有誰去投過胎？我們這些靈魂又沒有嘴用什麼去喝孟婆湯？」院士笑道。

「你們不投胎？難道這不是過渡空間嗎？」唐山更加迷惑不解。

「告訴你小夥子，什麼閻王殿、十八層地獄、神仙上帝，統統是子虛烏有，人死了，生物磁場還在，不過是換了個空間而已。我們既不知道原來生活的那個世界變化如何，也不知道老婆孩子怎樣了。我們這些靈魂雖然不冷不熱、不餓不渴、不休不眠，但是我們的七情六欲仍在，始終難以割捨那份親情，真是牽腸掛肚啊。『問世間情為何物？直教人生死相許』。」院士傷感之極，發出的磁場也弱了許多。

那些發光體竟都嗚咽抽泣起來。

「爾等所言大謬！」一個極強的電磁資訊覆蓋了所有的磁場，只見面前飄過來一個大發光體，不但有兩倍於唐山的體積，而且格外明亮，發出橘黃色的毫光，光體內隱約出現一位白色長鬚老者，一襲長衫，裝束古老。

「它們說得不對嗎?您老人家是誰呀?」唐山詫異道。

「哈哈，老夫賴文俊是也。」電磁波還原出來的聲音十分蒼老。

唐山大驚：「莫非是北宋賴布衣?賀嘉山古墓裡那個八百年前的江西派大師，馮佳辰的師傅?」

「正是。怎麼，你也認得我徒兒?」

唐山道：「方才我正與您徒弟在一起，『覓龍球』爆炸了，我被吸進了這裡。」

「咦，『覓龍球』竟然會爆炸，怪哉。不知吸了何等曠世高人的內力方致如此?真是長江後浪推前浪，不曾想江湖上竟有這等絕頂高手。」賴布衣長吁不已。

「是原子彈。」唐山解釋道。

「原子彈?哦，不料川西混元霹靂手原家後人竟出如此了得人物，老夫真是看走眼了。」賴布衣扼腕嘆息。

唐山見其糾纏不清，便岔開話題：「您老方才說它們說得不對是什麼意思?」

「啊，那個什麼鬼院士所言差矣，一番道理老夫不懂，但老夫知投胎之事確是不假，還有探知人間之事，如有極強之內力也並非不可能。」賴布衣道。

「這樣的話，我到要想聽聽老先生的高論。」院士悻悻道。

「唉，若是覓龍古球在手，這又何難?只可惜……世上哪有如此高深內力之人啊。」賴布衣惋惜道。

「老前輩不妨說說看。」唐山鼓勵道。

周圍那些發光體紛紛稱是。

「好吧。按當年袁天罡、李淳風所言，任督二脈打通之人，合奇經八脈之功，集以全部內力為一線，當可穿透陰陽之牆也。不過，古往今來能夠通此二脈者，寥寥數人而已啊。」

發光體們大感失望。

唐山道：「我們密宗一派與中原武學有所不同，人體『三脈七輪』我自忖『吾瑪』、『饒瑪』、『江瑪』三脈與梵穴均已貫通，不知可否一試？」

「哦，難怪你那發光體不同於其他呢。也好，不知哪一位想試一試與家人溝通呢？」賴布衣問道。

那些發光體一陣騷動和竊竊私語。這時傳來院士期切的資訊：「我想見見我老婆。」

賴布衣教唐山出掌按在院士發光體頭頂，凝神貫注，全身真氣聚成一線，進入院士的磁場聚合體的磁核中。剎那間，真氣激發出院士磁場記憶功能，發光體表面如同電視螢幕般抖動了幾下後平穩了，上面映射出院士去世時臨閉上眼睛之前所見到的影像：

看上去這是一所醫院病房，醫生護士手忙腳亂的樣子，那個老醫生搖了搖頭安慰著旁邊嗚咽著的一個五十多歲的婦女……

「那是我老婆啊，對，這是我最後記憶中的情形。」院士叫道。

發光體們圍攏上來觀看，那婦人神情悲愴，淚流滿面，細觀皮膚白皙，身材豐腴，衣著得體，氣質高雅。

「求求你，讓我看看她現在怎麼樣啦，最牽腸掛肚的就是她呀，她還像是個小孩子，不知冷不知熱的，有個頭疼腦熱的……」院士情動之下竟然嗚嗚哭了起來。
唐山加力催動真氣，但還是無法穿透到另一層空間去。
賴布衣嘆氣道：「內力還是不夠啊。」
此刻唐山梵穴空冥，已經盡足十成功力，突然頂門無上蓮穴一熱，真氣逆轉，額上毫光暴長，蟲眼睜開，一股無比巨大的能量噴薄而出，瞬間，唐山引入院士磁場的真氣凝成一束穿破時空而去……
院士發光體表面上的影像立刻變了：
這是一套新近豪華裝修的房子，嶄新的傢俱，新漆的地板油光閃亮，紫紅色的博古架，大螢幕液晶電視正在播映趙本山的小品，寬大的黑色真皮沙發……
「這是我的家！好像又裝修了呢。」院士親切地叫道。
沙發上坐著一個穿著絲袍睡衣的男人，約莫六十來歲的樣子，正在悠閒自得的慢啜一杯紅酒，不時地發出愜意的笑聲。
「那是我的睡衣！可這個人我不認識呀。」
「我老婆！」院士激動得聲音都變了，磁場漂移。
畫面上出現了方才在醫院裡悲痛欲絕的那個婦女，但見她此刻卻是滿面春風，風情萬種，她走過來輕輕依偎在那個男人的肩膀上。睡衣男人邊笑邊將手伸向女人的內衣裡……
「住手！拿開你那骯髒的爪子！」院士滿腔怒火。

女人嗔怒著打開男人的手……

院士鬆了一口氣。

女人站起身來，解開了紐扣，除下了內衣，最後竟然脫下了底褲，露出赤條條雪煉似的一身白肉。那男人放下酒杯，扔去睡衣撲上，兩人就在地板上翻雲覆雨起來……

院士捶胸頓足，號啕大哭起來：「你怎麼能這麼對我啊？虧我還牽腸掛肚地惦念呀……」

那些發光體也都議論紛紛，有義憤填膺的，也有嘖嘖讚賞的，還有暗自傷神的，更有一言不發、目不轉睛埋頭苦看的。

唐山於心不忍，撤回真氣，影像淡出了。

發光體們最後一致勸慰院士，人既已死，老婆改嫁他人也是情有可原的事，不必耿耿於懷云云。

「小兄弟，想不到你的內力竟如此深厚，江湖上必定是一等一的高手。」賴布衣讚嘆不已。

「老前輩過獎了，我也不明白是怎麼回事，我的額上不知怎地長滿了眼睛，內力由此出來。」唐山困惑不解道。

這時眾發光體們才注意到唐山的額頭之上果真密密麻麻生有許多複眼，不過都沒有眼皮，看上去感覺麻嘟嘟的。

「我想投胎。」院士止住了哭泣，小聲囁嚅著。

「我們也想。」眾發光體齊聲嚷道。

「唉，投胎須得死去四十九天之內，還未來到這裡之前方才可行，那時氣未散，尚可侵入孕腹矣，如今已是空談。」賴布衣解釋道。

發光體大失所望，個個唏噓不已。

「我們只有一直等待那不知何時發生的時空孔洞了……」院士悵然若失。

「等到後如何？」唐山問。

「在過渡時空裡，有時會產生一些磁暴，其中特別強烈的會暫時炸開通往其他空間的隧道，我們運氣好就隨之而出離開這個過渡空間，至於去到了哪一維空間，就要看磁暴的強弱了，只好憑命由天了。」院士惆悵地說。

「小兄弟，煩你給我講講我徒兒的情況好嗎？」賴布衣懇求道。

於是唐山敘述起如何相識小祖師及後來發生的一些事情。

賴布衣聞之感嘆良久。

「我江西派還有一個秘密……」賴布衣欲言又止。

發光體們知趣地散去，逐漸飄向深邃的黑暗中。

賴布衣道：「自楊筠松開我江西派以來，共有兩個鎮派之寶，一為覓龍古球，能吸大地日月精華和人之內力，當年令江湖聞風喪膽，這你已經見到了。一為太歲母，幽禁於贛南三僚羅經山吸石洞陰陽潭內，其為上古神物，識人言，可令人起死回生。如今覓龍球既失，禁令已解，太歲母也該復出了。『覓龍天球，太歲地母，吾派雙寶，陰陽合渡，天球有難，地母乃出』。」

「貴派的秘密，為什麼要告訴我呢？」唐山問道。

「需要你轉告我徒兒知，不然江西一派的秘密便就此失傳矣。」

「老前輩的意思是說我可以回得去？」唐山不解的疑問道。

「當然。以你目前的功力加上複眼的能量，只要運用得法，必定可行。」賴布衣十分肯定。

「那老前輩當時為何不將此秘密告之小祖師？」

「喝多了。」

「……」

「你聽好，我師傅楊筠松曾傳遺命於江西派後世掌門，只得一句話『太歲母服用萬屍眼可化為人形』，究竟怎麼一回事我也不甚了了，煩你照傳就是。」

「晚輩知道了。」唐山應允。

「好，現在你隨我來。」賴布衣的發光體漂向遠處黑暗中，唐山緊隨而去。

唐山飛升至無邊的黑暗蒼穹中，依賴布衣之言催動五色斑斕的光明體急速旋轉，凝聚真氣與軸心一點，盡足十成功力。須臾，複眼毫光暴長，無上蓮穴開啟，經脈逆轉，光明體縮成一線，沿軸心方向破空而去……

第二章

「於是我又回到了中原。」唐山敘述完這段經歷，重又挑亮燈芯……

小祖師默默不語，心中反覆想著師傅的那句話——「太歲母服用萬屍眼可化為人形」是什麼意思。

「什麼是萬屍眼？」她向唐山問道。

唐山搖搖頭：「不知道，也許是一種珍稀藥材吧。」

「噢，要是神醫在就好了。」小祖師自言自語。唐山問及神醫，小祖師從頭至尾，由黑球爆炸唐山失蹤開始，直至護送賴布衣屍骨返鄉到發現太歲母一路坎坷一一道來。

「你小小年紀竟有如此奇遇，真是不凡啊。」唐山萬分感慨。

小祖師側過身問太歲母：「你願意變成我們一樣的人形嗎？這樣就可以躲避開壞人。」

太歲母激動得連連點頭。

唐山思忖說道：「人們都以為你們已經死於飛機失事，所以絕不能露面，我這就去瀘沽湖格姆山一趟，尋訪神醫問明萬屍眼如何取得與炮製，助太歲母恢復正常人模樣。」

是夜，月色如水，谷中顯得格外明亮而空冥，小祖師和太歲母信步於空曠處，四下裡一片靜寂，只聞幾聲蟲鳴。

「太歲母，你恢復七千年以前人形會是個什麼樣子呢？會不會太胖了。唉，可惜你的族人都不在了……」小祖師悵然若失，不覺眼眶已濕潤。

月光下，太歲母獨眼遙望夜空，一動不動，肥胖的臉頰上依稀掛著淚珠……

次日，唐山向母親及小祖師、太歲母辭行出谷。

香格里拉大峽谷距麗江瀘沽湖並不很遠，唐山步行穿越橫斷山東麓及哈巴雪山上了茶馬古道，兩日後就已來到了瀘沽湖邊。一路上人們都在談論著遁水聖母如何神通廣大和拒絕進京甘願留在民間的感人故事，至於聖母的下落，則流傳著好幾種版本。有勝利大逃亡的，有寧死不屈的，還有流亡海外的等等，不一而足。

上得格姆山，依照小祖師描述，徑直來到碧水潭木屋前。

此刻的唐山一身密宗苦行僧打扮，灰布長袍、肩膀斜露，額上纏繞黑色頭巾，風塵僕僕。

潭邊一風姿綽約的浣衣女子直起身來，略行施禮：「這位大師遠道而來，就請於屋內喝茶歇腳。」

唐山心中已知必是小阿婆無疑，忙頷首答禮道：「多謝施主，請問滇西張神醫是否居於此間？」

小阿婆莞爾一笑，道：「請隨我來。」

進得屋內，早有一人迎將上來：「唐山！」定睛望去，卻是馮布衣。

「唐山，真的是你，你不是已經……」馮布衣萬分驚詫。

「原來是馮先生，此事說來話長，待我慢慢細說。」唐山見到馮布衣非常高興，坐下後便將小祖師的情況一一告知。

馮布衣兩行熱淚迸出，驚喜交集，竟一時語塞。

「我就猜到她不會死的，她還這麼小啊。」半晌，馮布衣才說出話來。

唐山與馮布衣相聊甚歡，中午時分，神醫張一刀採藥歸來。馮布衣引見二人相識，賓主落座。

「神醫可知什麼是萬屍眼嗎？」唐山詢問道。

「萬屍眼？」神醫面現疑惑之色。

於是唐山將自己如何進入另一空間及賴布衣代傳言之事說與神醫，只聽得張一刀嘖嘖稱奇。

「我想中醫、藏藥之中並無萬屍眼這種藥，這點可以肯定。」神醫思索道。

「眼下，小佳辰和太歲母已經成為新聞焦點人物，政府有關部門還在進一步就飛機殘骸進行化驗，昨天還抽取了我的DNA樣本。她們總不能永遠隱藏在大峽谷，佳辰還要上學，還有她的人生道路。」馮布衣愁容滿面。

神醫陷入了沉思之中。最後他抬頭說道：「我要去大峽谷。」

馮布衣思女心切，催促即刻動身。

大小阿婆端上飯菜。午飯後，大家簡單收拾行裝，告別了阿婆下山奔西往雪山深處而去。

京城。釣魚臺國賓館的會議室裡，美國總統特使邁克爾・斯蒂文森參議員與中國有關官員一道聽兩國當代物理學和生物學方面的權威專家發言，現在是美國著名物理學家馬里安・麥克林在作演講：

「先生們，就當代物理學與生物學最新研究成果顯示，我們這一三維時空同時並行存在著其他多維時空有無數個，可惜的是我們無法使用現有的儀器和實驗方法去給予證明。如果哪一天我們做到了，我們將會發現以往的宇宙觀都要重新改寫，穿梭時空不再需要去尋找什麼超光速飛行器，而是會就像到鄰家串門那樣方便和愜意。」

在座的中美科學家們笑將起來。

馬里安・麥克林打開鐳射投影儀，螢幕上出現了太歲母的裸體照片。

「先生們，這是中國貴州黔西北和雲南麗江發現的所謂七千年前母系氏族社會最後的聖女——遁水聖母的照片，這的確是不可思議的。據我們所知，地球上脊椎動物門裡，爬行綱龜鱉目類是最古老和壽命最長的動物，有的可以活到幾百年甚至千年以上。而靈長類普遍壽命有限，人類最長也不過是一百多歲而已。

「遁水聖母如果真的能夠存活七千多年，那麼，第一，牠的身上有著我們所不知道的某種基因或者獨特的化學分子結構，也許和龜鱉目中的有些動物相似。第二，為什麼地球上單單只存活下來這一隻，其他的呢？遁水聖母是如何躲過漫長的種族生態滅絕的呢？

「所以，人類期待延長壽命，提高生活素質，研究遁水聖母活體是非常難得的一次珍貴機會。為此，美國方面集合了這一領域最尖端的研究人員和儀器設備來到中國，與貴國研究人員共同進行這一課題的研究。」

「可惜的是，遁水聖母已經在一次飛機失事中墜毀，屍骨無存了。」中科院的領導遺憾地解釋。

「不，牠還活著。」馬里安・麥克林說道。

次日黃昏，唐山一行回到了香格里拉大峽谷。

小祖師衝出木屋撲到馮布衣懷裡，父女二人久久地緊緊擁抱在一起……太歲母默默地望著，心中替小祖師高興。

小祖師拉住神醫的手，迫不及待地問萬屍眼的事。

神醫請小祖師回憶吸石洞內石壁肉碼文，有沒有講到萬屍眼的內容，小祖師反覆地想來想去，還是沒有。

晚上大家久別重逢，聊到夜深才去睡覺。

三更時分，神醫剛剛睡去，突然被人搖醒，見是小祖師。

「我知道什麼是萬屍眼了。」她說。

小祖師將夢中記起的石壁肉碼文告訴了神醫。

神醫聽罷良久未作聲，最後面色凝重地囑咐道：「此事不要向任何人提起，我自有主張，知道嗎？」

小祖師點點頭，回去睡了。

是夜，神醫翻來覆去不能入睡，索性披衣走出木屋，來到籬笆邊。

皎潔的月光，天上繁星點點，銀河西斜，夜幕之上一兩顆流星拖著長長的尾巴劃過天際，萬籟俱寂。

第三章

「神醫是為萬屍眼而難眠嗎？」唐山打完坐走出了木屋。

「哦。」神醫仍陷入沉思之中。

唐山見神醫苦苦思索不便打擾，於是欲行回房。

「辦法是有，不過風險太大。」神醫若有所思道。

「什麼辦法？」唐山止住腳步。

「我們到處走走，免得打擾他們休息。」

兩人離開木屋附近，漫步於林邊，山風清涼，月色溶溶。

次日清晨，唐山謂眾人道：「此去峽谷十餘里有一觀音洞，我出道前曾在洞中閉關，甚是隱秘，今日我與神醫帶太歲母前去修煉，但願成功，三日必返。」

神醫也道：「小祖師，你的雄株血蓮將會用到。」

小祖師搖搖小腦袋：「沒關係，神醫只管用，不夠我再去採。」

神醫笑道：「窮我一生也未有幸找到過血蓮，可是不容易呢。」

「你要聽話，按照大哥哥和神醫說的話去做，我在這兒等著你。」小祖師眼淚汪汪地叮囑太歲母。太歲母懂事地點點頭。

唐山告別母親和馮布衣父女，與神醫、太歲母向峽谷深處而去。

「遁水聖母沒有死於飛機失事，她逃走了。」馬里安・麥克林說道。他按下手中遙控器，螢幕上出現了直升機墜毀現場，畫面上是太歲母與小祖師站在山崗上的衛星照片，解析度極高，太歲母身上一層層的肥肉褶都清晰可見。

馬里安・麥克林：「這是低軌道地球同步衛星拍到的畫面，請看下面的一張。」他又按了一下按鈕。

在場的所有官員同科學家都目瞪口呆。

畫面上，太歲母張開血盆大口正在吞食那位中國空軍少校……

下一幅畫面，一個頭纏黑布的藏密苦行僧點燃了飛機殘骸……

馬里安・麥克林接著說：「之後，他們就先後進入叢林裡失去了蹤跡。」

「飛機失事墜毀地點位於雲南西北部橫斷山脈中段地區，靠近滇西北香格里拉無人區，那裡都是原始森林。」一位中方研究人員解釋道。

總統特使邁克爾・斯蒂文森參議員旁邊那位年長的中國官員站起來，以嚴肅的目光掃視著會場，然後清了清喉嚨，鄭重地宣佈：「中美兩國政府決定，由兩國研究人員組成一個秘密的聯合調查組，準備啟程前往香格里拉，任務是活捉遁水聖母。有關這次調查行動的一切資訊均屬國家機密，行動代號為『幸福ＡＢＣ』。」

香格里拉大峽谷。

小祖師扳著手指頭算來已經是第三天黃昏了，還沒有唐山他們的消息，小姑娘心中七上八下，忐忑不安。

馮布衣注意到，從昨天開始，就時不時地聽到天空中傳來直升飛機盤旋的轟鳴聲。天空中烏雲密佈，風力也明顯加大，山雨欲來風滿樓，看來要落雨了。

就在天上飄下幾滴雨點的時候，通往峽谷的石道中傳來了腳步聲。

最先出現的是除了短褲和纏頭外渾身赤裸的唐山，接著是疲憊不堪的神醫，走在最後的則是一裹著破舊灰布長袍、身材苗條的年輕女子……

小祖師尖叫一聲跑過去，目不轉睛地呆呆地愣在那兒……

那女子清麗脫俗，俏麗無比，滿眼含笑。

女子嫣然一笑，輕啟朱唇：「我還胖嗎？」

「你……你……你是太歲母！」小祖師大叫道，一頭撲到女子懷中，激動得熱淚噴泉般湧出，索性咧開大嘴哭將起來……

電閃雷鳴，瓢潑大雨從天而降。

木屋之內，換上了唐山母親舊衣服的太歲母重新出現在眾人面前的時候，所有人都看呆了。

但見她冰肌玉骨、宛轉蛾眉、杏眼含笑，身材窈窕如扶柳，皮膚嬌嫩似嬰兒，端的是俊俏可人，如同天女下凡。

姑娘欠身施禮，輕露貝齒，莞爾一笑：「太歲母這廂有禮了。」

眾人跌破眼鏡，如此清麗脫俗的古典美女，口音卻是如小品演員趙麗蓉般的河北唐山地區味道……

笑過之後，神醫說道：「太歲母得有一個名字，我看太改郃姓……郃靈，小名靈兒，如何？」

大家拍手稱是。

神醫又道：「天好時我帶她去香格里拉市區去照張相，那裡公安局有熟人，得辦一張身份證，還要買些女孩子的衣服和用品。太歲母既然已經變為人形，我想，也應該融入社會中去讀書工作和生活，總不能永遠守在這山溝裡，不然小祖師也不願回家了。」

馮布衣點頭稱是：「如此跟我回九江去吧，佳辰也不捨得離開她。」

太歲母點頭稱是，對小祖師做了個怪臉，逗樂了小祖師。

馮布衣轉頭問唐山：「唐山兄弟，你們母子倆不想下山嗎？」

唐山道：「母親和我在這裡隱居挺好，暫時不想離開。」

晚飯時，大家興高采烈，數月來的煩惱和鬱悶一掃而光。

遙遠、神秘、脫塵的香格里拉。

一九三三年，英國作家詹姆斯·希爾頓出版了一部名為《消失的地平線》的小說，書中有一個名叫「藍月亮」的狹長山谷和一個位於山谷高崖處的名叫「香格里拉」的漢藏合璧的喇嘛寺，以及山谷盡頭一座叫做「卡拉卡爾」的金字塔形狀的雪山。

書中描寫了二十世紀三〇年代，英屬印度的一個重要城市巴斯庫爾發生暴亂，英國領事康威、副領事馬林森、美國人巴納德和傳教士布琳克洛小姐乘坐一架小型飛機撤離該地，前往當時英屬印度境內的白沙瓦。途中被假冒的飛行員劫持到荒涼的西藏高原某處，在一個能說英語的中國老人帶領下，他們翻越險峻的山路來到香格里拉。

在藍月亮山谷中有各種族居民數千人，那裡的人們在「適度」的原則下和諧的生活著。香格里拉的居民普遍長壽，不過他們一旦離開此地，就不再長壽乃至立刻死去。美國人巴納德和女傳教士布琳克洛小姐決定留下來，而副領事馬林森，利誘脅迫康威同他一起出逃。康威在紛亂的世界上輾轉流離一段時間後，決心重返香格里拉。但是，香格里拉在任何地圖上都沒有標記，也不為人知，康威如何才能在茫茫藏區找到前往香格里拉的秘密通道呢？小說在懸念中結束。

香格里拉究竟在哪裡？二戰期間，有人問羅斯福總統美軍轟炸日本的飛機從哪里起飛，羅斯福說：從香格里拉——意思是不得而知。

香格里拉原來的藏語名字是「香巴拉」，是藏傳佛教和苯教共有的一個古老語彙，美麗、原始、遙遠的雪山谷地是人與自然和諧共存的理想淨土。二十世紀三〇年代，中國早期的一位旅行家劉曼卿女士在《康藏招征續》「中甸」條目裡對這裡風光的由衷地發出讚嘆——「恍若武陵漁父，誤入桃源仙境」。

二〇〇一年國務院批准雲南省迪慶州中甸縣更名為香格里拉縣。當地官方認為「香格里拉」是藏語「心中的日月」之意。

在香格里拉縣城古老的石板街道上，神醫一行人立即引起了遊人的注意。靈兒身著剛買的傳統藏袍，足蹬藏族小蠻靴，腰插銀飾小藏刀，烏黑的髮辮，那還是小祖師動手編的。姑娘的美麗，驚若仙人，街上彪悍的康巴漢子或是內地來的遊客驢友無不駐足觀看，幾個金髮碧眼的外國人禁不住地嘖嘖稱讚。

有幾個遊人過來想同靈兒合影，小祖師急忙拉著她躲開。

照相館裡的攝影師從未見過如此漂亮的藏族姑娘，一時手忙腳亂地忘記了快門的位置。當閃光燈亮起的時候，「噗」的一聲……小祖師在攝影棚外間意識到壞了，進去一看，果然滿屋腥臊，年輕的攝影師已經昏倒在地。

小祖師拖著靈兒衝到街上，兩人忍不住哈哈大笑起來。

神醫找到了公安局的熟人，那人以前得過不治之症被張一刀醫好，現在已升任局長。局長爽快地答應了，並按加快程式辦理靈兒的身份證件。

香巴拉酒樓位於正街之上，是縣城最豪華的飯店，神醫一行就在這裡吃午飯。二樓大廳的一半已經被包桌，他們揀了邊上靠窗的桌子坐下。

靈兒的鼻子在空中嗅嗅，神醫也聞到了茅臺酒特有的醬香型味道，那是包桌那邊飄過來的。神醫心下明白，便召服務員要了幾斤青稞酒，與靈兒對飲，馮布衣和小祖師不喝酒，先行吃起飯來。

靈兒的酒量竟然未減，一連數碗下肚，只是面色略顯紅暈而已。神醫接著又添上幾斤，靈兒大喜，酒滿碗空，香腮粉頸，面如桃花，馮布衣這廂早已看得癡了。

神醫心情高興，不免有些喝過量了，連連打嗝，馮布衣扶其去了洗手間。

「這位姑娘真是好酒量，不知可否賞臉？」一個身材發福，類似政府官員模樣的中年人端著酒盅站在靈兒面前。

旁邊戴眼鏡的西裝青年忙介紹說：「這是王副縣長。」

靈兒恍若不聞，一心在品味著那人手上酒盅裡散發出來的醇厚濃烈的香氣。

「青稞酒有什麼喝頭？小姐不妨移過我們桌上，痛飲茅臺如何？」王副縣長呵呵笑道。

靈兒二話不說，站起來就奔那邊酒桌而去，小祖師已來不及阻攔。

「痛快！哈哈。」王副縣長朗聲笑道。

那邊立刻有人讓座，座中還有一些外國人。

靈兒尚未落座已然抓過瓷瓶，半瓶茅臺一飲而盡，在座眾人全部都鼓起掌來。那帶頭鼓起手掌的不是別人，正是馬里安・麥克林。

當神醫和馮布衣回到餐廳時，靈兒已經與酒桌上的中國官員們頻頻乾了數十盅茅臺，看得那些美國人瞠目結舌，在西方是萬萬不能這樣與女士碰杯的，尤其是這麼漂亮的女士，簡直太有失紳士風度了。

有中方官員扯過來卡拉ＯＫ話筒，縣委周書記先奉獻了一首「青藏高原」，表示歡迎外賓來到這雪域高原，但最後的高音卡住了，實在是拉不上去。王副縣長帶頭擊掌，周書記謙虛地擺擺手道：「人老啦，唱不上去。」人們紛紛反駁，說書記中氣十足，功底深厚，一點也不輸給李娜。

王副縣長笑咪咪地把話筒塞給靈兒，死乞白賴地要她唱一首。

靈兒以前從來沒有在現代社會生活過，也不懂現在的歌曲，呆愣在那裡，心裡頭回憶著剛才的那首歌。小祖師跑了過去，準備強行拽走靈兒。

「是誰帶來遠古的呼喚，是誰留下千年的期盼……」

小祖師停下了腳步，她不敢相信自己的耳朵，那高昂、古老蒼涼的美妙歌聲，竟出自靈兒之口。

餐廳裡的所有人都停止了用餐，就連廚房裡的工作人員也都跑了出來，大家屏住了呼吸，靜靜地聽，甚至忘記了自己身在何處，忘記了自己是誰……

最後的高音是那樣的清澈、那樣的高昂、那樣的純樸、那樣的蒼涼。這時人們才發現，靈兒根本就沒有使用麥克風。

一片靜寂，人們只聽得見自己的心跳聲。

許久，爆發出熱烈的掌聲。

周書記激動得叫了起來：「太美了，太好了，這是我們縣自己的藏族歌手啊。」下面七嘴八舌地嚷著：「周書記發現了人才，真是伯樂呀。」「應該去參加『超級女生』，肯定一舉奪冠，為我縣爭光。」

在座的美國人從來沒有聽過如此美妙動聽的歌曲，一個勁兒地「Good」個不停。

「再來一首！再來一首！」人群鼎沸，喊聲連連。

靈兒本是遠古之人，思想單純，率性而為，更不遑多慮，張口便清唱了起來：

「碩人其頎，衣錦褧衣。齊侯之子，衛侯之妻，東宮之妹，邢侯之姨，譚公維私。手如柔荑，膚如凝脂，領如蝤蠐，齒如瓠犀，螓首蛾眉。巧笑倩兮，美目盼兮。」

依稀古風古韻，婉轉淒美，人們彷彿隨著歌聲來到春秋之際的衛國，無不為少女莊姜的美貌而唏噓，回到現實中再看靈兒竟是如此的惟妙惟肖，早已難分古今。

歌聲飄到了街上，酒樓前已有不少行人駐足。

有一老者不禁驚呼：「好一幅『美人圖』，世上竟有人識唱這早已失傳千年的古譜詩經國風『碩人』！」

「碩人敖敖，說於農郊，四牡有驕。朱幩鑣鑣，翟茀以朝。大夫夙退，無使君勞。河水洋洋，北流活活，施罛濊濊。鱣鮪發發，葭菼揭揭。庶薑孽孽，庶士有朅。」那歌聲忽而愉悅、忽而淒美，極致之處又轉為蒼涼，似有千年不盡之哀怨……

神醫與馮布衣聞之頓覺心中酸楚，幾欲落淚，那邊小祖師卻早已淚流滿面。

歌畢，人們仍沉浸在哀傷之中，在座的中方官員想起自己的老婆，對比之後更覺慚愧，紛紛落淚。周書記摟住王副縣長肩頭，兩人也是黯然淚下……

驀地醒悟過來，周書記一把推開王副縣長，厲聲喝道：「你幹什麼！」

「是誰，誰唱的『碩人』？」那老者興匆匆地衝上二樓餐廳，後面跟著一堆人，其中不乏俊男靚女。

大家此刻才發現那唱歌的藏族小姑娘已不見了蹤影。

「你們是誰？」王副縣長問道。

老者道：「我們是電影『有極』攝製組，這位是著名導演辛勝利。」

周書記上前緊緊握住大導演的手：「聽說你們要來，歡迎來到香格里拉，請把這裡當成你們的家，縣委縣政府全力支持你們，有什麼困難儘管說。」

戴眼鏡的西裝青年又及時介紹：「這是縣委周書記。」

大導演淡淡道：「幸會。」

「剛才是哪位歌手唱的，太好了。『碩人』稱之為詩經中的美人圖，曹植的『洛神賦』靈感源於此，歌手古風古韻，完全不同於後人譜曲之矯揉造作，絕對是失傳千年的古曲。

「哦，忘了自我介紹，我是『有極』劇組的曲作家白歌，我想見一見這位歌手，以這樣音質為這部古裝戲配唱簡直絕了。」老者搓了搓手，急切地說。

周書記輕咳一聲：「這是我們縣裡的青年歌手，我們考慮一下，另外也需要徵求一下她本人的意見嘛，」突然他眼睛一亮，「那邊的那位小姐就是影星李千枝嗎？」

香格里拉大峽谷。天氣晴朗，崎嶇的山路，荊棘叢生，一隊武警官兵在前面開道，隊伍後邊的是「幸福ＡＢＣ」行動小組的中美研究人員，天空中有一架直11多用途直升飛機在盤旋。

空中傳來駕駛員的無線電通話聲：「報告基地，發現一處高山環繞的谷地，觀察到有房屋、炊煙及人員活動，完畢。」

疲憊的行動組立刻振奮起來，按照直升機指引的方位快速行進，走在行動組前面的是王副縣長和穿西裝戴眼鏡的陳秘書。

當直11像一隻巨大的鐵鳥從天而降時，震耳欲聾的轟鳴聲彷彿打雷一般，屋內的人都跑了出來。

機艙門打開，首先跳下的是一名武警上尉，隨後下來兩名中國官員模樣的中年人和一名老外，那是馬里安・麥克林。

「你們是什麼人，為什麼住在這深山裡？」中國官員嚴肅地質問。

唐山上前合掌，說道：「我是噶瑪噶舉派承恩寺喇嘛，向來與我母親住在這裡修行。這幾位是來看望我的朋友。」

「哈囉，會唱歌……小姑娘……中國的。」馬里安・麥克林驚奇地發現了靈兒，用半生不熟的漢語叫道。

小祖師小手緊緊地抓住了靈兒的衣襟。

這時，通往谷中的石甬道裡傳來了紛亂的腳步聲，王副縣長帶領「幸福ＡＢＣ」行動小組也趕到了。

「咦，這不是我們縣裡的藏族小歌手嗎，怎麼也在這裡呀？」王副縣長詫異地喊了起來。

「這是我們縣裡的王……」陳秘書鑽進來剛要介紹，發現上次已經介紹過了，硬生生地把後段話給憋回去了。

神醫上前一步道：「我是滇西張一刀，他們是我的親戚，我們一同進谷中來探望唐山師傅和他母親的。」

滇西神醫張一刀在中國西南地區聲名遠播，幾乎無人不曉，但神醫神龍見首不見尾，能夠有幸見其面的卻實在不容易。王副縣長深感榮幸，忙上前寒暄，同時不失時機地向神醫講述自己的前列腺病史。

開頭問話的官員拿出太歲母和小祖師在墜機現場及唐山點燃飛機殘骸的照片對照後笑了，邁步小祖師跟前說道：「小姑娘，我想你就是一路經由湘西、貴州到瀘沽湖與遁水聖母同行的那個小女孩吧，你們真是命大，飛機墜毀竟然沒事。告訴我，遁水聖母在哪兒？」

小祖師裝出一副憂傷的樣子：「在叢林裡走散了，我好想牠呀。」也居然真的擠出了幾滴眼淚。

「別撒謊了，說，是不是你把牠藏起來了？」那官員厲聲道。

「不要嚇小孩子。」馮布衣挺身擋在女兒前面。

那官員冷笑一聲，轉而問唐山：「你為什麼要焚屍滅跡？」

唐山正色道：「山中野獸出沒，免遭噬咬，以火化之，早登極樂，我佛慈悲。」

「搜！」那官員哼了一聲，命令武警全面搜查。

搜查無果，最後收隊，所有疑犯一併押回縣城，以便進一步審訊。

第四章

香格里拉縣城。這是一所新落成不久的豪華賓館的四層副樓，鬧中取靜，綠樹成蔭，自兩天前起，就已經全部被「幸福ABC」秘密行動組包下來了。

玻璃自動門裡有兩名持槍武警守衛，裡面是大廳，裝飾風格帶有濃郁的雲南少數民族色彩。唐山等人安排住在四樓的客房裡，走廊中也有武警監視著，任何人不得隨意走動。

首先是小祖師被帶出來單獨問話，兒童是最容易突破的。

「小朋友，幾歲啦？長得真漂亮啊。」胖官員講著一口標準的中原話。會議室內還有王副縣長和其他幾個人，其中一個高鼻凹眼金髮的外國人。

「你是夜郎人嗎？」小祖師看著感覺有些親切。

「夜……郎人？什麼是夜郎人？」馬里安・麥克林詫異地問。

「你有禽眼嗎？」小祖師進一步地試探。

「什麼禽眼？」馬里安・麥克林更加迷惑不解。

「你看我小嗎？」小祖師提出本質性的要害問題。

馬里安・麥克林笑了，親切地說道：「是的，你很小，很小。」

小祖師心中一熱，眼圈紅了：「『雞眼』死了。」說罷竟落下淚來。

馬里安・麥克林緊忙拿出紙巾過來蹲下替小姑娘揩拭眼淚，一面安慰道：「不要哭，好，好，『雞眼』死了，不要難過。」他以為那是小孩子的寵物，因為他的兒子小時候的寵物大綠鸚鵡的名字就叫做『鳥眼』。

小祖師點點頭，道：「我們要有自尊，要自強不息，要永遠記住『雞眼』。」

「我會記住的。」馬里安・麥克林表示出十分肯定的樣子。

「你看電視嗎？」小祖師又問。

「是的。」

「小禽眼的爸爸大禽眼會出現在電視裡呢，老禽眼也很想念大禽眼，大禽眼更會想念小禽眼，如果有一天，老禽眼領著小禽眼去看大禽眼，死去的竹眼還有金眼、綠眼、白眼、黑眼、黃眼多高興啊，不要紅眼……」小祖師喋喋不休。

胖官員瞠目結舌，趕緊插話：「這孩子不是精神有問題就是嚇壞了，先把她送回房間去，帶那個藏族姑娘進來。」

出門後，小祖師小聲嘟囔著：「老外還不好唬？」

回到自己的房間，靈兒正擔心著呢，見小祖師無恙總算放心了。小祖師趁機壓低聲音叮囑道：「太歲母，問話時千萬不要放屁，以免暴露真實身份。」

「如果沒有閃光燈就不要緊。在地底下黑暗慣了，一遇強光就不由自主，神醫說這是身體保護機制在發揮作用。」靈兒無可奈何道。

「但是無論如何也不要放響屁，慢慢出氣，人不知鬼不覺。而且據我的經驗，悶屁最臭，所謂『響屁不臭，臭屁不響』，功效可以提高數倍不止，爸爸中招後也從不懷疑是我幹的。」小祖師說著憋不住先笑了起來。

「快出來，怎麼磨磨蹭蹭的？」走廊的武警催促道。

三樓拐角的一間客房內，「幸福ＡＢＣ」行動組美方的懷特和布萊恩正在監聽小祖師房間內的談話，他們漢語很好，是名符其實的中國通。兩人的真實身份是美國ＣＩＡ中情局特工，這個就連馬里安・麥克林也不知道。

他們聽到「太歲母」時相對一笑。

靈兒一進會議室，大家的眼睛為之一亮，胖官員頓感臉發燒，喉頭發緊，伸手鬆開領帶。

「小……小姐，快請坐。如何稱呼啊？」胖官員有些乾渴。

「叫我靈兒吧。」姑娘柔弱而羞怯。

「你的……普通話似乎有唐山地區口音。」胖官員說。

靈兒點點頭。

「啊，那我們是……老鄉啦，我是河北豐潤人，和歌手于文華是一個村的，哈哈。」胖官員感覺上近了許多。

「她是我們縣的藏族歌手。」王副縣長搶白道。

胖官員沒理他，遞過一張遁水聖母的照片給靈兒：「你見過牠嗎？」

靈兒本來自遠古，從未撒謊過，也無從得知當今的社會不會撒謊就不能生存的現實，她不知如何回答，只是目不轉睛地望著自己以前的影像，黯然淚下。

胖官員見機忙掏出手帕到得近前，一手輕拍靈兒肩頭，一手伸去靈兒臉上欲替姑娘拭淚……

這時門猛然開了，懷特和布萊恩手持照相機衝了進來，不由分說，閃光燈亮個不停。

胖官員勃然大怒：「你們這是幹什麼！來人啊。」

走廊中的兩名武警戰士聽到後也迅速跑進門來……

根據事後回憶，開始時是一種香香甜甜的爆米花味，使人思想放鬆昏昏欲睡，其後是一波波超過氨氣或液化氣百倍的氣味襲擊了他們，他們倒下了，一個不剩。

醒來時，藏族歌手靈兒不見了，與其同時一起失蹤的還有小祖師。

「幸福ＡＢＣ」行動小組召開了緊急會議，對事件進行評估和商討應變措施。

胖官員首先指責美方兩名工作人員，在藏族姑娘靈兒即將開口之際，突然莫名其妙地衝進來拍照，打亂了中方的全盤計畫云云。

懷特先放了一段錄音，人們清晰地聽到了小祖師與靈兒的談話。

「太歲母、遁水聖母和靈兒是同一個人，所有的鬼點子和壞主意都是這個六歲的小祖師出的。」懷特斬釘截鐵說道。

作為當地政府代表而列席會議的王副縣長當即反駁說：「這簡直是天方夜譚嘛，又不是做美容手術，說變就變，同志們還是應該多看一點馬克思主義哲學，懂一點唯物論，才不至於搞唯心主義。我們縣不希望看到由於你們思想觀念上的方法論錯誤，導致冤枉和埋沒我縣最有才華的青年民族歌手。」

胖官員贊許地點點頭：「是啊，一個胖墩墩沒手沒腳的老怪物一下子變成一個年輕貌美的藏族歌手，你們是不是有毛病？」

馬里安•麥克林考慮了許久，最終站起身來說道：「先生們，請不要再做無謂的爭論了。我來介紹一下世界生物學界的最新研究成果和發現，我相信，你們聽完之後會有一個明確的看法。

「首先，我們確切地知道一些兩棲類動物和魚擁有的肢體再生功能，比如蜥蜴能長出斷了的尾巴，斑馬魚能再生出牠的鰭、鱗、脊髓和部分心臟，蝌蚪可以在幾小時內再生出新的尾巴而不留下任何傷疤，不過，當蝌蚪長成青蛙時，這種功能就莫名其妙地消失了。切下海參的一點點肉就能長出一整個新海參，海星能長胳膊和大部分身體，蜘蛛能長出斷了的腿，多腸目動物蛆被分割成許多部分後，每一部分都可以再生成為一個新的機體，而且一次可以再生出三百個新的機體。真渦蟲是一種扁形蟲，被切成二百七十九分之一後仍能讓每一個切片再生，成為完整的新真渦蟲。

「關鍵在於動物體內的再生基因，它就是胚基。如果胚基被移植到受傷部位，它就能從受傷部位的細胞中獲得此部位是如何形成的指令，從而快速地治癒受傷部位，形成新的組織器官。例如蠑螈胚基是由蠑螈的斷爪子產生的，並被移植到了身體的其他地方，就會在別處長出一個新爪子來。當然，目前人類還不能像蠑螈那樣再生長出一個新的手腳，因為人類的胚基還在沉睡著，這種再生功能暗藏在人體內，等待著被喚醒。到時候，人類不會再為器官移植和肢體殘廢而苦惱，新的肢體與器官能像指甲一樣從人體內重新長出來。

「因為人類的細胞先天便已經具備了發育新肢體部位的能力，在胎兒發育過程中，人體內的細胞發展便已經證實了這一點。我們一直在研究，人的胎兒具有自癒功能的基因是什麼，胎兒長大後，為什麼會喪失這種寶貴的自愈功能。另外，細胞內的DNA也具備著新器官成長的『指示密碼』，目前，人類的工作便是找到這些密碼，像打開開關一樣，將細胞的潛在功能挖掘出來。

「我們發現，一個人的肝臟手術切除百分之七十五之後，三、四個星期之後便能生長和恢復到原來般大小。還有人體指尖如果只砍掉了前端一點點，就有可能再生出來。更為神奇的是，母體內不超過六個月大的嬰兒也有這種奇跡般的康復能力，如果給母體內不超過六個月大的嬰兒做手術，嬰兒出生後，身上根本找不到手術留下的痕跡。但是，隨著六個月以後的嬰兒漸漸長大，這種完美無缺的康復功能也隨之喪失。

「我們相信，人類最終會在未來的某一天裡，沉睡千萬年的胚基將被未來的科學所喚醒。」

鴉雀無聲，人們靜靜地聽著。

馬里安・麥克林：「遁水聖母的體內可能由於某種不明外來因素，導致了胚基的甦醒，開啟了DNA密碼之門，牠重生了。牠由一個為了適應地下環境而逐漸變異的肥胖臃腫的怪物，轉變成了一個健康美麗的黃種女性，這不啻於一次脫胎換骨，可以說是人類有史以來最為重要的發現。

「轉變後，牠的基因仍然保留了部分遺傳功能。譬如說放屁，這種類似黃鼠狼和狐狸的自我保護和防禦功能就被繼承了下來。大家設想看，靈兒如果只是一個普通的人類女性，她如何能夠以屁將所有在場的人全部放到？這決不是人類的屁！」

「真是難以想像啊，我聞過許多女人的屁，從未見過這種獨具特色的，太厲害啦。」王副縣長心有餘悸地說。

中方官員們都會意地笑了。

第五章

小祖師與靈兒笑得腰都直不起來了。

「果然悶屁更加厲害，不但更加具有隱蔽性，而且味道也變了。」靈兒對小祖師的主意佩服之極。

小祖師止住笑，嘆息道：「唉，又要開始逃亡了，到哪裡去呢？」

此刻她們已經落荒而逃了好幾個時辰了，由於不敢走大路，專挑荒僻之處而行，眼下卻是完全迷了路。

這是什麼地方呢？小祖師四下裡望去，遠處群山之中有一座藍色的湖，那水質清澈澄明，湖畔遍佈碩大鮮豔的杜鵑花，周邊覆蓋著茂密的原始森林和綠茵茵的草地，再遠的天邊依稀是白茫茫的雪山。

靈兒也彷彿被這美麗的景色所陶醉了般，跑過去摘下幾朵藕荷色的杜鵑花，仰臉望去，深藍色的天空一塵不染，觸景生情，不禁放開喉嚨唱了起來：

「是誰帶來遠古的呼喚……

是誰留下千年的祈盼……

難道說還有無言的歌……

還是那久久不能忘懷的眷戀……

是誰日夜遙望著藍天……

是誰渴望著永久的夢幻……」

那高昂悠揚、古老蒼涼的歌聲在亙古恆遠的大地上久久迴響，飄向了遠方……

七千年了，太歲母族人的蹤跡早已湮滅，世上只留下了靈兒孤獨的身影……

小祖師的眼眶濕潤了。

歌聲傳到了湖邊，湖畔上的人們停止了手頭的工作，靜靜地聽著，那裡是電影「有極」攝製組的拍攝現場。劇組的老曲作家白歌衝出了攝影棚，來到了草地上。

「是她，就是她！天籟之音啊。」老作家激動得大叫起來。

沙石和樹幹填出的一條簡陋公路之上，出現了靈兒和小祖師的身影。

藍天下的雪域高原，一望無際的鮮花，一個美麗的藏族姑娘，那雙深邃的大眼睛裡竟是那樣的憂傷、那樣的悲涼、那樣的迷惘……

人們心中一陣酸楚。

「你就是那天唱古曲『碩人』的歌手吧？」白歌肯定道。

靈兒點點頭。

「可不可以再唱一曲？」老曲作家幾乎是在央求。

靈兒性情率直，見老人誠懇，於是不遑多想，張口就唱了起來：

「蒹葭蒼蒼，白露為霜。所謂伊人，在水一方。

溯洄從之，道阻且長。溯洄從之，宛在水中央。
蒹葭萋萋，白露未晞。所謂伊人，在水之湄。
溯洄從之，道阻且躋，溯洄從之，宛在水中坻。
蒹葭采采，白露未已。所謂伊人，在水之泗。
溯洄從之，道阻且右。溯洄從之，宛在水中址。」

一曲秦風，朦朧春意，抒發了當年太歲母英姿颯爽、母儀天下的遠古淑女風範，在場眾人無不浮想聯翩……

「此曲只應天上有啊，想不到我白歌有生之年竟然能聽到失傳千年的古譜，老天待我不薄啊！」老人早已老淚縱橫。

「小姑娘還會什麼歌？」劇組指揮、著名導演辛勝利饒有興趣地問道。

靈兒靦腆一笑：「只會十五國風、大小雅和周魯商三頌，九歌同洛神賦略知一二。」

話未落音，這邊老曲作家白歌已經倒下去了。

剛剛扶起老作家，只聽得海棠精舍之上又有人掉下來了。

那精舍十餘米高，號稱「韓國第一美男」之稱的影星李錫銘正在上面擺造型，不料靈兒的出現，如同衝擊波般震撼，他立時感到血往上湧，心中一陣迷惘，高叫一聲「靚女」便失足掉下，那防護裝置不知怎麼沒起作用。

大家心中一涼，完了，出大事故了！

就在這千鈞一髮之際，但見靈兒縱身一躍，輕鬆飛過眾人的頭頂，如驚鴻一瞥，在半空裡輕輕地接住了李錫銘……

李錫銘的意識裡感覺自己落入了一個美麗的仙女懷中，甜蜜而溫馨，他希望永遠躺在她的懷裡，永遠不要落地才好。

人群中爆發出一片歡呼，辛勝利一馬當先衝上前去，接過手來。

李錫銘迷惘中含情脈脈地定睛細看仙女，卻一眼望見辛勝利的一雙腫眼泡與呲著的黃板牙……

「想不到姑娘有這麼好的身手，願不願意跟我演電影啊？」辛勝利急切地問道。

靈兒搖了搖頭，拉著小祖師離開人群向著無邊無際的花海深處走去……

老曲作家白歌跌跌撞撞趕來，氣喘吁吁地攔住她倆。

「姑娘，你們這是要去哪兒？」

靈兒搖了搖頭，一臉的迷惘。

「跟我走吧。」老人堅定的語氣似乎不容置疑。

車身上標記著「有極」電影攝製組字樣的獵豹越野車行駛在通往昆明一線的公路上。七百公里的路程，途經大理、楚雄二州，夜裡九時抵達昆明市區。

正當「幸福ＡＢＣ」特別行動小組與香格里拉並麗江警方秘密展開拉網設卡堵截靈兒和小祖師時，她們已經登上了二十二時兩分的T62直達北京的特快列車。

第二天下午十三時二十七分，列車徐徐駛入了北京西站。

二〇〇八年夏季奧運會已經進入了倒計時，八月八日晚上八點的奧運會開幕式門票已經炒到了四五千塊人民幣一張，整個首都張燈結綵，一片喜氣洋洋。

頭一回來到大都市，小祖師與靈兒的眼睛都不夠用了，處處新奇，尤其是小祖師看到竟有如此眾多的、長相扁平醜陋的中原人那滾滾的自行車洪流，感到十分吃驚和有趣。

在京城裡不知道會不會遇到小禽眼的爸爸呢？她想。

曲作家白歌是京城知名的音樂人，其祖上曾是清朝有名的宮廷樂師，祖居的四合院也位於西城區北羅鼓巷南巷，這是京城裡保存完好的明清古建築群之一，目前已列入文化保護範圍。

天井裡種植著各式鮮花，還有幾盆蘆薈及盆景，十分幽靜。西廂的客房收拾得整潔乾淨，古色古香，牆壁上掛著幾幅吹簫撫琴的仕女圖。

下午，老人帶靈兒和小祖師去了趟王府井，購買一些必須的生活日用品。小祖師身懷鉅款，替靈兒買了幾套中原服裝，那還是從李書記的屍身上搜刮出來的。

靈兒走到哪裡都會吸引眾多的中原人的目光，靈兒也渾然不覺。傍晚時分，他們大包小包滿載而歸地回到了四合院。

一個魁梧的中年人迎出門外，老人介紹是他的兒子白夫，在北京奧組委工作。晚飯時，白夫熱情的邀請靈兒和小祖師第二天參觀奧運會比賽場館。

次日清晨，白歌老人送靈兒和小祖師坐上白夫的白色別克轎車，叮囑她們早點回來，準備第二天前往錄音棚為靈兒錄製古曲。

早晨的北京，霧氣沉沉，到處是灰濛濛的一片。回想起天藍氣爽的雪域高原，那才叫好呢，小祖師望著車窗外來去滾滾的自行車洪流，頓生思鄉之情。

這裡是一所為奧運新建的大型田徑場館，外牆是天然花崗岩鑲就，裡面裝飾豪華，美輪美奐。遠遠見到一些運動員正在坐著運動。白夫介紹說那是中國國奧隊在熱身，前一段時間，田徑隊全部拉上了青藏高原，進行高原缺氧耐受訓練，本屆奧運奪取金牌任務較重，壓力極大。

前面是女子室內跳高練習場地，身體健壯、大腿肌肉有力的女運動員們一次次地衝擊高高在上的橫杆，汗水濕透了標有中國字樣的紅色運動衣。

靈兒饒有興趣地看著，一面不住地搖頭。

女隊教練冷眼瞧著靈兒，感覺到靈兒的神態似有不屑，頓時心下生氣，便怒氣沖沖地走來。

教練立在了靈兒身前，上下打量一番，最後嘴一撇蹦出兩個字來：「花瓶！」顯得十分傲慢和無理。

靈兒根本聽不懂那話的含義，仍舊微笑著望著這些國家隊的田徑運動員在一躍一躍地跳著玩，覺得十分有趣，根本就對那教練視而不見。

教練從來就沒有讓人這麼瞧不起過，立時勃然大怒，但看到白夫胸前掛著奧組委的標誌牌也不便發火，只是恨恨地說：「這位小姐好像對我們的訓練有些看法嘛，是不是請指教指教啊？」

白夫連忙打圓場：「對不起，實在是對不起，這位小姐只是看入迷了，完全沒有其他意思，請原諒。」

教練見如此，鼻子「哼」了一聲，鄙夷地扭頭就走。

「太好玩了。」靈兒看到接連有幾個運動員狼狽不堪地將橫杆碰落在地，禁不住拍起手來。

教練再也忍不住了：「你是幹什麼的跑到這兒來撒野！你要是有能耐跳得過去，我這個教練你當了。」

靈兒笑嘻嘻地徑直向場地走去，白夫想攔都來不及，小祖師在一旁不住冷笑。

女運動員們停止了訓練，靜靜地看著這個身著牛仔褲，上穿花襯衣，腳蹬白色休閒鞋的具有古典美的漂亮姑娘走到欄前，沒有活動腰腿，也沒有助跑，甚至沒有屈膝，身體竟然憑空騰起，輕輕地越過了橫杆……

鴉雀無聲……

所有的人都傻了，時間彷彿停滯了……

不知是誰鼓起掌來，緊接著掌聲響成一片，白夫激動得拍紅了手心，教練像植物人般呆呆地怔在原地動彈不得。

女運動員們興奮得圍住了靈兒又蹦又跳，要知道這個橫杆的高度是一米九九，據女子跳高室內世界紀錄只剩九公分了。

教練像發瘋似地衝了進來，一把抓住靈兒，熱淚盈眶，嘴裡叫喊著：「加到二米〇八！」

橫杆升到了二米〇八，未待放穩，靈兒早已一躍而起，輕鬆超越。

「再加！」教練已經聲嘶力竭。

橫杆加到了二米一〇，靈兒搖搖頭，二米二〇，靈兒笑了笑，還是搖搖頭，最後是不可思議的二米五〇，白夫已經站立不穩了。

人們屏住了呼吸，心提到了喉頭上……

又是輕鬆一躍而過！

教練口吐白沫昏倒在地。

第六章

白夫顫抖地摸出手機，撥通了中國國家奧會主席、國家體育總局局長的電話。

「劉……劉局長，二米五〇！超過瑞典卡·伯格奎斯特的二米〇八女子跳高室內世界紀錄四十二公分！」白夫已經激動得口吃了。

「小白，大白天說夢話，開什麼玩笑！」電話裡的劉局長十分不滿。

「千真萬確呀！嗚嗚……」白夫竟一急之下哭出聲來。

「我馬上來。」局長掛上電話。

教練悠悠醒轉：「我這是在哪兒？」

人群讓開了，教練努力看清了迎面走過來的國家奧會主席。

她不顧嘴角的白沫，掙扎著爬起來，緊緊地抓住主席的胳膊：「二米五〇！遠遠超過瑞典卡·伯格奎斯特保持的二米〇八女子跳高室內世界紀錄和保加利亞科斯塔迪諾娃一九八七年創造的二米〇九的女子室外跳高世界紀錄。我的媽呀……」

「是誰？」劉局長問。

白夫抹去眼淚，指著靈兒。

局長走到橫杆前看了尺規，又望著這個衣著隨便、滿眼含笑，似乎弱不禁風的俏麗女子，似有不信。

白夫示意靈兒再跳一次給局長看看，靈兒搖了搖頭。

小祖師扯了扯靈兒衣襟：「給他們瞧瞧。」

靈兒對小祖師嫣然一笑，來到橫杆下一躍，優美的身姿恍若天仙般輕輕飄過橫杆，穩穩地落在另一邊。

局長身子一晃，白夫搶前扶住，再看局長，臉色煞白，目光呆滯，半晌才定下神來。

「不可思議！匪夷所思！石破天驚！國寶啊……」局長大叫一聲，身子又一晃。

「甚至超過了俄羅斯亞・雷巴科夫二米三七的男子跳高世界紀錄。」白夫在一旁道。

小祖師嘟囔著：「不光是跳高，別的也不差呀。」

局長如夢初醒：「不錯，再看看跳遠怎麼樣？」

教練向局長介紹說目前女子跳遠世界紀錄還是前蘇聯一九八八年創下的七米五二，至今無人打破，世界名將德國的德雷克斯勒一九九五年也只跳出了七米四四，她代表了奧運會的紀錄。

「是不是先讓她進行一下準備活動？」局長來到了跳遠場地的沙坑前，關切地詢問教練。

小祖師說到：「阿姨，請找人先給靈兒姐姐做個樣子。」

跳遠隊今天並未進行訓練，教練決定言傳身教，但見她活動一下身子骨，大喝一聲，助跑、起跳、騰空和落地四個動作一氣哈成，既連貫又瀟灑，局長不禁喝起采來。

拿尺丈量，距離為三米八八……

靈兒微微一笑，也學著大喝一聲，助跑、起跳、騰空和落地……看來不需要丈量了，她已經越過了沙坑，落到了另外一邊。

女子百米向來是歐美人的天下，喬伊娜在一九八八年的美國田徑選拔賽中，以十秒四九的成績創造了女子百米世界紀錄和二十一秒三四的女子二百米世界紀錄，二十年過去了，該兩項世界紀錄至今無人打破。喬伊娜起跑時的反應速度只有零點一三一秒，甚至超過了本・詹森。與其他選手的痛苦表情相比，喬伊娜在撞線瞬間的燦爛笑容，給人們留下了永久的印象。

一九九八年九月二一日，美國「超級女飛人」、一九八八年漢城奧運會三枚金牌得主格里菲斯・喬依娜因心臟病發作在家中猝死，年僅三十八歲。她曾經征服全世界，人們至今依然仍記得她自己設計的比基尼單腿賽服和塗成紅白藍美國國旗色的指甲。

局長心裡暗暗祈禱：小姑娘，超過吧，我的姑奶奶，那怕超過〇・一秒！我請設計福娃的那位大師來為你專門訂製具有中國特色的福娃運動裝，讓世界為之顫抖……

田徑運動場上，教練陪著笑臉勸靈兒換件短跑運動服，靈兒依舊淡淡一笑地拒絕了。

做好了一切準備，發令槍一響，靈兒並沒有像人們預料之中的那樣……

只見靈兒驀然回首，面紅耳赤，羞澀之色，端的是惑陽城、迷下蔡，國色天香。

局長幾乎不能自持，白夫也心如撞鹿，人們都靜靜地望著……

小祖師悄悄走近靈兒，輕輕問道：「要放屁嗎？」

靈兒點點頭。

小祖師：「跑動當中放可以嗎？」

靈兒笑了：「可以。」

重新做好起跑準備，大家長吁一口氣。

槍聲一響，靈兒箭一般射出，人們只覺眼前一花，靈兒已經衝到了四、五十米開外，這時忽見她停下了，然後又重新躍起，在人們驚訝之中已然撞線。

遠遠看見掐表計時的兩名工作人員擁抱在一起倒在了地上，人們急匆匆趕上前去。那兩名工作人員高高的舉起手中的計時器，兩隻計時器上顯示出相同的數位：八秒一三！

剎那間所有人都淚流滿面，誰也說不出話來，場上只聞一片嗚嗚的抽泣聲。

局長揩去眼角淚水，挺胸仰望，耳邊響起莊嚴的國歌聲和那猶如潮水般的歡呼……

小祖師扯了下靈兒：「放了？」

靈兒點點頭：「放了。」

局長鄭重地宣佈：「今天這裡所發生的一切都屬於國家最高機密，任何人不准談論、不准洩露，如果有人違反，我一定把他送進監獄！」

人們意識到此事事關重大，均表示嚴守國家機密。局長命令白夫即刻護送靈兒和小祖師到一處秘密地點嚴加保護，沒有他的指示，任何人、任何單位都不得接近。

白夫道：「我們是否回家準備一下生活用品？」

「不行！從現在起，她們的一切所需都由國家提供，國家將專門提供無污染的食品、營養師、廚師和保健醫生。你要二十四小時保護她們，我會請示上級派出中央警衛局的人員執行警戒。」

「哇，那不成了國家領導人的待遇了。」白夫說道。

「不，還要高。」

北京西山，群山環抱之中的一所豪華別墅。

靈兒與小祖師安頓在這裡，所有想到的生活設施一應俱全，安全保衛十分嚴密。

白夫給父親只通了一個電話，告訴說他們因為涉及國家利益的特殊理由暫時不能回家，也不能多加解釋。如有人問起靈兒和小祖師，只能說在北京失蹤了。白鴿氣得正欲大罵不孝子，那邊已經掛斷了電話，至此音訊全無。

連續數天，有一輛掛著深色窗簾的黑色臥車接送她們前往一處秘密訓練基地，測試靈兒的運動專案資料。幾天後，一份關於靈兒（化名女媧）的絕密報告遞到了國家奧會主席、體育總局劉局長手裡，其中資料如下：

一、女子百米

世界紀錄：十秒四九美國 喬伊娜 一九八八年
女媧：七秒七八

二、女子二百米

世界紀錄：二十一秒三四美國 喬伊娜 一九八八年
女媧：十六秒〇一

三、女子跳高

世界紀錄：二米〇九保加利亞 科斯塔迪諾娃一九八七年
女媧：二米五〇

四、女子跳遠

世界紀錄：七米五二蘇聯 奇斯佳科娃 一九八八年
女媧：十三米六四

五、女子一百米游泳

世界紀錄：自由泳 五十三秒七七 荷蘭 德布魯因二〇〇〇年
仰 泳 五十九秒五八 美國 卡夫林 二〇〇二年
蛙 泳 一分六秒三七 澳大利亞 雷塞爾 二〇〇三年
蝶 泳 五十六秒六一荷蘭德布魯因二〇〇〇年
女媧：不拘姿勢二十六秒〇一（不同於傳統姿勢，國際奧會不知是否能予通過算成績）

其餘專案，女媧的姿勢更加不符合奧運規則，如：

一、鐵餅甩到了觀眾席上，所幸無人，損壞座椅若干。

二、標槍擲中了電子計時器螢幕，賠款十一萬三千元。

三、高臺跳水跳到隔壁的池子裡面去了。

……

「太棒了！」劉局長滿意之極，抓起電話，撥通了首長的號碼。

「首長好！向您彙報……是的，『女媧補天』計畫成功了，簡直難以想像……對，對，一定震驚世界，『女媧』的紀錄一百年、一千年也不會有人超越的！請首長放心，上次托人搞來的黑海魚子醬您感覺味道還可以嗎？什麼！拉肚子……實在對不起……」

雲南香格里拉。

連日來的搜捕行動沒有任何效果，遁水聖母——也就是靈兒和小祖師彷彿從地球上蒸發了，消失得無影無蹤。

正當「幸福ＡＢＣ」特別行動組一籌莫展的時候，突然傳來了振奮人心的消息，電影「有極」攝製組在數日前見到了靈兒和小祖師。

胖官員與馬里安‧麥克林及王副縣長一行人趕到了美麗古樸和具有原始風貌的「聖湖」湖畔，見到了著名大導演辛勝利。

「不錯，幾天前她們來過這裡，那歌聲真是無與倫比，那姑娘的容貌更是無法用語言來形容了，當今中國所有的女星相比之下都黯然失色……」大導演回憶著當時的情形，仍然心跳不已。

「靚女啊，我要靚女……」韓國第一美男李錫銘自從那天之後，就已經神經不太正常了。

聽完敘述，胖官員道：「這麼說，她們和曲作家白歌一同去了北京。」

辛大導演點點頭：「她們去錄製古曲，估計需要一個多月的時間。」

終於有了追捕方向，「幸福ＡＢＣ」特別行動小組扭頭撲向了首都北京。

第七章

不列顛哥倫比亞省的溫哥華，瀟瀟細雨。

自從位於溫東四五街的小餐館歇業以後，嚴新閒下來重新練功，數月下來，竟也恢復了六、七成功力。小芬無微不至地體貼照顧，溫存又賢慧，嚴新每天心裡都感到熱呼呼的。

這一天，接到了大哥嚴建國的電話，邀請他倆回國觀看奧運會，夫妻兩人其實早已思鄉心切，於是收拾行裝，啟程返國。

經過了十多個小時的長途飛行，加航波音767徐徐降落在首都國際機場。

回到熟悉的四合院，望著眼前空蕩蕩的院子，蒼老的大哥，大嫂已逝，人去樓空，不由得心中都是一陣酸楚。

院子裡有人到訪，嚴新出門相迎，卻是認得，來人是京城有名的音樂人白歌，也是同一個胡同裡的鄰居。

互道寒喧之後，賓主落座。

「我在胡同口看到就像你，怎麼，大師也『海龜』了？」白歌問道。

「我們是回來觀看奧運比賽的。哎，老哥怎麼愁眉不展的？」嚴新關切地說道。

老曲作家接連嘆氣，將其在香格里拉拍戲遇到靈兒及後來的事情告訴了嚴新，最後說道：「那姑娘的來歷一定不凡。」

嚴新忙問道：「你說那個小女孩叫『小祖師』？」

「是啊，你認識？」老人詫異道。

嚴新笑了：「這個古靈精怪的小東西，何止是認識。」他大致敘述了小祖師的來歷，但是卻不知道那個叫做靈兒的姑娘。

談得默契，不覺天色已晚，小芬早已備好了酒和幾樣小菜，大家坐下邊吃邊聊。

「嗡嘛呢鉢彌吽比拉匝布娑哈……」小芬嘆了口氣，幽幽念叨著。

「是啊，唐山小兄弟年輕有為，救了三峽卻犧牲了自己，就這樣默默地去了，和黃萬里教授一樣都是千古之英雄啊。」嚴新悵然若失。

小芬不知道，真言一旦催動，其心靈感應早已傳出，只是她無甚功力，輻射範圍有限，不過百十公里而已，但卻已經足夠了……

唐山正在京城。

自從「幸福ABC」行動組撤走以後，神醫從公安局打探到了原因，知道了小祖師與靈兒在京的消息。最後，大家一致願意陪同馮布衣進京尋女，唐山母親也有意返鄉給唐山父親上墳，於是眾人一路風塵僕僕趕到了京城。

唐山自從被吸入了「蟲眼」孔洞後，並不知嚴新和小芬移民去了加拿大，所以一直認為他們仍在京城。此刻，唐山感應到真言的訊息，告訴了眾人，於是大家一同急匆匆趕往西城區北羅鼓巷深處南巷十九號，那是小芬和嚴新的家。

當唐山一行出現在嚴新和小芬面前時，他們幾乎不敢相信自己的眼睛……最初的驚愕過去了，大家是又驚又喜，真是恍若隔世一般。

重開酒宴，神醫與嚴新互相早聞其名，此刻更是惺惺相惜。聽罷唐山一番時空遊歷和小祖師、太歲母的曠世奇遇，老曲作家及嚴新等人縱是人生閱歷再多，也已是匪夷所思，超出想像，不住嘖嘖稱奇。

「原來靈兒是太歲母所變化，實乃神奇至極，這人世間又有多少難解之謎啊。」嚴新感慨萬千。

「那你額上的蟲眼是怎麼一回事？」嚴新問道。

這時，唐山母親長嘆一聲：「山兒剛出世時，那個護士長發現了孩子頭皮下密密麻麻的眼睛，醫院說是畸形兒要抱走，我是半夜裡跳窗逃走的。」

嚴新點點頭說道：「唐大嬸當年在地震後的廢墟中尋夫三天三夜，不料胎兒吸收了震亡的二十五萬怨靈的磁場，孕育了蟲眼。那二十五萬怨靈瞬間爆發出來的生物磁場強度，催爆了黑球，炸通了多維空間的時空隧道，原來蟲洞是需要這樣打開啊。」

馮布衣突然插嘴道：「我一直想問神醫，究竟什麼是『萬屍眼』？」

神醫與唐山面面相覷。

唐山慢慢解開了纏在額頭上的黑巾，密密麻麻的眼睛不見了，前額上是粉紅色的新生的嫩皮……

「這是……」馮布衣大吃一驚。

神醫道：「小祖師夢中回憶起了吸石洞石壁之上的肉碼文，太歲母須吞服萬具屍體上的眼睛方可催化變形，名曰『萬屍眼』。此事不可能辦成，朗朗乾坤，到哪兒去找一萬具屍體？還要摳出屍體上的眼睛？」神醫看著唐山，又接著說下去，「於是我想到了唐山……」

「蟲眼？二十五萬人……」大家身上一凜。

「是的，唐山願意為太歲母一試。但取出蟲眼，極有可能危及唐山的生命，我著實難以下手。可是他意已決，一句『我不入地獄，誰入地獄？』想我神醫在江湖上行走多年，縱是見多識廣，也不得不敬佩萬分。

「在觀音洞內，正當我猶豫不決之際，唐山竟然運功自己抓出蟲眼！若不是有小祖師的那株雄血蓮花，恐怕神仙也難以救其命了。」神醫不住地搖頭。

唐山淡淡一笑。

清晨，深灰色的捷達轎車駛出了北羅鼓巷。

嚴新自忖靈兒服用了萬屍眼，那二十五萬怨靈的生物磁場非同小可，以自己目前的功力應該可以在一定的距離內探測到的。他把自己的想法講給大家聽，都認為或許可行，於是決定第二天開著嚴建國的車在京城裡四處尋找。

一輛黑色沃爾沃悄悄地尾隨跟蹤而去。

懷特和布萊恩相對一笑，接連監視白歌幾天，始終沒有發現異常，昨天下午，看到他來到十九號門牌的四合院，傍晚時分，竟然發現唐山母子、神醫和小祖師的父親來到了這棟院子，「有志者事竟成」，中國人的古老格言可是千真萬確的。

不久，他們就感覺有點兒不對頭，目標怎麼老是在城裡兜圈子？中午時分，兩人沮喪到了極點，肚子已經咕咕叫了，可是捷達車仍舊沒有停下來的意思。

謝天謝地，總算停下來了。布萊恩看了下儀錶盤上的GPS全球衛星定位儀，螢幕上顯示目前位於北京西山附近的一個地方。

布萊恩靠在座椅上，愜意地嚼起了巧克力，需要補充熱量了。

一條岔道通向了山谷，遠遠的可以望見那歐式別墅尖尖的紅色屋頂。

「就是這裡了，我的氣遁術已經感覺到了那個熟悉的磁場，特徵與在火車上第一次遇到唐山時的一樣，二十五萬怨靈，不會錯的。」嚴新肯定地說。

「快開進去看看！」馮布衣想到與女兒近在咫尺，不由得焦急萬分。

捷達車緩緩駛入岔道，來到了別墅鐵門前。雕花鑄鐵柵欄門緊閉著，透過柵欄空隙可以望到裡面的花園，有兩個穿著深色西裝、身材結實的青年人發現了來車，警覺地走過了。

「你們是幹什麼的？這裡是保密單位，沒事請離開。」問話的青年人右手習慣性地搭在領帶旁。

「好像是佩槍的。」嚴新悄悄說道。

「我們是來找孩子的，六歲的小女孩走失了，這位就是她的父親。」嚴新指了指馮布衣。

「這裡沒有見過小孩，請到別處去找吧。」那青年人彬彬有禮。

唐山走上前來，密宗行者的裝束引起了青年人的注意，他們警惕的目光注視著這個奇怪的僧人。

唐山目光炯炯，直視他們的眼睛，心中默念移魂咒……

兩個年輕人懶散地放下了手，眼光黯淡迷惘，慢吞吞地開啟了鐵門，面無表情地放他們進去，白歌暫留在車上。

別墅一樓側邊是一個裝飾豪華而溫馨的餐廳，白夫正在陪靈兒和小祖師用餐。馮布衣一頭撞進來，卻愣在了那兒，只見小祖師端坐在餐椅上，胸前繫者白色餐巾，雙手正在用力地撕扯著一隻紅彤彤的巨大龍蝦，嘴角四周沾滿了調味醬……

白夫猛地跳將起來，喝問道：「你們是誰？怎麼進來的！」

「爸爸！」小祖師大聲叫起來。

馮布衣淚水直轉，抱起女兒，顧不得蹭了一臉的調味醬。

嚴新望見危襟正坐的靈兒，心想果真是絕色美女，「閉月羞花，沉魚落雁」，古人所言不虛啊。

神醫向白夫解釋，父親千里迢迢尋親，並反問她們人何以在此。

白夫鄭重言道：「事關國家機密，你們不能帶走她們。」

「你這個逆子！躲到這裡享福，氣死我了。」白歌在車上按耐不住也溜進來了。

「爸爸？」白夫十分驚訝。

在父親的一再逼問下，白夫只得道出實情。說罷，掏出一份靈兒的體育競技科目記錄表，證明靈兒已經秘密打破了多項世界紀錄。

「再有一周就是北京奧運會開幕式，十七天的比賽一結束就可以送回靈兒。你們想想看，十三億的中國人不就是期待這一天嗎？五千年的中華文明終於可以揚名於全世界，這是何等的榮耀啊。我們炎黃子孫將證明給世界看，中國婦女是最棒的！」白夫激動得熱淚盈眶。

大家望著馮布衣，馮布衣望著小祖師……

小祖師也是一臉正義之色：「白大哥說的不錯，反正只有二十幾天了，出出鋒頭也不賴，不是，我的意思是為國爭光也不賴，白大哥說了，國家會保護靈兒的安全的。」她低下頭看了一眼，龍蝦還在。

馮布衣：「好吧，我們等著，比賽一完，我們就接走她們。」

白夫大喜：「我會準備好靈兒每場賽事的入場券，你們都去。」

談了一會兒，唐山一行告辭，小祖師和靈兒送出門外，那兩個警衛局的人員剛剛緩過神來，心中詫異這些人是什麼時候進來的。

別墅東側的山頭上，懷特和布萊恩在望遠鏡中看到了這一切。

第八章

夜裡，懷特和布萊恩開始了行動。

駐日本沖繩美軍基地，一艘隸屬於關島阿加尼亞第十五潛水艇艦隊的「洛杉磯」級攻擊核潛艇已經奉命全速駛往中國東海外的公海待命接應。

大約淩晨二點鐘左右，他們潛伏到了西山的那棟別墅後山。

別墅內除了兩名警衛之外，其餘的人都已經睡熟。懷特和布萊恩身著黑色尼龍緊身服，手持麻醉槍，悄無聲息地翻過鐵柵，來到別墅後門。

布萊恩掏出別勾和鋼條，彈子鎖很容易打開，用不到一分鐘，六顆彈子已經全部挑開，鎖芯輕微地「咯吧」響了一聲，門開了，他們閃身進去。

大廳裡兩名警衛還在看電視，畫面上是奧運會前期花絮。

兩支麻醉針由槍膛中的壓縮空氣高速射出，無聲無息地刺入警衛的頸部。這是中情局專門研製的速效麻醉劑，兩名警衛即刻歪倒在椅子上，麻醉時間為二十四小時，估計他們醒來時，目標靈兒已經到達公海了。

樓上是幾間臥室，靠樓梯的一間敞開著房門，裡面傳出鼾聲，這是白夫的房間，懷特溜進去輕鬆地射了一槍。

靈兒與小祖師睡在同一房間。連日來，靈兒每天晚餐大飲特飲茅臺酒，此刻早已醉入夢鄉，懷特不費吹灰之力就麻醉了她。

但小祖師卻不在房間內，布萊恩找遍了其他房間，仍不見小傢伙的蹤跡。懷特打了個手勢，時間來不及了，趕緊撤出。布萊恩扛起靈兒，從原路退回。

幾分鐘後，黑色沃爾沃駛離了別墅，開上了通往京津高速的環城公路。

天亮了，小祖師揉著眼睛從床底下爬了出來……

與此同時，懷特和布萊恩，這兩個ＣＩＡ中情局的特工在天津港週邊登上了一條事先安排好接應的小漁船，趁著濃濃的霧氣離岸駛入了渤海灣。

懷特吹著口哨，望著艙內沉睡的靈兒，感到心情好極了。他看了看表，一小時後，他們將登上另一條巴拿馬籍散裝貨輪，前往日本的福崗，然後乘美軍C130大力神運輸機返回美國本土。然後呢，中情局海頓局長將會親自給他戴上勳章，然後通知他到總部二樓的某一個單獨的大辦公室上班，薪水肯定可以達到六位數了，今年的假期是到巴哈馬群島呢，還是去夏威夷？反正不去中東，他想。

清晨，前來接靈兒去「鳥巢」彩排開幕式的黑色大眾轎車來到了別墅，這是應奧運開閉幕式總導演李二謀和顧問辛勝利的一再要求，劉局長百般推辭不掉的情況下勉強同意的。

接到靈兒被綁架的消息，劉局長即時驚呆了，他推掉了當天的所有會議安排，急匆匆地趕到了西山別墅。

醫護人員正在搶救白夫和兩名警衛，小祖師懵懵懂懂不明所以然，她說經常睡著以後不知不覺地就滾到床底下去了，一直到天亮醒後才爬出來。

局長邊安慰邊詢問站在一旁哭得像個淚人似的小祖師，近來有什麼外人來過，小祖師把昨天爸爸他們來這兒的事情說了出來。局長十分震驚，立即掛電話到白夫的家中找白夫的父親白歌。白歌聞訊也是萬分驚訝，一小時後，夥同唐山、嚴新和馮布衣及神醫趕到了別墅。

醫護人員報告說，他們中了麻醉針，沒有生命危險，但是要讓他們甦醒過來，則一定要送去醫院。局長擺擺手，叫他們速去。

嚴新坐下，調勻呼吸，運足功力發出氣遁。過了一會兒，他搖搖頭：「探測不到，如果不是因為距離太遠，就是靈兒也被麻醉了。」

局長面色沉重：「此事事關國家利益，我們必須儘快找到靈兒。嚴大師就和我一起尋找。」

「立即從局裡調一架直升機過來。」他命令道。

不多一會兒，空中飛來一架直11多用途直升機，嚴新要求唐山一道隨同局長登機，其他人則返回北羅鼓巷等候消息。

直11沿著首都做同心圓飛行，一圈圈擴大，機艙內，嚴新不停地凝聚功力發出氣遁，唐山則隨時向嚴新體內補充著真氣。

渤海灣海面上的霧氣漸漸消散，布萊恩看著手中的GPS計算著方位。應該到了，他嘟囔著說。

海面上清晰起來，一艘萬噸級散裝貨輪出現在視野中，懷特看到了飄揚的巴拿馬國旗，計畫進展順利，他想。

直升機飛行於首都東偏南方向，唐山透過舷窗，看得到華北平原廣袤的青紗帳，還有一條條的公路、河流以及村莊，不禁想起自己的老家清東陵和乾寶山村……

這時忽聽嚴新興奮地說道：「探測到了，繼續向東飛。」直升機九十度轉彎，掉頭向正東方向飛去。

一刻鐘之後，直11來到了渤海灣上空。

「繼續向東偏南方。」嚴新道。

「已經飛到黃海上空。」駕駛員報告著方位。

嚴新的功力已基本耗盡，儘管有唐山的真氣補充，他的眼皮還是快要睜不開了。

「大師，請你無論如何也要堅持下去。」局長幾乎是帶著哭音懇求。

「就在下面。」嚴新說完就睡過去了。

下面，浩瀚的黃海海面上，一艘巴拿馬籍的散裝萬噸輪正在全速駛向外海。

局長猶豫了一下，還是撥通了他的手機。

正在黃海執行任務的一艘東海艦隊「江衛I」型導彈護衛艦接到總部指令，全速攔截巴拿馬貨輪。一小時後，在黃海外海以內水域發現了目標。

巴拿馬籍貨輪無線電靜默，仍舊開足馬力衝向公海。

「江衛I」艦炮開火警告，幾發炮彈呼嘯著掠過巴拿馬貨輪駕駛台，水面上升騰起了高高的水柱。

貨輪終於停下了。

海軍士兵荷槍實彈地登上了船，不多時，靈兒的身影出現在甲板上。

直升機放下了繩梯，靈兒緩緩拉進了機艙，局長激動萬分，又撥通了手機：「首長！『女媧』得救了，補天計畫可以繼續進行了。什麼？肚子還沒好……」

巴拿馬籍貨輪上，懷特望著漸漸遠去的直升機，懊喪地想，別說假期了，恐怕飯碗也要保不住了。

第九章

夜幕降臨了，時間是西元二〇〇八年八月八日晚上八點。

「鳥巢」——中國國家體育場位於奧林匹克公園中心區。總共設有十萬個座席，其中八萬個是永久性的，另外兩萬個是奧運會期間臨時增加的。它的外觀看上去就仿若樹枝織成的鳥巢，其灰色礦質般的鋼網以透明的膜材料覆蓋，其中包含著一個土紅色的碗狀體育場看臺。在這裡，中國傳統文化中鏤空的手法、陶瓷的紋路、紅色的燦爛與熱烈，與現代最先進的鋼結構設計完美地相融在一起。讓人驚嘆的是，整個建築通過巨型網狀結構聯繫，內部沒有一根立柱，看臺是一個完整且沒有任何遮擋的碗狀造型，如同一個巨大的容器，這種均勻而連續的環形也將使觀眾獲得最佳的視野。

第二十九屆世界奧運會開幕式在這裡舉行。

「鳥巢」內看臺上人山人海，座無虛席，中國黨政要員和一些外國政要依次坐在主席看臺上。

唐山等人的觀禮位置視野很好，第一次參加這樣大型的活動，大家的心裡都有些興奮。燈光漸漸暗了下去，一道聚光束照在中國奧會主席身上。他鄭重宣佈：第二十九屆世界奧林匹克運動會開幕。

「咚、咚、咚……」古老，蒼涼的鼓聲逐漸響起，給人以遙遠深邃的感覺。燈光漸漸亮起，人們看清了場中那一排排整齊的秦俑方陣，秦俑身披鎧甲、手持矛戈，面色嚴肅，機械地重複著前進、後退、左右轉的動作，一看就知道這是著名導演李二謀的拿手好戲。

秦俑中突然閃出一條通路，一輛四匹馬的戰車緩緩駛出，那是真實的高頭大馬，馬身上也披有鎧甲。戰車之上，一個身襲白紗長裙的絕色美女唱起了一首遠古祝福的古老蒼涼的歌：

「南有樛木，葛藟系之。
樂只君子，福履綏之。
南有樛木，葛藟荒之。
樂只君子，福履將之。
南有樛木，葛藟縈之。
樂只君子，福履成之。」

戰車之上另一個一身古代裝束的男子以其獨特的英文發音複唱了一遍……

觀眾席上沸騰了，「阿寶！阿寶！」的叫喊聲震耳欲聾，人們一下就認出了這位鼎鼎大名的陝北歌王，那個古典美女卻不知道是誰。但所有人都清楚知道，當今中國再也沒有人可與之相比了。

唐山等人知道她就是靈兒。

戰車繞場一周，秦俑方陣跟隨前進，人們彷彿置身於紛亂的春秋戰國時代，五千年的中華文明似乎永遠也離不開自相殘殺。

當金戈鐵馬的聲音漸杳，一陣喧囂之聲響起，人們定睛細瞧，發現無數個打扮得花花綠綠的福娃叫喊著衝將出來，這些天真的福娃們手持紅纓槍，正在追殺抱頭鼠竄的一隻碩大的饅頭……

這時，人們等待已久的第二十九屆奧運會歌終於響起：「啦啦啦，啦啦啦，我是快樂的小福娃……總有一天我們會長大……」

中國奧會主席裝飾豪華的辦公室。正面牆上鑲嵌著金光閃閃的國際奧林匹克運動會五環標誌，其他牆面上貼滿了類似「蒙娜麗莎的微笑」一樣的微笑福娃。

「外界對開幕式評價如何？」劉主席問道。

白夫一臉喜悅：「好極了，海外媒體認為充分體現了中華五千年的文明歷史和文化傳承，尤其是紀律嚴明、訓練有素的秦俑方陣予人深刻印象，如同我們的鋼鐵長城，無堅不摧、威武之師啊。最令人意想不到的就是那些可愛的福娃，小小年紀嫉惡如仇，追殺象徵著恐怖主義的大饅頭……

他們認為，本屆北京奧運會開幕式的奇妙構思與效果，遠遠超過了二〇〇四年雅典奧運會。」

「哦，是哪家海外媒體？」劉主席饒有興趣地問。

「是，是平壤朝鮮通訊社。」白夫囁嚅道。

劉主席咳嗽了一聲，想想又道：「『女媧』情況如何？」

白夫彙報道：「目前已經完全按照我們的安排，不動聲色地在她參加的所有專案裡佔據小組賽的第二名，以保證進入決賽。另外，『女媧』游泳的姿勢已經完全糾正過來了。但是敏感的記者們已經開始把注意力集中到了她的身上，一方面是由於她的美貌，另一方面我國田徑項目向來是弱項，能夠一人獨自闖進如此眾多的田徑單項，這在奧運有史以來是從未有過的事。」

「大師單獨設計的福娃裝反應怎麼樣？」

「空前絕後，尤其遠遠望去，一隻美麗的雌性福娃一會兒跳越橫杆，一會兒水中劈峰斬浪，一會兒又急跑如飛，簡直太有創意了，一定會超過那只饅頭。我相信，不久的將來，肯定會風靡全世界。」

由於美方研究人員懷特和布萊恩挾持綁架靈兒的行為，觸犯了中國的法律，中國方面已經就此事與美國政府進行了交涉，同時解散了「幸福ＡＢＣ」特別行動小組。

靈兒的身份已經暴露，胖官員接到了上級的緊急通知，暫停追捕遁水聖母，等待奧運會圓滿結束後再行抓捕。

「中國國家隊秘密武器」、「奧運神秘女殺手」、「亞細亞藏羚羊」「福娃007」等等諸如此類的標題充斥著中外媒體，人們紛紛打探這個國家隊裡的新秀來歷，但都說不出個所以然來。

激動人心的時刻終於到來了——女子百米短跑決賽。

第十章

田徑賽場上，女子百米決賽跑道上，靈兒是唯一的黃種人。

觀眾臺上，北京城內大街上的大液晶螢幕下，千家萬戶的電視機前，九百六十萬平方公里的土地上，無數的中國人激動地注視著，焦灼地等待著……

跑道上，靈兒是最後一道，身上是人們已經熟悉的那套福娃運動服，俏麗瀟灑。其他跑道上有白人有黑人，個個都是長腿大胯，俱是赫赫有名的世界女子短跑名宿，誰也沒有將最末一道上的那個中國小姑娘放在眼裡，想她不過運氣好才擠進了決賽。

靈兒笑笑，也不在意，這些七千年後的黃毛丫頭，等一下叫你們領略一下遠古淑女的風範。

發令槍響了，所有選手如箭射般飛出，跑道和觀眾席急速地向後掠去，耳邊呼呼風聲。但見側邊福娃身影一閃，人們眼睛一花，還未看得仔細，靈兒已經撞線！

六秒九九！整個世界都傻眼了……

靈兒衝刺的鏡頭在中國乃至全世界的螢幕上一遍遍不停地播放著，她那微笑矜持的中國古典美征服了所有人。

幾分鐘後，全國各地打來的電話一下子擠爆了線路，中國電信、中國移動、聯通、鐵通叫苦不迭。

無數「福娃」扛著啤酒湧上街頭，徹夜狂歡。

成千上萬封求愛信像雪片般飛來，其中百分之五十是血書。

中國富豪與阿拉伯石油大亨大打出手，欲爭奪靈兒包二奶。貪官們坐山觀虎鬥，最後一擊時再出手。

白夫紅著臉在第一時間送給了靈兒一封信，靈兒拆開一看，那是一份入黨申請書。

整個第二十九屆北京夏季奧運會的十七天裡，靈兒創下了一項又一項匪夷所思的世界紀錄，人類運動極限的紀錄。

這是中國人的奧運，儘管依舊是陰盛陽衰。

與此同時，一張抓捕靈兒的大網正在悄悄地逼近……

西三環中路十一號，中央電視塔旋轉餐廳。這座海拔二二一米的旋轉餐廳，是北京最高的餐廳。在這裡一邊品嘗美味的自助餐，一邊可以三百六十度俯瞰京城的立體全景。

這是一次為靈兒舉行的私人性質的聚餐。

唐山母子、馮布衣父女、神醫和嚴新小芬夫婦，大家劫後重逢自是一番感慨。

靈兒已是家喻戶曉的體育明星，來到中央電視塔的消息不脛而走。不多時，塔下聚集的人群已經人山人海。

胖官員帶人封鎖了電梯口。

靈兒似乎沒有了往日的胃口，若有所思地發著呆，美麗的眼睛裡留露出莫名的悵然。小祖師輕輕地撫摸著她的手，默默無語。

靈兒的思緒回到了遠古，青青的山巒，綠綠的翠竹，清澈的溪水，善良的族人，那時是多麼的清新自然啊……

而現在，灰色的天空，嘈雜的噪音，污染的河流，變態的人類，這一切又是如此的令人厭惡……

「又想起從前了？」小祖師小聲說道。

靈兒眼噙淚水點點頭。

「可以回到從前。」嚴新自言自語。

「什麼？可以回到從前？」神醫坐在嚴新身邊聽到了。

靈兒和大家都把目光落在嚴新的身上。

嚴新語氣肯定：「屍眼，只有屍眼可以做到。」

他見大家不解，遂說道：「靈兒服用了唐山兄弟的萬屍眼，二十五萬怨靈的生物磁場集中在靈兒體內，磁場強度非同小可，再加上唐山兄弟和我的功力，以氣遁形式應能穿破時空。」

小祖師道：「可是都已經過去了七千年呀。」

嚴新笑笑：「人類關於時間的概念在宇宙時空當中，七千年其實是一瞬間的事，可以這麼說，人類的幾千年，過去、現在和將來是同時發生的！也就是說，它們是同時存在著的。只不過已經過去的和即將到來的，分別存在於無數個不同的時空之中而已。」

「有那麼多的時空啊。」小祖師感到太多了。

「無窮無盡。」嚴新道。

「可是如何做呢？另外可不可以帶我去呀？」小祖師摩拳擦掌、躍躍欲試。

唐山目光望著靈兒，靈兒堅定地點了點頭。

「好吧，嚴大師，我們開始。」唐山說道。

嚴新走過來，教唐山中原氣遁之法，如何導氣凝聚，如何化遁、禦遁。唐山本就是密宗百年一遇的高手，不消片刻已經大致瞭解。

嚴新請唐山和靈兒的雙手互握，自己的後背緊貼著唐山的後背，深吸一口氣開始運功。

真氣導入，嚴新立刻感覺到唐山純正渾厚的童子真氣，不一會兒，氣遁逐漸形成並不停地旋轉，嚴新真氣已盡，身體一軟，已然滑落，坐在了地板上。

眾人急忙攙起嚴新，再看唐山與靈兒渾身升騰起絲絲白氣，以至關鍵時刻。

「激發『屍眼』的磁場！」嚴新無力地叫道。

唐山蓮穴之中一股強大的磁力撞向靈兒，靈兒身上突現無數似隱似現、密密麻麻的眼睛——那是屍眼，二十五萬唐山大地震中喪生的怨靈。

此刻，那些屍眼的磁場輻射洩露出來的雜波頻率接近了聲波，在場的人們聽到了無數淒涼的悲鳴，那聲音如泣如訴，入耳無不教人滄然淚下。

電梯門驀地打開，胖官員帶人衝了進來……

小祖師大喝一聲，躍起撲向胖官員，同時喊叫著：「快點呀！」

唐山瞥見，心中一急，梵穴通明，經氣逆轉，導致磁暴，氣遁瞬間已成。只見唐山和靈兒的身影不見了，一切歸於了沉寂……

靈兒走了，唐山同時也走了，世上覬覦遁水聖母的那些人最終落空了。

靈兒回到了七千年前了嗎？見到了她的族人了嗎？唐山還能回來嗎？

沒有人知道……

尾聲

唐山母親返回了乾寶山村，兩年後去世。嚴新與小芬按其遺願，與唐山父親的照片合葬在一起。

嚴新夫婦重返溫哥華居住，以寫書謀生。

神醫回到瀘沽湖格姆山，與小阿婆共同生活，繼續在滇西北一帶行醫。

馮布衣還是老樣子。

現在，小祖師已經是小有名氣的驢友，經常獨自一人穿行於滇藏地區，有的時候會在格姆山上落落腳。

全文完